講談社文庫

ルパンの星

横関 大

講談社

ルパンの星

Rookie of Lupin

第一章　マイ・フェア・ガール

人のものを盗んではいけません。

小学生なら誰でも知っているし、当然、小学二年生になる三雲杏《みくもあん》も知っている。人のものを盗んだら警察に捕まり、死刑まではいかないものの、牢屋に入れられてしまうこともあるらしい。そう、泥棒は犯罪なのだ。

「杏ちゃん、遊ぼう」

放課後、下駄箱の前でそう声をかけられた。振り返るとクラスメイトの柳田《やなぎだ》いち夏《か》が立っていた。いち夏とは同じ放課後児童クラブに通っているため、いつも一緒に遊ぶ友達だ。

「うん、いいよ。まずは学童に行こう」

「そうだね」

いち夏と並んで歩き出す。が、杏の心は晴れなかった。いつもの放課後とはちょっと違っていた。普段なら今日は何をして遊ぼうとか、宿題を先にやってしまおうとか、いろいろと放課後のプランを考えるのだが、今日に限っては何となく気持ちが乗らないのだ。

「杏ちゃん、これ、ありがとう。すっごい気に入っちゃった」

そう言っていち夏がランドセルをこちらに見せるように背を向けた。いち夏のランドセルの側面にはキーホルダー式のぬいぐるみがぶら下がっている。トイ・ストーリーに出てくるカウガールのジェシーだ。先日杏がディズニーランドで買ってきたお土産だ。いち夏はかなり気に入ってくれたようで嬉しいのだけれど……。

ディズニーランドに連れていってくれたのはパパとママではなく、ジジとババだ。ジジとババのことは大好きなのだが、前々から少し怪しいとは思っていた。まず一点目。二人とも妙に若い。特にババの若さは異常なほどだ。お祖母ちゃんというより、ママのお姉さんといった方がしっくりくる。ジジの方もお腹は出ていないし、髪の毛だってふさふさだ。お祖父ちゃんという感じではなかった。

二点目。二人はとてもお金持ちなのだが、何をしてお金を稼いでいるのか、まったくわからないのだ。たとえばいち夏のパパとママは同じ会社で働いていて、いわゆる職場結婚のようだった。杏のパパは警察官であり、ママは上野にある本屋さんで働いている。普通の人たちは会社などからお給料をもらって、それでご飯を食べたり玩具《おもちゃ》を買ったりしているのだ。

しかしである。ジジとババはまったくわからない。働いている感じはまったくなく、平日の昼からお酒を飲んだりしている。この人たちはいったい何をしている人なのだろうか。小学校に進学したあたりからずっとそんな疑問を覚えていて、実は一度質問したことがある。ジジたちは何をしてお金を稼いでいるの、と。そのときジジは笑って言った。杏ちゃん、もう少し大きくなったら教えてやる。

そして先日、ディズニーランドに行ったときのこと。行きはジジの運転する赤いフェラーリという車で――驚くべきことにジジは会うたびに違う車に乗っていて、大抵が高そうな外車ばかり――ちなみに帰りは黒いベンツだった。日曜日なので場内は混雑していて、中には二時間待ちのアトラクションもあった。次は何に乗ろうか。そんなことを話しながら歩いていると、ババがジジに向かって言った。

あなた、今何時かしら？

さあな、腕時計を忘れちまった。

その次の瞬間だった。ジジは前から歩いてきた人とすれ違いざまに、その男の人がつけていた腕時計を絡めとり、自分の手首に巻いたのである。わずか数秒の早業だ。腕時計をとられた男の人もまったく気づかない様子で、子供と談笑しながら立ち去っていった。

杏ちゃん、どうした？

あまりの驚きで立ち止まっていると、ジジがそう言いながら近づいてきた。杏は驚きで言葉が出なかった。呆然としながらジジがしている金ピカの腕時計を指でさすと、ジジはにやりと笑って言った。

見えたのか。さすが俺の孫だ。動体視力が半端ねえな。おい、悦子《えつこ》。喜べ。杏ちゃんにも俺の血が受け継がれているぞ。

当たり前じゃない、孫なんだから。それよりあなた、早くレストラン行きましょうよ。

日傘をさしているババがそう言った。ババはあまりアトラクションに乗りたくないようで、レストランやカフェでお茶をするのが好きみたいだった。そういえばババも日傘を忘れたとか言っていたのに、いつの間にか持っている。あの日傘もまさか――。

杏ちゃん、ここだけの話だけどな。

ジジがそう言って片目をつむり、続けて言った。

ジジはこう見えて泥棒なんだ。もちろんババもな。おっと勘違いするなよ。泥棒といってもいい泥棒だ。世の中にはいい泥棒と悪い泥棒がいるんだが、ジジはとびきりいい泥棒だ。そこんとこを忘れないでくれ。

よくわからない。いい泥棒と、悪い泥棒。その区別がまったくわからなかった。ジジとババは泥棒である。その衝撃的な事実に頭がクラクラしてしまい、シンデレラ城が霞《かす》んで見えるほどだった。

「杏ちゃん、ディズニー何回目だっけ？」

いち夏の質問に我《われ》に返り、杏は答えた。

「ええと、三回目かな」

「いいな。私なんてまだ一回しか行ったことないんだよ」

杏が通う放課後児童クラブ〈なかよし〉は小学校の校門を出て、横断歩道を渡ったところにある。徒歩一分という近さもあり、人気の学童だった。いつものようにドアを開けてクラブの中に入る。以前は書道教室だったという広い教室では、すでに数人の子たちがテーブルの上でドリルなどを広げている。

「こんにちは」

先生の増田《ますだ》秋絵《あきえ》が二人を出迎えた。秋絵先生は元教師らしい。優しい先生だ。

「二人とも先に宿題やってしまったらどうかしら？　そしたらお外で遊んでもいいわよ」

「はーい」

いち夏と声を揃えて返事をして、ランドセルを下ろした。学校が近いので、ここで宿題を終わらせてしまったら再び学校に戻り、夕方まで校庭で遊ぶのがいつもの流れだ。雨の日はここで絵を描いたりピアノを弾いたりすることもある。

「杏ちゃん、何からやる？」

「うーん、算数かな」

「じゃあ私も」

算数のプリントを出した。鉛筆を持って問題を解き始めるが、いつものように集中できない。考えてしまうのはジジとババのことだ。あの二人は泥棒なのだ。パパとママはそのことを知っているのだろうか。

※

「三雲さん、お電話入ってますけど」

「誰からですか？」

「小学校みたいです」

午後五時過ぎ、レジに立っていると同僚の書店員に声をかけられた。「ちょっとお願いします」と周囲の書店員に頭を下げ、三雲華《はな》はレジの裏手にあるスタッフルームに向かった。小学校から電話。いったい何事か。逸《はや》る気持ちを抑えて受話器を持ち上げる。

「もしもし、お電話代わりました」

「三雲さんですね、私は……」

かけてきたのは娘の杏が通う小学校の教師だった。小林《こばやし》という、杏の担任である若い男性教師だ。杏は区立東向島《ひがしむこうじま》小学校に通っていて、今年で二年生になった。放課後は学校近くにある学童に預けている。小学校に進学してからずっとだ。

「……それで娘さん、見つからないんですよ。どこを探してもいないんです」

宿題を済ませた杏が学童を出たのが一時間半ほど前らしい。いつものように杏は友達と一緒に小学校の校庭に行き、そこで遊び始めた。同じように学童に通う子供たちが集まり、かくれんぼをすることになったという。一人見つかり、二人見つかり、最後に残ったのが杏だった。しかしどれだけ探しても杏は見つからない。最終的に鬼だけではなく、全員で探しても見つからなかった。困った子供たちは職員室に向かい、担任教師に泣きついたというわけだ。

「かれこれ一時間になります。お母さんなら何とかしていただけるかなと思いまして……。物騒《ぶっそう》な世の中ですし、何かあったら大変ですしね。警察を呼ぶ前にお母さんに相談した方がいいかなと」

小林は一年生のときから杏を受け持っているため、当然杏の父親の職業も知っている。だからこうして華のもとに連絡をくれたのだ。

「わかりました。すぐに伺います」

華の退社時刻は午後五時三十分と決まっている。あと二十分ほどあるが、それまで待ってはいられない。ちょうどスタッフルームにいた店長に事情を話し、早退させてもらうことにした。エプロンをとり、バッグを持って書店から出た。タクシーを拾う。

杏には前科がある。一年ほど前、今日と同じようなことがあったのだ。あのときは鬼ごっこだったと思うが、杏がいなくなってしまったのだ。そして今日と同じように連絡があり、華が駆けつけて捜索に加わった。結局杏が見つかったのは校舎の脇にある側溝の中だった。鬼に捕まりたくない。その一心で隠れたという。逃げたり隠れたりすることに夢中になる。そういう習性が生まれながらに備わっているのかと考えると親ながら怖い。

学校に向かう前に、まずは東向島の桜庭《さくらば》家の実家に立ち寄った。桜庭家は夫である桜庭和馬《かずま》の実家であり、家族全員が警察関係者という警察一家だ。家族全員が泥棒という三雲家の対極にあるような家なのだが、よりによってそこの息子と結婚してしまったのだから、人生とは不思議なものだ。和馬の父親である桜庭典和《のりかず》は現在も警視庁警備部に勤めており、母の美佐子《みさこ》も非常勤の鑑識職員をしている。ちなみに和馬の祖父は元警視庁捜査一課長、祖母は元警察犬訓練士である。

インターホンを押しても留守のようなので、庭に入って犬小屋に向かう。犬小屋の前に一頭のシェパードが横たわっており、その脇で一人の老人が竹刀を振っている。和馬の祖父、桜庭和一《わいち》だ。元警視庁捜査一課長だけのことはあり、その素振りは力強い。和一が華を見て言った。

「おや、華ちゃん。どうかしたかい？」

「実はですね」と華は説明する。華の話を聞き、和一は足元にいるシェパードに声をかけた。

「アポロ、出番だぞ」

元警察犬のアポロだ。前はドンという元警察犬を飼っていたのだが、そのドンが十八歳で大往生して、代わりにやってきたのがアポロだ。ドンとも血縁関係にあり、警察犬時代も活躍したという名犬だ。

「すみません、じゃあお借りします。アポロ、行くわよ」

前回の反省——一年前に杏がいなくなったとき、なかなか見つからなくて難儀した——を踏まえ、今回はアポロの力を借りようと思ったのだ。リードを持ってアポロを庭から連れ出した。寛大なタクシーの運転手が了解してくれたので、アポロを後部座席に乗せ、そのまま小学校に向かった。

「三雲さん、こちらです」

タクシーから降りると、正門の前で小林という男性教師が手を挙げた。華が近づいていくと、小林はアポロを見て驚いたような顔をした。華は慌てて説明する。

「元警察犬のアポロです。先生、本当にすみません。娘がご迷惑をおかけしてしまいまして」

「いえいえ。これは学校内で起きたことですので、学校側にも責任はあります。それに杏ちゃん、どうやら校舎内のどこかに隠れているようなのです」

小林の後ろには数人の児童が立っている。杏と一緒にかくれんぼをやっていた子供たちだろう。華はその子たちにも「ごめんね、みんな」と声をかける。子供たちは不安げな表情を浮かべているが、華が連れてきたアポロに興味津々のようでもあった。

「下駄箱に杏ちゃんの靴が置いてありました。上履きがないことから、多分校舎内のどこかに隠れているのではないかと思いまして」

その推理に間違いはないだろう。校舎の中にいるように見せかけ、実は外に隠れている。さすがに杏もそこまで頭が回らないはずだ。まずは下駄箱を見せてもらうことにする。たしかに杏の靴が入っていた。華はそれをとり、アポロの鼻先に近づけた。クンクンと匂いを嗅いだあと、アポロは校舎の中に入っていった。

廊下の匂いを嗅ぎながらアポロの追跡が始まった。その後ろを華、教師の小林、それから子供たちと続いていく。子供たちの興味はどこに杏が隠れているかではなく、アポロの動きにあるようだった。ただでさえシェパードは珍しいし、しかもアポロは元警察犬なのだ。

アポロが階段を上り始め、向かった先は三階だった。三階の廊下の突き当たりにある教室にアポロは入っていく。音楽室だ。放課後のためか音楽室には誰もいない。一台のピアノが置かれているのが見えた。華が小学生だった頃にはバッハやショパンといった偉大な作曲家たちの肖像画が貼られていたものだが、この音楽室にはそういうものは貼られていなかった。

アポロが「ワン」と鳴いた。天井の方を見上げている。天井には点検口がある。まさかこんな場所に――。

小林も気づいたようだった。サンダルを脱いだ小林が教壇の上に上り、手を伸ばして点検口を下ろした。中を覗き込んだ小林が言う。

「いました。杏ちゃん、いましたよ」

子供たちがアポロの周りに近づいてきた。杏が見つかったことより、アポロの嗅覚に関心を寄せているようでもある。アポロ自身も自分が褒められているのをわかっているのか、お座りしたまま尻尾を振っていた。

小林に抱かれ、杏が天井裏から降ろされた。眠そうな目をしていた。隠れているうちに眠ってしまったのか。服や髪の毛が埃まみれになっていた。

「杏ちゃん、みーつけた」

鬼だったと思われる男の子がそう言うと、ほかの子供たちが一斉に笑った。華も苦笑するしかなかった。あとで杏にはきつく注意しておかなくてはならないだろう。

「本当にすみませんでした。先生、申し訳ありませんでした。みんなもありがとうね。本当ごめんなさい」

そう言って華が頭を下げると、小林が恐縮したように言った。

「構いませんよ、お母さん。見つかってよかったです。子供たちもワンちゃんのことが気に入ったようなので、少し校庭で遊んでもらってもいいですか？」

「ええ、そのくらいなら」

華は持っていたリードを近くにいた子供に手渡した。アポロが立ち上がり、子供たちと一緒に歩き始めた。杏は何事もなかったかのようにアポロの隣を歩いていた。


「杏、ママ言ったわよね。お友達と遊ぶときはみんなのペースに合わせなさいって」

自宅に帰ってきた。途中桜庭家の実家にアポロを返し、さらにスーパーで買い物を済ませてきたので、時刻は午後七時になろうとしている。

「ペースってわかる？　みんなと同じようにやるの。かくれんぼするときもそう。みんなと同じような場所に隠れないと駄目。天井裏になんて隠れちゃいけないの」

杏は返事をしない。なぜか不貞腐《ふてくさ》れているようだ。学校で何かあったのだろうか。

「杏、ママの話ちゃんと聞いてる？」

「……聞いてる」

「かくれんぼするときは特に気をつけて。杏だけ見つからないと夜になっちゃうわよ。そうしたらみんな困るでしょ。見つかるってことも大事なの」

「でも……見つかっちゃったら負けだよ」

「負けてもいいの、遊びなんだから」

誰の血を受け継いだのか、杏の運動神経はずば抜けている。特にその敏捷性は目を瞠《みは》るものがあり、いまだに鬼ごっこで誰にも捕まったことがないと杏自身は言っている。運動神経だけではなく、勝負事に対する執着心も子供離れしていて、その結果が今日のような出来事を引き起こしてしまうのだ。

口では娘を注意している華だったが、実は幼い頃の自分を見ているようでもあった。華も子供の頃はお転婆《てんば》で、男の子と遊んでも引けをとることなかったし、かくれんぼや鬼ごっこで負けた記憶がなかった。今日の杏のようにかくれんぼで誰にも見つからず、夜中まで隠れていたところを祖父の巌《いわお》に見つけられたことも一度や二度のことではない。

やっぱり私の娘なんだな。愛着が湧く一方で、絶対に私のように育ててはいけないと華は思い直した。この子は泥棒にさせてはいけない。杏には普通の子に育ってほしい。それが華の切なる願いだった。

「杏、わかった？　みんなと一緒よ。勝ったとか負けたとか、そういうことじゃないの」

「やだ、負けたくない」

「授業中はいい。勉強も運動も全力を出していいの。でも遊びは遊び。みんなで楽しくやるのが大事なの」

「遊びでも負けちゃ駄目ってジジが言ってた。敗北は死に等しいって」

ジジ。華の父親である三雲尊《たける》のことだ。三雲家側の祖父母はジジとババ、桜庭家側はジイジとバアバと杏は呼んでいる。あろうことか、杏はジジとババに懐《なつ》いてしまっている。尊と悦子も満更ではないようで、それこそ目の中に入れても痛くないといった具合に孫を可愛がっていた。

「前にも言ったけどね、ジジとババは少し、いえ、かなり変わってるの。あの人たちが言ってることは真に受けちゃ駄目よ」

「真に受けるって？」

「本気にしちゃいけないってこと」

少し前までは子供だと思っていたが、今では言葉でちゃんと意思疎通ができるようになっていた。子供だと思っているとと鋭いところを突いてくることもある。

「体育の授業で一番になるとか、そういうのは全然いいの。でも学校が終わったら頑張らなくていいの。遊びなんだから、みんなで楽しくできればそれでいいじゃない」

実は授業でも杏は類まれな運動神経を披露してしまい、クラスで注目を浴びているらしかった。男子を含めてクラスで足は一番速いようだし、夏のプールでは一分以上も水の中に潜っていて周囲を驚かせたこともあるようだ。

「みんなと一緒。みんなと一緒が一番なのよ」

協調性。杏に教えたいのはそれなのだが、どう説明したらいいのかわからないのがもどかしい。

「みんなと一緒はやだ。やっぱり一番がいい。勝たなきゃ意味ないってジジも言ってたもん」

「だからジジの言うことは聞いちゃ駄目」

杏が黙り込んだ。何か言いたげな顔をしてこちらを見ているので、華は言った。

「何？　言いたいことがあるなら言いなさい」

「ジジって泥棒なんでしょ。どうして泥棒なのにパパに逮捕されないの？」

遂にこの日が来てしまったか――。一瞬、頭の中が真っ白になる。いつかこういう日が来ると思っていた。怪しげな祖父母の正体に杏が気づいてしまう日が来るであろうと。もう少し先のことだと思っていたが、杏が知ってしまった以上は仕方がない。

「杏、何言ってるの？　ジジが泥棒なわけないじゃない」

とぼける。これしか方法はないと考えていた。しかし杏は唇を尖らせて言った。

「だってジジがそう言ったもん」

「杏をからかっただけじゃないの」

「見たもん。ジジが時計を盗むところ。ジジはいい泥棒なんだって。悪い泥棒じゃないからパパに逮捕されないの？」

頭が痛くなってくる。尊の顔が目に浮かんだ。先日ディズニーランドに行ったときだろうか。杏に盗みの場面を見られてしまい、開き直ったに違いない。開き直るのは父の得意技だ。いや、常に開き直っているような男なのだ。

「ジジは泥棒じゃないわ。ジジが泥棒だったらママも困るもの。杏、あんまり外で変なこと言っちゃいけないわよ」

一番恐れていることは杏が学校で吹聴してしまうことだ。私のお祖父ちゃんは泥棒です。そんなことを言いふらされたらたまったものではない。

「杏、約束よ。ジジは泥棒なんかじゃない。学校で変なこと言っちゃ駄目だからね」

杏は答えなかった。その態度からして納得していないのは明らかだった。いつまでもこの話題を続けるわけにはいかない。

「杏、手を洗ってきなさい。パパが帰ってくるわよ」

ちょうどインターホンが鳴った。和馬が帰ってきたのだろう。まだ夕飯の準備をしていない。華は慌《あわ》ててエプロンをつけ、買ってきた食材に手を伸ばした。

※

「赤霧島をロックでお願いします」

そう言いながら北条美雲《ほうじょうみくも》は空いたグラスをカウンターの上に置く。するとすっかり顔馴染《なじ》みとなった店の大将が笑みを浮かべた。

「美雲ちゃん、ペース早いんじゃないの？」

「まだ二杯目ですよ」

蒲田《かまた》駅の近くにある居酒屋だ。カウンターとテーブル席が二つという狭い店内は八割近く席が埋まっている。週に二、三回は美雲はこの店を訪れる。馬刺しと自家製コロッケは必ず注文する人気の逸品だ。

「はい、赤霧島のロックね」

「ありがとうございます」

まだ二杯目と言っておきながら、すでに結構酔っ払っている。「はい、馬刺し」と大将が馬刺しの皿を美雲の前に置いたとき、店の入り口のドアが開く音が聞こえた。入ってきたのは一人の女性だ。その女性に向かって美雲は声を張り上げる。

「香《かおり》先輩、こっちです」

桜庭香がこちらに向かって歩いてくる。職場から直接来たのだろう、濃紺のパンツスーツという装いで立ちだ。香は美雲の隣に座りながら、大将に向かって言った。

「生ビールとハイボールください」

「はいよ」

桜庭香。かつて美雲が警視庁捜査一課にいたとき、お世話になった桜庭和馬の妹だ。年齢は今年で三十三歳になる。キリリとした顔立ちの美人だが、趣味がウェイトトレーニングというだけのことはあり、スーツの上からでも二の腕の筋肉が見てとれた。名字が変わっていないということは、すなわち独身であることを物語っている。

「乾杯」

「お疲れ様です」

グラスを合わせた。香は生ビールを半分ほど飲み干してから、まるでチェイサーのようにハイボールをごくごくと飲む。男前だ。蒲田署に異動になる前は警視庁の機動捜査隊に在籍しており、男顔負けの活躍ぶりだったという噂だ。今は蒲田署の交通課に勤務しているが、またそのうち機動捜査隊に戻るだろうと本人も、それから周囲も信じて疑わない。

「今日は何してた?」

香に訊《き》かれ、美雲は答えた。

「書類の整理をしてました」

「まったく宝の持ち腐れだな。美雲は今、令和のホームズともあろうお方が」

皮肉っぽく香が言った。美雲は今、蒲田署の刑事課にいる。配属されて一年半が経っていた。

美雲は日本を代表する探偵事務所の跡とり娘だ。父は平成のホームズと称された北条宗太郎《そうたろう》、亡くなった祖父の宗真《そうしん》は昭和のホームズと謳《うた》われた名探偵だった。より多くの刑事事件を手がけたい。その一心で美雲が警視庁に入庁したのは今から四年前の春だった。

初年度から警視庁捜査一課に配属されるという異例の人事だった。その期待に応え、次々と事件を解決していった美雲だったが、予期せぬハプニング、いや幸運が訪れた。そう、運命の男性に出会ってしまったのである。

その相手というのが厄介《やっかい》だった。三雲渉《わたる》という、Lの一族なる泥棒一家の長男だったのだ。探偵の娘と、泥棒の息子。決して交わることのない平行線だと思われた両者だったが、なぜか両家の親も賛成し、結婚するのを許された。もっとも結婚すると言っても籍を入れることは不可能であり、当時住んでいた警視庁の寮を引き払い、渉が住んでいた月島《つきしま》のタワーマンションに転がり込んだのであった。

楽しい日々だった。人生初の同棲、しかも相手は運命の男性。楽しくないわけがない。ところが別れは唐突に訪れた。同棲を始めて一年後、美雲は渉と袂《たもと》を分かつことに相成《あいな》ったのである。

神は乗り越えられない試練は与えない、なんて嘘だ。美雲は失恋の痛手から立ち直ることができなかった。当然仕事にも影響が出て、捜査一課でもお荷物となった。捜査のできない刑事に用などない。最後まで先輩の桜庭和馬が庇《かば》ってくれたものの、最終的には所轄に異動することが決まった。先に異動していたかつての上司、松永《まつなが》が手を挙げてくれたお陰で、今は蒲田署の刑事課の隅の方でちょこんと座っている美雲だった。

「美雲、遠慮しないで飲めよ」

「ありがとうございます、香先輩」

蒲田署で桜庭香に出会ったのは本当に偶然だ。だが美雲はこの偶然に感謝していた。香も当然、三雲家の秘密について知る数少ない人間の一人だ。何せ彼女の兄は三雲家の長女、三雲華と一緒に暮らしているのだから。

「……やっぱり人は外見じゃ判断できないもんだな。私はそう何度も会ったことがないけど、渉さんってどっから見ても草食系男子だよな。下手すりゃ草も食わないで水だけ飲んで生きてそうなタイプじゃんか。そんな男でも浮気するってことだろ」

合流して一時間後、早くも香は酔っ払っている。いつもこの話になり、そのたびに美雲は否定する。

「違いますよ。別れた原因は渉さんの浮気じゃありませんって」

「じゃあ美雲か。まあお前は可愛いから、寄ってくる男もあとを絶たないだろうが」

「私でもありません。香先輩、このやりとり何回目ですか」

渉と別れた原因について、美雲は誰にも打ち明けていない。い、い、い、あんなことが原因で別れたなんて、恥ずかしくて誰にも言えたものではない。

「大将、生ビールとハイボールください」

「じゃあ私は赤霧島のロックを」

「二人とも、そろそろやめた方がいいんじゃないか。明日も仕事だろ」

大将に窘《たしな》められ、お代わりは諦めた。運ばれてきた熱い緑茶を啜《すす》る。自分は酒に強いのではないか。そう気づいたのは香とこうして飲むようになってからだ。父の宗太郎は麵類とスイーツしか食べないという変人だし、母親の貴子《たかこ》もそれほどアルコールを口にしなかったので、自分もあまり酒に強くないだろうとずっと思っていた。それが今ではこうして飲み屋に入り浸っている。罪悪感を覚える一方、職場の同僚と仕事帰りに一杯やるという、やっと東京の人になれたみたいな達成感があるのも事実だった。

お会計を済ませて外に出た。蒲田の商店街には多くの人が行き交っている。

「じゃあな、美雲。また今度」

「ご馳走様でした。お気をつけて」

敬礼し、直立不動で先輩女性警察官を見送った。香が角を曲がるのを見届けてから、ハンドバッグ片手に歩き出した。ここから歩いて五分ほどのところにあるアパートに住んでいる。商店街から一本入った路地を歩いていると、すうっと近づいてくる影があった。その影がペットボトルの緑茶を差し出しながら言った。

「お嬢、飲み過ぎですぞ」

「私のプライベートに口を出さないで」

この老人は助手の山本猿彦《やまもとさるひこ》だ。祖父、父と二代に亘《わた》って北条家に仕《つか》えていた助手であり、美雲の警視庁入りに合わせて送り込まれた東京でのお目付け役だ。情報を集める腕前はたしかなものがあるが、最近ではあまり出番はない。

「今のお嬢の姿をご覧になったら、先代もさぞかし嘆かれるでしょうな」

先代というのは祖父の北条宗真のことだ。お祖父ちゃん子だった美雲は祖父のことが大好きだった。刑事の道を志したのも亡き祖父の助言に従ってのことだ。

美雲は何も言わずに夜道を歩いた。わかってはいる。このままではいけないことくらい、美雲自身も承知している。しかし気が乗らないのだ。捜査をしよう、事件の謎を解こうという気持ちが湧いてこないのだ。飛び方を忘れてしまった鳥のように、毎日自分の席に座っているだけだ。

十月に入ったばかりで、頰に当たる風が少し冷たかった。

※

夜九時三十分。やっと杏が寝てくれたので、華はいったん寝室から出た。リビングでは和馬がビールを飲みながらテレビを観ていた。杏が眠ったことを知ったためか、和馬はテレビの音量を少し上げた。NHKのニュースのようだ。

「和君、ちょっといい？」

「ああ、いいよ。どうかした？」

「実はね……」

今日起きたことを和馬に話した。杏がかくれんぼで音楽室の天井裏に隠れてしまい、学校から連絡が入ったこと。アポロの嗅覚がなければ発見できなかったかもしれないこと。華の話を聞き、和馬は小さく笑った。

「天井裏って、そいつは凄いね」

「見つける方の身にもなってみてよ」

「やっぱり血は争えないってことか。困ったことに三雲家の血が濃く出てしまったということだな」

認めたくないが、それは事実だ。思えば数年前からその兆候は始まっていた。保育園に通っている頃から杏は悪戯《いたずら》が好きな子供だった。悪戯が見つかれば、当然叱られる。叱られたくないから杏は逃げる。それを華は追い、また杏は逃げる。その繰り返しだった。今になって思い返すと、杏は逃げることが好きだったように思えてならない。要するに逃げるという行為自体が楽しいのであり、逃げるために悪戯をするのである。逃げたり隠れたりすることが本能的に楽しいことだと知っているのだ。

「でも和君、笑ってる場合じゃないわよ。あの子、遂に知ってしまったみたいよ」

「えっ？　マジか」

「こないだお父さんとお母さんが杏をディズニーランドに連れてったじゃない。あのときに見ちゃったみたい」

「そいつは大問題だな。で、どうしたんだ？」

「ジジは泥棒じゃない。そう言うしかないでしょ」

「そりゃそうだ」

いつまでも隠し通すのは難しいと思っていた。せめてあと二、三年先だったらと思わずにはいられなかった。高学年あたりになれば、恥ずかしいという感覚が芽生えるのではないかと期待できた。祖父と祖母が泥棒をしているのは恥ずかしい。そう思うようになれば、自分から口にしたりしなくなる。華がそうだったように。

しかし今、杏は小学二年生だ。思ったことはどんどん口にしてしまう年頃だし、祖父母が泥棒であるという意味すら完璧に理解しているわけではあるまい。私のお祖父ちゃんとお祖母ちゃんは泥棒なんだよ。うっかり口を滑らせてしまう可能性もゼロではない。

「でもだぜ、華。お義父さんもお義母さんも本気で孫を泥棒にしようなんて思っちゃいないだろ」

「甘いわ、和君。うちの両親を甘く見ない方がいい」

Ｌの一族。三雲家は世間ではそう呼ばれている。祖父の巌は伝説のスリ師、祖母のマツは鍵師。父の尊は美術品専門の泥棒で、母の悦子は宝飾品泥棒であり、兄の渉はハッカーだ。まともに暮らしているのは華だけだ。

「和君にも何か訊いてくるかもしれない。そのときは頼んだわよ」

「わかった。誤魔化《ごまか》せばいいんだな」

「お願い」

明日の朝も学校に行く前に釘を刺しておくべきだろう。祖父母が泥棒である。そんなことをクラスで言い触らしても周りがすぐに信じるとは思えないが、念には念を入れておくべきだ。

「なあ華、渉さんは相変わらずかい？」

「うん。相変わらず引き籠もってるみたい」

「渉さんがしっかりしてくれると違ってくるんだけどな」

兄の住むタワーマンションには、たまに父や母も出入りしているようだが、基本的には引き籠もり生活を送っていた。実は父や母が孫の杏にあれこれちょっかいを出してくるのは、兄の渉にも多少の原因があるのだった。

兄は二十代の頃からずっと自室に引き籠もり、政府や企業にハッキングを仕掛けていたという。そんな兄も徐々に外に出るようになり、そして三年前、遂に念願の彼女ができた。その相手というのが北条美雲という和馬の後輩の刑事だったのだ。しかも彼女は日本一有名な探偵一家の娘だった。

紆余曲折の末、両家の当主の許しも得て、二人は同棲を開始したが、それも長くは続かなかった。詳しいことは知らないが、美雲は月島のタワーマンションを出ていってしまい、それから兄の渉は時間が巻き戻ってしまったかのように、部屋から一歩も出ない生活を送るようになったのだ。

ようやく自立をしたと思った長男が、また元の引き籠もり生活に戻ってしまった。父と母の焦《あせ》りは何となく理解できる。そして両親はたった一人の孫に着目したのだ。三雲家の未来はこの子にかかっているのではないか、と。

華にしてみればいい迷惑だ。娘を泥棒にさせるつもりはさらさらなく、むしろ泥棒は娘になってほしくない職業ナンバーワンだ。だからできるだけ両親から杏を遠ざけようと苦心していたのだが、杏はどうもあの二人に懐いてしまい、止めることができなかったのだ。反省しきりだ。

「まあいろいろあるけどさ、何とかなるって」

和馬が気楽に言う。こういう大らかな性格に何度も助けられた。和馬にしても泥棒一家の娘を嫁にもらっているわけだし、それなりの気苦労もあるはずだが、そういうものを華の前であまり見せたことがない。その点では華は和馬のことを尊敬している。

「そうね。何とかなるわよね、きっと」

とにかく目立ってはいけない。それを杏にもう一度言い聞かせる必要がありそうだ。

「華、まだビールあるよな？」

「あったと思う。ちょっと待ってて」

今日はいろいろあって少し疲れた。私も一本くらいビールを飲んでもいいかもしれない。華はそう思って立ち上がった。

※

蒲田警察署は環八通りに面しており、勤務する署員は四百名を超える大規模警察署である。美雲のイメージではもっと犯罪が多発する地域だと思っていたが、自転車窃盗や万引きなどの軽犯罪は多いものの、殺人等の重犯罪の発生率はさほど高くないような気がした。もっともここに来る前の警視庁捜査一課では重犯罪しか担当しなかったので、所轄が初めての美雲にとってはすべてが初めての経験だった。

「北条、お茶」

「はい、係長」

警視庁時代はやったことがないお茶汲みも美雲の仕事になっている。刑事課に配属されている女性警察官は美雲一人であるため、必然的にその手の仕事が回されることが多い。女は私一人なんだから仕方ないか。美雲はそう割り切っているのだが、香に言わせると私は甘いらしい。ちなみに香は警察官に採用されてこのかた、一度も上司のためにお茶を淹《い》れたことがないという。

「北条、最近どうだ？」

係長の松永が訊いてくる。彼は捜査一課に配属されたときに直属の上司だった男だ。美雲が所轄に異動することが内定したとき、うちで引きとると手を挙げてくれたのが松永だと聞いている。彼の期待に応えるためにも本調子をとり戻さなければならない。それはわかってはいるのだが――。

「最近ですか。まあまあですね」

「そっか。だったらいい」

席に戻る。直接的に捜査には参加していないが、やることは山ほどあった。主に報告書のチェックだ。課員が提出する報告書を事前に確認し、そのうえで上司である松永に見せるのだ。課員たちが書いてくる報告書には目も当てられないほどの出来のものもあり、それらを直すのが美雲の仕事となっていた。美雲が来てから報告書の質が上がった。最近ではそういう声も聞こえていた。多少の貢献はできている。そう考えると少しだけ自尊心も満たされる。

昼まで報告書のチェックに専念する。正午になったところで作業をいったん中断した。自分のスマートフォンに着信が入っていることに気がついた。実家の母からだ。また例の件だろう。そう思いつつも美雲は母に電話をかける。すぐに母は電話に出た。

「ごめん、私よ。仕事中だったから出られなかった」

「美雲、あんた、元気にしてるの？」いきなり母の貴子は話し始める。「早速やけど、またいい話が来たで。一人は東大卒で、もう一人は早稲田や」

母の貴子は大阪生まれの大阪育ち、バリバリの大阪人である。大阪府警に勤めているときに父の宗太郎に見初められて結婚、今は北条探偵事務所の副代表を務めている。娘の婿候補を探すのが彼女の趣味だ。

そろそろ別の恋を。そういう気持ちがないわけではないが、なかなか最初の一歩を踏み出すことができなかった。それほどまでに渉との恋は特別だった。何せ初めて会った瞬間にこの人だとわかり、頭の中で結婚行進曲が流れたほどだ。ああいった経験は二度とないと思う。

警察官になって五年目。いつまでもここで燻《くすぶ》っているわけにいかない。そういう意味でも新しい恋というのは何かのきっかけになるかもしれなかった。

「まあ、あんたが気乗りしない言うなら、お母さんも無理に薦めたりせえへんけど……」

「わかったわ、お母さん。会うだけ会ってみる」

「ほんまか？」

「うん、本当よ。連絡先を送って。自分で調整するから」

「マッハで送るで。待っとき」

通話が切れた。スマートフォンを手に立ち上がった。昼は近くのコンビニに行くことにしている。一階のホールを歩いていると桜庭香と出くわした。香は交通課のため制服を着ている。彼女もコンビニに行くようなので、一緒に署から出た。

「香先輩、今日のお昼は何を……きゃっ」

何かにつまずき、美雲は転びそうになる。香が腕を持ってくれたので助かった。最近ではだいぶ解消されたが、基本的に転び易《やす》い体質だけは変わっていない。

「美雲、運動不足だな。私の通ってるジムを紹介するぞ」

「結構です。運動は嫌いなので」

スマートフォンに母からのメールが届いていた。同時にお見合い相手のプロフィールも記されている。

「香先輩、提案があるんですけど」

コンビニに入る手前で美雲はそう切り出した。

※

警視庁捜査一課における和馬のキャリアは長い。もう十年近くになろうとしている。配属された当時は若手捜査員の一人だったが、年齢を重ねるにつれ、責任のある仕事を任されるようになっていた。今は副班長というポジションを任されている。

実はこの十月に配置換えがあり、新しい班長が就任していた。名前は木場美也子《きばみやこ》といい、捜査一課では初となる女性班長だった。主に経済事犯を扱う捜査二課での経験が長く、そこでの実績が評価されての配置換えだった。和馬としても女性の上司は初めてであり、いまだにどのように接していいのかわからずにいる。

捜査一課では都内で起きた重大事件、主に殺人事件などが発生した場合、所轄署と協力して捜査をおこなう。この日、西新宿《にししんじゅく》で殺人事件が発生したため、当番だった和馬の班が捜査に当たることになり、現場に急行した。新班長の木場美也子が就任後、初めての捜査だった。否が応でも緊張は高まった。現場に向かうパトカーの車内でも、班員たちの口数は少なかった。

現場となったのは西新宿にある高層ビルの十五階だった。殺されたのはベンチャー企業の社長、石川悠斗《いしかわゆうと》（三〇）だった。午後一時から始まる会議に顔を出さなかったため、不審に思った社員の一人が社長室に入ったところ、窓際にぶら下がったハンモックの上で亡くなっている石川の姿が発見された。すぐに一一〇番通報され、新宿署の捜査員が駆けつけた。死因は毒物を飲んだことによる中毒死と断定、遺書等がないことから殺人の可能性が高いとされ、和馬たちの出番となったわけだった。

「ご苦労様です。現場はこちらです」

新宿署の捜査員に出迎えられた。ワンフロア全体がオフィスになっているようだった。今も社員たちは落ち着かない様子でそれぞれのデスクで仕事をしている。間仕切りのない開放的なオフィスだったが、社長室だけは独立した部屋としての造りになっていた。新宿署の捜査員が説明する。

「亡くなったのは昼くらいだと思われます。最後に被害者と話をした社員は正午少し前に社長室に入った彼の秘書でした。遺体を発見したのも彼女です」

すでに遺体は運び出されたあとだった。新宿署の捜査員が一枚の写真を見せてきた。ゼリー飲料の容器が写っている。たまに和馬も忙しいときなど昼食代わりに飲むことがあるものだ。

「この中に毒物が仕込まれていたようです。今、科捜研が詳しい成分分析をおこなっているところです。ちなみに彼は手ぶらで出社するのが常でして、これは誰かからもらったものだと推測できます」

つまり被害者に毒入りゼリー飲料を手渡した社員がいる。そういう見方ができるだろう。どの段階でゼリー飲料を手渡したのか、それが問題だ。今日の午前中かもしれないし、昨日より前という可能性もある。そうなってしまうと容疑者の絞り込みは難しいものになってくる。

「ちなみに社長室の外に防犯カメラがありまして、午前中に社長室に出入りした社員は全部で十八名います。昨日より前の映像については今も確認している次第です」

和馬は新班長である木場美也子の姿を見る。彼女は黒いパンツスーツを着ており、長い髪を後ろで縛っていた。年齢は今年で四十八歳になると聞いていた。やや吊り上がった目が気の強さを表しているようだった。多少気が強くなくてはここまでやってこれなかったはずだ。

和馬以下、班員たちの視線は美也子に向けられた。お手並み拝見。どの視線にもそんな意味が込められているように思われた。就任して最初の事件、果たしてどのように捜査を進めるのか、その手腕が問われるのである。

「木場班長、どうしましょうか？」班員を代表して和馬は美也子に訊く。「まずは事情聴取から始めましょうか。すぐにセッティングを進めてもよろしいかと」

ここに来る車中でネットで調べた。この会社は日本各地の農家と都内にある飲食店をネットを介して仲介する事業を進めているようだ。売り上げも好調で、設立してわずか三年で西新宿にオフィスを構えるまでに急成長を遂げていた。社員の数は五十人だ。手分けして事情を聞けば、早くて今日中、遅くて明日中には全員から話を聞けるはずだった。

「片っ端から事情を聞くのも悪くないけど」美也子があごに手をやって言う。「ここは多数決で行きましょう。時間は有効的に使うものですから」

「多数決、ですか？」

美也子の言わんとしていることが和馬には理解できなかった。美也子が説明を始めた。

「そうです。多数決です。こういうベンチャー企業には社内メールが必ずあるはず。それを利用して社員の皆さんに一斉メールを送ってください。内容は次の通り。『殺したいほど社長を憎んでいた人物を一人挙げよ』です」

和馬は唸《うな》った。ほかの班員も驚いていた。美也子は涼しい顔で続けた。

「人気投票みたいなものね。それで上位に食い込んだ者から事情聴取をおこなっていきましょう。桜庭君、副班長のあなたが中心になって進めてください。私はいったん新宿署に行ってあちらの課長さんに挨拶をしてきます。同行は不要です。私は以前新宿署にいたことがありますので」

「わ、わかりました。進めます」

美也子は歩き去った。和馬はその姿を見送ってから、ほかの班員と顔を見合わせた。どの顔も驚きに満ちている。人気投票によって犯人を多数決で絞り込むなど、前代未聞の捜査方法だった。

三時間後、和馬たち捜査員は関係者への事情聴取を開始した。美也子の指示に従い、被害者を恨んでいた人物を教えてくれるよう、一斉メールを送信した。約五十名いる社員のうち、回答があったのが四十五名で、それを集計した結果だった。場所は会社の会議室を借りている。

「あなたは社長と行動をともにすることが多かったようですね。たしか昨夜も夕食をご一緒されているみたいですね」

和馬がそう質問すると、目の前に座る女性が答えた。

「仕事上、そういうことが多いですね。秘書をやっておりますので」

彼女の名前は小沢美波《おざわみなみ》といい、遺体の第一発見者でもあった。午後一時過ぎ、会議が始まる時間になっても被害者が社長室を出てこなかったため、彼女が様子を見るために社長室に入ったというわけだった。

「ある社員の証言ですが、あなたは石川社長から言い寄られて困っていたようですね。それは間違いございませんか？」

小沢美波は石川社長を憎んでいた。そういう意味のメールを送ってきた者は全部で八名いた。美也子の言う多数決という意味では、彼女は疑わしき社員第二位だ。ちなみに第一位は最近会議で吊るし上げを食らった若手社員で、第三位は社長と意見が対立しがちな古参の男性社員だった。現在、その二人にも別の場所で事情聴取がおこなわれているはずだった。

「さっきのメールですね」小沢美波は苦笑した。例のアンケートは彼女のもとにも届いており、その結果が今の事情聴取に繋がっていると本人も理解しているはずだった。「たしかに社長からしつこく誘われて正直困っていました。そういう話を何度かスタッフに洩らしてしまったこともあります。ですが、殺したいほどじゃありません。彼は私のボスですから」

小沢美波はかなりの美人であり、男が言い寄るのは無理もないと思えるタイプだった。彼女が石川社長を憎んでいる。そういうメールを送ってきた者の中には、彼女に対するやっかみも含まれているように思えて仕方がなかった。

「ちなみに小沢さんは誰が犯人だと思いますか？」

和馬はそう質問した。実はアンケートの結果はすべてわかっている。彼女もそれを見越しているのか、何の躊躇《ためら》いもなく答えた。

「伊藤《いとう》君です。伊藤真紗人《まさと》君。三日前の会議で社長から散々に怒られていましたから」

アンケート第一位の社員だ。企画部門の社員であり、相当実力のある男らしいが、その分生意気な性格と聞いている。会議の席上でも平気で社長に反論することがあるようで、三日前の会議で遂に石川社長の堪忍袋の緒が切れてしまったのか、多くのスタッフの前で罵倒されたという。社長は持っていたペットボトルを投げつけたりもしたようだ。

「会議のあとで伊藤君、結構怒ってたみたいです。『あんな社長の下で働いてるのが馬鹿らしい』とまで言ってたみたいです。気持ちはわかるんですけどね」

ずっと様子を観察していたのだが、小沢美波は終始リラックスして話しており、緊張や不安といったものは一切感じられなかった。これが演技だとすれば非常に肝が据わっている。彼女は容疑者から除外してもいいのではないか。そう思っていた矢先だった。

「失礼します」

ドアが開き、一人の捜査員が会議室の中に入ってくる。和馬の同僚だった。男は和馬のもとに近づいてきて耳打ちした。

「桜庭さん、犯人が自供しました」

「本当か？」

思わず声を上げていた。同僚刑事はうなずきながら言う。

「本当です。木場班長が事情聴取をおこなっていた堀内《ほりうち》という男性社員です」

隣に座る捜査員に目配せを送り、小沢美波をその場に残して会議室から出た。さらに話を聞く。いつの間にかほかの捜査員も集まっている。終業時刻を過ぎているのでフロアに残っているのは警察関係者だけだった。

堀内という社員は社長と同じ年で、会社設立当時からのスタッフだった。ところが最近、石川社長との間に経営方針を巡る行き違いがあったという。火種は千葉県にある一軒の契約農家だった。

その農家は長年石川の会社と契約をしている農家であり、プライベートでも石川や堀内と親交があった。その農家の経営者が病で倒れ、今まで通りに野菜を提供できなくなるという事態に陥った。野菜を提供できない農家とは契約を打ち切るべき。そう冷たく主張する石川社長に対し、堀内は頑なに反対したというのだった。

「例のアンケートが決め手になったみたいですね。あんなことをされたんじゃ、自分が社長を恨んでることが警察にバレてしまう。しかもいきなり呼び出されて事情聴取をされたわけですから、もう逃げられないと観念したようです」

殺害に使用した毒物はインターネット上の闇サイトを通じて仕入れたと本人は語っているという。それを注射針でゼリー飲料に仕込み、今朝何食わぬ顔をして石川社長に渡した。

「これから新宿署に移送するようです。早ければ今夜中にも逮捕に踏み切ると班長は言ってます。あ、出てきましたね」

別の会議室のドアが開き、そこから数名の捜査員と、彼らに挟まれるように堀内という社員が出てきた。堀内は項垂《うなだ》れている。最後に木場美也子が姿を見せた。彼女が目の前を通り過ぎようとした際、捜査員の間から拍手が起こった。

和馬も手を叩いた。本来なら今頃は新宿署で第一回目の捜査会議をおこなっている時間だ。それを早くも犯人を自供に追い込んでしまったのだ。就任早々に手がけた最初の事件、これほど幸先のいいスタートはほかにない。おそらく明日にも警視庁中で話題になることは確実だ。

「まだ予断は許しません」立ち止まった美也子が捜査員たちに向かって言った。「証拠を揃えてください。容疑者のパソコン、書類等も徹底して調べるように。それから自宅も。場合によっては他のスタッフから事情を聞くことも忘れないように。引き続きよろしくお願いします」

「はい」

声を揃えて返事をする。美也子らがエレベーターに乗るのを見届けてから、和馬はほかの班員、新宿署の捜査員たちにやるべきことの指示を出した。そしてもう一度、彼女が消えたエレベーターに目を向ける。

噂に違わぬ切れ者らしい。彼女の下につけば多くのことが学べそうだ。和馬は白い手袋を嵌《は》め、証拠押収の作業に加わった。

※

ケイドロは楽しい。警察役と泥棒役に分かれ、追いかけっこをする遊びだ。杏は泥棒役になるのが好きだった。こんなことをママに言ったら怒られるかもしれないけど。

杏は今、学校の裏手にある木の上にいる。かなりの高さの木だが、この程度の木登りは苦ではない。まさか杏が木の上に隠れているとは思ってもいないのか、さきほども警察役の子が杏の真下を通り過ぎていった。息をひそめて、彼をやり過ごしたときの胸の昂ぶり。泥棒役をやっていて一番楽しい瞬間だ。

ジジとババは泥棒じゃない。とママは言っているが、ママが嘘をついていると杏は気づいていた。実際、杏は目の当たりにしたのだ。ジジが知らない人から金ピカの腕時計を盗む瞬間を。ジジとババは多分、いや絶対に泥棒だ。そしてこれは杏の予想なのだが、実はママも知っている。ジジとババが泥棒であるということを。

泥棒はいけないことであるのは杏も知っているのだが、ジジは奇妙なことを言っていた。いい泥棒と悪い泥棒がいて、ジジたちはいい泥棒であるというのだ。あれはどういう意味だろうか。

ケイドロで泥棒役として逃げたり隠れたりするのは楽しいが、杏は少し悩んでもいた。私は泥棒役をやってもいいのだろうか。そんな悩みだ。いや、ちょっと違う。泥棒役を楽しんでしまっていいのだろうか。こっちの方がぴったりだ。遊びなのだし、今までそんなことは考えたこともなかった。ジジとババが泥棒だと知り、初めて芽生えた感情だ。

「おーい、三雲。どこにいるんだよ」

遠くから声が聞こえてくる。木の上から目を凝らすと、遠くから子供たちが歩いてくるのが見えた。三人の男の子と、一人の女の子だ。三人の男の子は警察役で、捕まっている泥棒役は友達のいち夏だ。捕まった泥棒は捕虜となり、本来なら鉄棒のところにいないといけないのだが、なぜかいち夏は連れ出されているみたいだ。しかもあろうことか、縄跳びで両手を縛られているではないか。

「三雲、隠れてないで出てこいよ」

警察役の男の子が言う。三人のうち、真ん中を歩いている髪の長い少年は、隣のクラスの大和田《おおわだ》隼人《はやと》だ。彼はリーダー的存在で、いつも威張っている。隼人のお父さんはプロデューサーという仕事をしているらしいが、それがどんな仕事なのか杏は知らない。しかし聞いたところによるとテレビに出てくる芸能人と会うこともあるみたいで、隼人は何度もそういう人たちと会ったことがあるという。誰もが隼人には一目置いていて、隣のクラスの担任の先生でさえも隼人の機嫌を気にするらしい。まさに王様みたいな子だった。

「可哀想だな、柳田。お前、三雲に見捨てられたんだな」

そう言って隼人が前を歩いているいち夏の背中を小突くのが見え、杏は我慢できなくなった。スカートを押さえ、パンツが見えないように木の上から飛び降りる。

「あっ、いたぞ」

「三雲発見。あんなところに隠れていやがった」

警察役が集まってくる。杏は隼人に向かって言う。

「ずるいよ。捕虜をいじめたらいけないんだよ」

「いじめてないって」隼人は目を細めて言う。「あっちで捕まえたから、これから牢屋まで連れていくんだ。三雲、お前も逮捕する」

三人の警察役が近づいてきた。杏は後退する。このままおめおめと捕まりたくない。

「三雲、お前もいい加減隼人君に従った方がいいぞ」警察役の一人が言った。「隼人君、ユーチューバーデビューするんだぜ。小二でユーチューバーだぜ。俺たちも出してくれるってさ。お前も出たいなら逆らわない方がいい」

「別にユーチューブなんかに出たくないもん」

隼人は禁止されているはずのスマートフォンを学校に持ってきている。先生も気づいているようだが、隼人にはきつく注意しないらしい。休み時間になると隼人の周りには子供たちが集まり、みんなでユーチューブを見ているというのだ。杏のクラスでは信じられないような話だ。

「あと何人？」

杏は訊いた。ほかに何人の泥棒が残っているか気になったのだ。隼人が答える。

「お前が最後だよ、三雲」

「じゃあ自首する」

杏は前に出た。一人で逃げ回っているよりは、攻守交代してしまった方がいいと思ったからだ。今度は杏たちが警察役だ。

「はい、逮捕」

警察役の一人に手首を摑まれる。いち夏が申し訳なさそうな顔をしているが、杏は彼女に向かって笑みを浮かべた。大丈夫だよ。そう伝えたつもりだった。

校庭の鉄棒に向かう。先に捕まってしまった子が鉄棒の近くでたむろしている。警察役と泥棒役が交代し、今度は隼人たちが散り散りになって逃げていった。五十数えたら追いかけていいことになっていた。代表して一人の子が声に出して数えている。数えているのは中原健政《なかはらけんせい》君といい、保育園からの友達だ。今も同じクラスの男の子で、ママ同士も仲がいい。

杏は一昨日の夜、パパと一緒にお風呂に入ったときのことを思い出した。ケイドロの話になったのだ。

いいかい、杏。パパはこう見えて警察官だからね、追いかけるときのコツを教えてあげる。必ずコンビを組んで追いかけるといい。できれば二人一組でね。で、泥棒を見つけたら挟み撃ちにしちゃうんだ。簡単だろ。

「みんな、聞いて」

杏はパパの話を説明する。みんなわかってくれたようで嬉しかった。健政が数え終えた。「行こう、いち夏ちゃん」と声をかけ、杏は校庭を走り出した。

※

「三雲さん、こんにちは」

「あ、中原さん。今日は早いですね」

「そうなんです。仕事が早く終わったもので」

学童に杏を迎えにいく途中、ママ友である中原亜希《あき》と一緒になった。彼女は新宿にある百貨店の婦人服売り場で働くシングルマザーだ。彼女の息子の健政は、杏と保育園からずっと一緒なので、たまにご飯をともにする間柄だ。

「来週、運動会ですね」

亜希に言われ、華はうなずいた。

「そうですね。中原さん、誘導係でしたっけ？」

「ええ。明日の土曜日もリハーサルに呼ばれてます。もう大変ですよ」

来週の日曜日、杏が通う東向島小学校では秋の運動会が予定されている。もちろん華も応援に行く予定だった。和馬も仕事がなければ当然応援に行く予定だったが、これぱかりは事件次第なので状況が読めなかった。

運動会は数ある学校行事の中でもトップスリーに入るほどの一大イベントだ。もちろん杏も楽しみにしているのだが、華の心は晴れなかった。理由は簡単、杏の身体能力にある。この一年のうちに杏はさらに成長を遂げ、来週の運動会でも活躍すること間違いなしだ。クラス対抗リレーでもアンカーに選ばれているという。親として娘の活躍は嬉しい反面、杏があまりに目立ってしまうことに若干の危惧を抱いている。特に杏は祖父母の正体を知ってしまっている。今は大人しくしているのが賢明に思えて仕方がないのだ。

「まだ帰ってきていないみたいですね」

学童の建物を覗き込み、亜希が言った。どうせ校庭で遊んでいるのだろう。そう判断して二人でその場で待つことにした。話は自然と子供のことになる。

「三雲さん、杏ちゃんですけど塾に通わせることは考えてないんですか？」

「うちはまだいいかなと思ってる。健政君、塾に通わせるの？」

「私もまだ早いかなと思ってるんですけどね、父がうるさくて」

杏は公立中学に進ませるつもりなので、当面の間は塾に通わせる気はなかった。保育園の頃はピアノ教室に通わせていたが、本人が乗り気でないのがわかったので、小学校進学を機にピアノ教室はいったん辞めている。今は特に習い事をしていないが、学校だけでそれなりに忙しい日々だ。

「三雲さん、私バイト始めたんですよ」

「へえ、どんなバイト？」

「家事手伝い的なやつです。主に料理ですね。一人暮らしの方のお宅にお邪魔して料理を作るんです。三日分くらいまとめて作って、小分けして冷凍したりするんです。オプションで掃除もします。私、家事が嫌いじゃないんで楽しいですよ」

「そうなんだ。お客さんはどういう人が多いの？」

「お年寄りもいますし、若い男性もいますよ。料理を作るのが面倒な人って多いんですよね。凄い感謝されますよ」

華は家事が嫌いではないが、他人のためにしてあげようとは思わない。ただしそれでお金が稼げるとなると、亜希のようなシングルマザーにとっては、手軽にできるバイトなのかもしれなかった。

「よかったら三雲さんもどうですか？　一度研修を受けてしまえば、あとはアプリを通じてやりとりするだけですよ」

「何か怖くない？　見ず知らずの人のお宅にお邪魔するんでしょう？」

「まあそうですけど。慣れればどうってことありませんよ。あ、先生、こんにちは」

振り返ると学童の先生、増田秋絵が立っていた。元教師だと聞いている。秋絵先生はにこやかに笑っている。

「お疲れ様です。杏ちゃんと健政君はまだ？」

「そうみたいです。そろそろ迎えにいった方がいいかもしれませんね」

ちょうどそのとき、五人の子供たちが横断歩道を渡っているのが見えた。杏と健政の姿も見える。「おかえり」と出迎えると、杏は「ただいま」と言い、ランドセルをとりに学童の建物の中に入っていく。出てきた杏は健政と声を揃えた。

「先生、さようなら」

「はい、さようなら。また来週ね」

華も秋絵先生に挨拶してから帰路に就く。杏はあまり機嫌がよくないようで、下を向いて歩いている。その理由を健政が明かしてくれた。

たんだ」

「ズルいんだよ、隼人君たち。人質を使うんだ。それで三回も杏ちゃん捕まっちゃったんだ」

今日はケイドロをしたらしい。ケイドロ――警察と泥棒という遊び自体、杏にとって、いや華にとっても一種の鬼門のように思えて仕方がなかった。だとしてもケイドロを禁止するわけにいかず、しかも杏は一番好きな遊びはケイドロというのだから困ったものだった。

誰に似たのか、杏は負けず嫌いな性格をしている。遊びといえども、負けたことが悔しくてたまらないのだろう。下を向いたまま、杏はとぼとぼと歩いている。

玄関の鍵が開いていたので、嫌な予感がした。和馬が帰ってくるにはまだ早い。昨日新宿で殺人事件が発生したようで、すでに犯人は捕まったようだが、その証拠集めをしていると今朝の朝食のときに話していた。ドアを開けると革靴とハイヒール――どちらも見ただけで高そうとわかるもの――が並んでいて、華は小さく溜め息をついた。

それにこの匂いは何だ。なぜか玄関には微《かす》かに煙が立ち込めている。煙は廊下の奥のリビングの方から流れてくる。

廊下を進み、リビングに入る。やはり尊と悦子の仕業だった。どこから持ってきたのか、ホットプレートで肉を焼いている。かなり大きなホットプレートだ。

「お帰り、華。先に始めてるぞ。杏ちゃん、おいで。ジジと一緒に肉を食べよう」

尊がワイングラス片手に言う。ホットプレートの横には高級そうな肉が並んでいる。高級そう、ではなく、実際に高いはずだ。ただし彼らが金を支払ったかどうか、それはわからない。

杏が尊と悦子の間に座ろうとしたので華は注意する。

「杏、先に手を洗っておいで」

「はーい」

杏が洗面所に向かって走っていった。華は二人に向かって言う。

「やめてよ、もう。カーテンとかに匂いがついちゃうじゃない」

「細かいことを言うんじゃない。自分で焼いて食うからこそ肉は旨いんだ」

すでに部屋中に煙が立ち込めている。華はリビングに入り、カーテンを開けて窓を開け放った。天井を見ると火災報知器が作動しないよう、ご丁寧にビニールで目張りされていた。こういうところは本当に芸が細かい。

戻ってきた杏は尊と悦子の間にちょこんと座り、それからフォークで肉を食べ始めた。

「ほら、華。突っ立ってないで座って一緒に食べましょう」

悦子がそう言ってグラスにシャンパンを注いでくれる。仕方ないので華は座る。尊が肉を焼きながら言った。

「ドンペリのP3だ。刑事の安月給で飲める代物じゃないんだぞ」

「どうせどっかで……」

盗んだんでしょ、と続けそうになり、華は口をつぐんだ。杏の目の前だ。盗むとか泥棒といった言葉は慎むべきだ。杏には絶対に盗んだものを渡したり食べさせたりしないでくれ。普段から尊と悦子には口を酸っぱくして言っている。ここは自分の両親を信用するとしよう。

「杏ちゃん、美味しいか？」

「うん、美味しい。いつも食べてるスーパーのお肉と違うね」

「杏ちゃんもなかなかの美食家だな」

華はシャンパンを一口飲んだ。たしかにたまに和馬と飲むスパークリングワインとは一味違う。

「杏ちゃん、学校は楽しいか？」

「うーん、まあまあかな」

「何をして遊ぶのが好きなんだ？」

「ケイドロ」

飲んでいたシャンパンを噴き出しそうになる。華は尊の顔を睨《にら》んだ。余計なことを言わないでくれ。そう念じながら。

「ケイドロじゃない。ドロケイだ」尊は訂正した。「そもそも泥棒は逃げるもんだと決めつけてるのが気に食わん。逃げない泥棒だっているんだ」

「ジジはいい泥棒だから逃げなくてもいいの？」

「そうだ。俺はいい泥棒だから逃げなくていいんだ。警察もな、いい泥棒を捕まえることはできんのだ」

「ちょっと」と思わず華は口を挟んでいた。「杏、ジジの言うことを信じちゃ駄目よ。ジジは泥棒じゃないの。もちろんババもね。ジジは冗談言って杏をからかってるだけだから」

「俺は冗談なんて言ってないぞ。いいか、杏ちゃん、ジジは泥棒だ。杏ちゃんも七歳だろ。そろそろ覚悟しないといけない年頃だ。でもな、杏ちゃん。ジジとババが泥棒をしてることは友達には言わない方が賢明だろうな」

「賢明って？」

「賢いってことだ」

「お父さん、お願いだからこれ以上杏に余計なことを吹き込まないで」

「二人ともよしなさい。子供の前で恥ずかしい」見兼ねたように悦子が口を挟んできた。「それより華、何かさっぱりしたものないの?」

勝手に来ておいて無理を言う人だ。ただし杏に肉ばかり食べさせておくのも栄養が偏ってしまうと思った。冷蔵庫にトマトときゅうりが入っているはずだ。それを出そうと思って立ち上がろうとすると「私がやるわ」と悦子が腰を上げた。杏も手を挙げる。

「私も手伝う」

「じゃあ杏ちゃん、ババと一緒にサラダ作ろうか」

二人でキッチンに向かっていく。それを見た華は小声で尊に言った。

「お父さん、どうして泥棒のことをバラしたのよ」

「どうせいつかはバレることだ」と尊は案の定開き直る。「今のうちに真実を知っておいた方がいいと思ってな。あとになればなるほどショックはデカいもんだ。俺が見たところ、杏ちゃんはかなりの才能を秘めてるぞ。お前の小さい頃に比べても遜色ないかもしれん」

「言っときますけど、杏を泥棒にするつもりはありませんから」

「どうしてだ?　家業を継《つ》ぐのは当然だろ」

「家業って、杏は警察官と書店員の娘なのよ」

父と話していると頭が痛くなってくる。話が嚙み合わず、議論はいつまで行っても平行線を辿るのだ。私は本当に偉い、と華は時折自画自賛する。こんな非常識な両親に育てられたのにも拘《かか》わらず、きちんとまともに生きている。しかも今では刑事の妻だ。自分を褒めてあげたいくらいだ。

「ところで華、来週の運動会、何時に集合だ？」

尊に訊かれ、華はうろたえた。

「えっ？　く、来るの？」

「当たり前じゃないか。去年はゴルフと重なって応援に行けなかったからな。今年は参戦する予定だ」

急に不安になってくる。実は杏の運動会は桜庭家も来る予定になっていた。まあどちらも杏の祖父母なのだから断る理由はないのだが、三雲家と桜庭家が一堂に会するのは不穏な感じがする。どうにかして回避できないものだろうか。しかし尊は参加する気まんまんらしい。

「問題は昼飯だな。知り合いの料理屋に頼んで弁当でも作ってもらうか。いや、待てよ。やっぱり肉だな。いっそのことしゃぶしゃぶでもやるか」

憂鬱な気分になってきた。どうして娘の運動会で私がこんな気分にならなければいけないのか。雨でも降って中止になってほしい。楽しみにしている杏には悪いが、華は本気でそう思った。

「そうなんですか。美雲さんは京都出身なんですか。道理で品があるわけだ」

「実は僕の大学の友人が京都に住んでおりまして、何度か遊びにいったことがありますよ。お薦めのスポットがあったら教えてください」

※

美雲の目の前には二人の男性が並んで座っている。場所は品川にある運河沿いの小洒落たレストランだ。美雲の手元には最初に渡された名刺が二枚、並んでいる。右側の眼鏡をかけた男が東大卒の銀行員で、左側の男が早稲田卒の商社マンだ。どちらもそこそこの二枚目だ。二人とも母がどこからか探してきたお見合いの相手だ。

まだ会食が始まって三十分も経っていないが、早くも美雲は後悔し始めていた。やはりお見合いなどするべきではなかった。二人とも条件的には申し分ないのだけど、やはり渉と出会ったときのようなインパクトに欠ける。

「あれ？　美雲さん、飲み物がなくなってますね。次は何にしましょうか。やはりカクテルですかね。ええと、メニューが……」

右側の男が手を伸ばしたが、それより先に美雲の隣に座っていた女性――桜庭香がメニューを摑みとった。どうせだったら合コンみたいにしてしまう。そう思って美雲が声をかけたのだ。

「おい、そこのお兄さん」香が通りかかった店員を呼び止める。「この芋焼酎をボトルで持ってきてほしい。グラスは二つ。飲み方はロックだ。以上」

香はメニューを置き、前に座る二人の男に尋ねた。

「あんたたちは武道は好きか？」

「好きですよ」と答えたのは左側に座る商社マンだった。「朝食によく食べます。シャインマスカットとか好きですね」

「違う、そっちの葡萄じゃない。武道の方だ」

そう言って香は拳を突き出した。二人の男は目をパチパチとさせている。香は続けて説明する。

「いいか。自己紹介のときにも言ったが、私たちは警察官だ。特にこの北条美雲はこんな可愛い顔しているけどな、とてつもなく優秀な刑事だ。今後も多くの犯罪者たちを捕まえていくことになるだろう」

少しだけ肩身が狭い。捜査一課にいたときならまだしも、渉と別れて以降は刑事として活躍しているとは言い難い。

「多くの犯罪者たちを捕まえる。それはつまり、それだけ犯罪者たちからの恨みを買うことを意味しているんだ。たとえば街を歩いているとき、かつて逮捕した犯罪者と遭遇するかもしれん。いきなり襲われたらどうする？　あんたたちはこの子の身を守ることができるのか？」

二人の男は黙りこくってしまう。香は勝ち誇ったような顔をして、運ばれてきたグラスに氷を落とし、それに焼酎を注いだ。美雲の分も用意してくれる。すると右側に座る銀行員が言った。

「民間の警備会社を雇うというのはどうでしょうか？　私は銀行に勤務しているので、警備会社に知り合いがいます」

「金がかかるぞ。それでもいいのか」

「問題ありません。むしろ美雲さんの安全を守るという意味では安いものかと」

なかなかの回答だ。だけどその必要はない。香は無理難題を突きつけ、私のことを諦めさせようとしているのだ。すでに今の時点で私はこの二人に一ミリの興味もない。せっかく来てもらったのに申し訳ない気持ちで一杯だ。

「桜庭さん、とおっしゃいましたね。何て言うんでしょうか。あなたほどはっきり物を申す方も珍しいですね。普通こういう飲み会って女性は猫を被ったりするもんですが」

「本当にそうですね。歯に衣着せぬっていうんですか。話していて気持ちがいいですよ」

「そ、そうか……」

香がやや照れたような顔つきで焼酎を飲んだ。これは面白いことになってきたぞ、と美雲は内心思い、この流れに乗ることにした。

「香さんの家って警察一家なんですよ。しかも飼ってる犬まで元警察犬なんです」

「ほう、警察犬。それは徹底してますね。ちなみに犬種は？　やはりシェパードですか？」

「ええ、まあ」

「シェパードか。昔憧れたな。桜庭さん、失礼ですけどジムに通われていますか？　かなり鍛えてらっしゃるとお見受けいたしましたが」

「ええ、まあ」

「僕もなんですよ。実はジムマニアです。最近ジムも多いですから、マシンやカリキュラムも多様化していますよね。ここ品川にもお薦めのジムがありますよ。もしよかったら今度ご一緒しましょう」

会話が盛り上がっている。美雲は足元に置いてあったハンドバッグの中でスマートフォンが点滅しているのに気づいた。出して画面を見ると着信が入っていた。松永係長からだった。「失礼します」と席を立ち、通路を歩きながらリダイヤルした。すぐに通話は繋がった。

「北条です。電話に出られずに申し訳ありませんでした」

「いや、構わん。実は事件が発生した。殺しらしい。帳場が立つことになりそうだ。すぐに現場に来てくれ」

帳場というのは捜査本部のことだ。警視庁の捜査一課と蒲田署が合同で捜査をおこなうことになるのだった。蒲田署管内でも毎日のように大小の事件が発生しているが、殺人事件となると俄然緊張感が増してくる。いつもは書類のチェックに明け暮れる美雲も無関係ではいられない。

「わかりました。すぐに向かいます」

松永に現場の場所を聞く。それからいったん席に戻った。美雲の顔つきから緊張の色を感じとったのか、香が屈んでハンドバッグをとってくれた。

「ここは任せておけ。行ってこい」

「ありがとうございます」香からハンドバッグを受けとり、それから美雲は二人の男性に向かって言った。「申し訳ありませんが、事件が発生したようです。これで失礼させていただきます」

「わ、わかりました。頑張ってください」

美雲は二人に向かって頭を下げてから、慌ただしく店から出た。通りを走っている空車のタクシーに向かって手を上げる。乗り込んでからバッグからミント味のタブレットを出し、それを二粒、口の中に放り込んだ。

※

蒲田には二つの駅がある。ＪＲ蒲田駅と京急蒲田駅だ。現場となった雑居ビルは京急蒲田駅近くにある五階建てのビルだった。一階がコンビニになっていて、二階から上は飲食店や歯科クリニック、マッサージ店などが入っていた。和馬たちが現場に着いたのは午後九時のことだった。今日は日曜日だが、和馬たちの班は当番だったため、自宅で待機していたところを呼び出されたのだ。

「桜庭さん、こちらです」

後輩に呼ばれ、白い手袋を装着しながら声がする方向に向かう。現場はビルの屋上だった。すでに木場美也子を始めとするほとんどの班員が集まっている。和馬は遺体に向かって両手を合わせた。

刺殺のようだ。胸部を一突きといったところか。被害者は六十過ぎとおぼしき男性だ。鑑識職員が写真を撮っている。遺体は目を見開き、虚空を睨んでいた。ほぼ即死といったところだろうか。

「遺体を目に焼きつけて。絶対にこの人の無念を晴らす。そういう思いを忘れないで」

美也子の言葉に班員たちが声を揃えて答える。

「はい」

先日のベンチャー企業の社長殺害事件の件は、警視庁内でも話題になったらしい。異動して最初に担当した事件を、事件発生当日に解決に導いたのだ。噂にならない方がおかしい。やはり木場美也子は切れ者だ。称賛する声が圧倒的多数を占めており、それには和馬も同意せざるを得なかった。誰が怪しいか、社員に対して多数決をとる。そんな手法は初めてだ。

背後から足音が近づいてきた。振り返ると数人の男が立っている。所轄である蒲田署の刑事だろう。その先頭に立つ男を見て、和馬は小さく会釈をした。向こうも気づいたようで、一瞬だけ小さな笑みを見せる。二年前まで和馬の上司だった松永だ。今は蒲田署の刑事課にいるはずだった。木場美也子の前々任の班長だ。

「蒲田署の松永です。一課の皆さん、被害者の身許がわかりました」

松永ら蒲田署の捜査員の一番後ろに、女性らしき影が見えた。おそらく彼女は――。覗き込むように見ると、その影はスッと後ろに隠れてしまう。和馬は苦笑して松永の言葉に耳を傾けた。

被害者が所持していた財布の中に免許証と保険証が入っていたらしい。被害者の名前は川島哲郎《かわしまてつろう》といい、今年で六十三歳になる男だった。保険証によると勤務先は大手警備会社になっていたが、そちらの関係者とはまだ連絡はとれていないという。

「勤務先の警備会社が今日は日曜日で休みなので、本格的な聞きとり捜査は明日以降になると思われます」

遺体を発見したのはビルの五階にあるマッサージ店の経営者だった。店内を禁煙にしているため、たまに屋上に出て煙草を吸うことがあり、今夜七時過ぎに煙草片手に屋上に出たところで遺体を発見したという。

「その前に煙草を吸ったのは一時間前の午後六時で、そのときには遺体はなかったと証言しています。おそらく犯行時刻は午後六時から午後七時までの間と考えてよろしいかと思われますね」

捜査一課に長くいただけのことはあり、松永の報告は簡潔かつ要点を押さえている。松永が最後にこう締めくくった。

「私からは以上です。まずは周辺地域への聞き込みでしょうか。道案内は我々蒲田署にお任せください」

こういう凶悪犯罪が発生した場合、初動捜査として現場周辺への聞き込みをおこなうのが鉄則だった。しかし木場美也子は予想外のことを言い出した。

「聞き込みは必要ありません。うちの班から二名、このビルの関係者への聞き込みをおこなうだけで十分でしょう」

和馬は自分の耳を疑った。初動捜査で聞き込みを重要視しないなんて聞いたことがないからだ。美也子が続けて言った。

「まずは防犯カメラの洗い出しから始めます。どんなタイプの防犯カメラでも結構です。店舗に備え付けられているものから個人用のものまで、とにかくあらゆる防犯カメラを見つけ出し、地図に記入することから始めるように。この場から立ち去った犯人が透明人間でもない限り、必ずその姿は捉えられているはずですから」

防犯カメラの設置箇所の特定。美也子のやろうとしていることは理解できた。日曜日ということもあり、蒲田の町にもそれなりの人出はあるものの、通りすがりの通行人の記憶力を頼るより、防犯カメラの洗い出しを優先しようというのだ。ある意味で画期的な初動捜査とも言える。

「現在、周辺地域の地図を用意しているところです。蒲田署の皆さんには道案内をお願いします」

美也子がそう言うと、捜査一課と蒲田署の刑事がそれぞれに挨拶を始めた。松永が近づいてくる。

「桜庭、元気そうだな」

「松永さんもお元気そうで。よろしくお願いします」

松永の背後に彼女が立っている。下を向いて和馬の顔を見ようともしない。

「北条さん、よろしく」

「お久し振りです、先輩」

ようやく北条美雲が顔を上げた。彼女とは二年間、コンビを組んだ間柄だ。京都の老舗《しにせ》探偵事務所の跡とり娘で、文字通り英才教育を施されてきた探偵の娘だ。警察学校卒業直後に異例の人事で捜査一課に配属され、立て続けに事件を解決に導き、その手腕は高く評価されていた。が、あろうことか、Lの一族の息子と恋に落ち、何と同棲を始めてしまったまではよかったが——。わずか一年で二人は別れることになり、美雲は長いスランプに突入してしまったのである。

「黄金コンビ復活ってところか」松永が笑みを浮かべて言った。「桜庭、こいつを頼む。道案内として使ってやってくれ」

「わ、わかりました」

美雲がこちらに向かって頭を下げた。少し照れ臭い。近くを通りかかった木場美也子が美雲に訝しげな視線を向けてきたので、和馬は説明した。

「班長、こちらの女性はかつて捜査一課にいた北条刑事です。これから彼女と捜査に行って参ります」

「お噂はかねがね耳にしてます。北条宗太郎氏の娘さんね。よろしく」

「よろしくお願いします」

蒲田署の捜査員が付近の住宅地図を配っていた。それを受けとり、地図を確認する。蛍光ペンで担当する区域が記されている。それを美雲に渡して和馬は言った。

「じゃあ北条さん、早速始めようか」

「はい、先輩」

肩を並べて歩き出す。案の定、歩き始めてすぐに美雲は「きゃっ」と叫んで段差につまずいた。和馬は咄嗟に手を伸ばし、彼女が転ばないように腕をとってあげる。

「すみません、先輩」

何だか無性に懐かしかった。ドジなところも変わっていないらしい。「どういたしまして」と声をかけ、和馬は再び歩き出した。

※

「杏、そろそろおねんねの時間よ」

華がそう言っても杏は耳を貸さず、フローリングの上を転がっている。時刻は午後十時を過ぎていた。何だか変なスイッチが入ってしまったようで、杏はさきほどからフローリングの上を転がって遊んでいる。

「杏、明日は学校なんだからね。早く寝ないと寝坊しちゃうよ」

一時間半ほど前、和馬は仕事で飛び出していった。どこかで殺人事件が発生したというのだった。犯罪というのは平日休日問わず発生するため、こういうことはたまにある。ただしさきほど慌ただしく支度をしている和馬の様子がいつもと違った。どこか嬉しそうなのだ。理由を聞いて納得した。事件は蒲田署管内で発生したというのだった。蒲田署には北条美雲がいる。和馬は彼女との再会を期待しているというわけだった。

「ほら、杏。先に歯みがきするわよ。そしたら絵本読んであげるから」

「パパ、美雲ちゃんに会えたかな」

「どうだろうね。でもパパ、お仕事なんだからね」

「いいな、パパばかり。私も美雲ちゃんに会いたいな」

杏も美雲とは面識がある。彼女が和馬と組んでいた頃、何度かこの部屋を訪れたことがあり、杏は美雲に懐いていた。アイドル並みに可愛い美雲のことを、以前は本物のアイドルだと思っていたようだ。

「ママ、美雲ちゃんってパパと一緒で刑事なんだよね」

「そうだよ。美雲ちゃんも刑事だよ」

「じゃあ美雲ちゃんとケイドロやったら、私すぐに捕まっちゃうかもね」

スマートフォンの着信音が聞こえた。テーブルの上に置いたスマートフォンを手にとった。画面には『亜希さん』と記されている。ママ友の中原亜希だ。

「もしもし？」

華がそう声をかけても、電話の向こうで応答はない。ガサゴソという音が聞こえるだけだ。間違って電話をかけてしまったのだろうか。そんな風に思っていたところ、不意に声が聞こえてきた。

「……た、助けて」

「どうしたの？」

慌てて呼びかけても返事はない。再び物音が聞こえてくる。足音。それから何かが壁にぶつかる音。そして荒い呼吸。

「や、やめて……こっちに来ないで……きゃっ」

「中原さんっ」

通話は切れてしまう。いったい亜希の身に何が起きたのか。すぐにかけ直してみたのだが、通話は繋がらない。もう一度かけ直すと今度は電波が悪いか電源が切られているようだった。

「ママ、どうしたの？」

「ごめん、杏。ちょっと待ってて」

亜希の身に何か起きたことは間違いない。彼女が住むアパートの場所は知っている。自転車を飛ばせば三分もあれば辿り着ける。しかし彼女が自宅にいるとは限らないのだ。

思い出したことがあった。一昨日のことだ。学童の前で話していたとき、家事手伝いのバイトをしていると言っていた。その話を聞いたとき、ちょっと気になったのだ。見ず知らずの他人の部屋に一人で入るのは危険ではないかと。慣れればどうってことない。彼女はそう答えたが、華はそうは思えなかった。

スマートフォンを操作し、耳に当てる。お願い、出て。華の念が伝わったのか、通話はすぐに繋がった。華は呼びかけた。

「お兄ちゃん、今ちょっといい？」

「やあ華。久し振り」

兄の渉だ。渉は月島のタワーマンションで引き籠もりの生活を送っている。聞こえてくるのはアニメの音声だろうか。

「お兄ちゃん、余計な話をしてる暇ないの。今から言う番号を調べてみてくれる？お兄ちゃんだったらそういうの調べられるんでしょ」

声から緊迫した雰囲気を感じとったようで、渉は真面目な声で言った。

「できる。すぐに番号教えて」

「お願い」

通話を切り、亜希の電話番号を兄にメールする。そして華は準備を開始した。さすがにパジャマのまま外に出るわけにいかない。ジーンズを穿き、シャツを羽織ったところでスマートフォンが鳴った。見ると渉からメールが入っていた。そこに表示された地図を見る。ここから自転車で五分ほどだろうか。彼女のアパートではなく、住宅地の中だ。

渉に礼を言っている暇はない。今は一刻を争う。杏をどうしようかと一瞬だけ迷った末、やはり一緒に連れていくことにする。

「杏、行くわよ」

「どこに？」

「いいから早く。健政君のママが大変かもしれないの」

ハンドバッグを手にとり、自転車の鍵を摑んだ。それから杏の手を握り、部屋を飛び出した。

※

防犯カメラの洗い出しを開始し、一時間が経とうとしていた。和馬は前方にコインパーキングがあるのを見つけ、指でさして美雲に言った。

「北条さん、コインパーキングだ。メモっておいて」

「了解です」

連絡先をメモしておいて、あとでまとめて問い合わせをかけるのだ。無人のコインパーキングには必ず防犯カメラがついている。

時刻は午後十時を回っている。十一時にいったん現場に再集合するよう、班長の美也子から指示が出ていた。

「ところで北条さん、渉さんとはその後どうなってるんだい？」

人通りもなく、見た限りは開いている店もなさそうだったので、和馬は試しに質問してみた。美雲はやや顔を赤くして答える。

「どうなってもいませんよ。会ってもいませんね」

「それはつまり、電話とかメールとかはしてるってことなのかな」

「まあ、たまにですけど」

彼女が渉に最初に出会ったとき、和馬もその場に居合わせた。だから二人が交際するようになり、さらに二年前に別れてしまったと聞いたとき、胸の奥で微かな罪悪感を覚えたのだった。

「あのさ、北条さん。ずっと訊きたかったことなんだけど、どうして君たち別れちゃなぜ美雲が渉と別れることになったのか。その理由は誰も知らない。一度華も渉にそれとなく訊いたことがあったそうだが、はぐらかされてしまったという。あの渉に人をはぐらかす話術はないと思うので、ただ単に答えなかっただけだろう。

「言いたくありません」

美雲が言った。その顔つきは真剣だった。和馬は念を押す。

「どうしても？」

「はい、どうしてもです」

可愛い顔して結構気が強いのは和馬も知っている。絶対に口を割らないだろう。

「わかった。じゃあ俺もこれ以上は訊かないことにしよう。ところで北条さん、蒲田署ではちゃんとやってるのかい？」

「それなりには」

まだ本格的に復活していないのだなと和馬は察する。もっとも彼女が以前の輝きをとり戻したのであれば、捜査一課にも噂が流れてくるはずだった。それがないということは、いまだに彼女が燻っていることを意味していた。

「そういえば香と仲良くしてるんだって？」

「ええ」美雲の顔つきがやや明るくなった。「香先輩には可愛がってもらっています。お姉さんができたみたいで嬉しいです。私、一人っ子なので」

妹の香は美雲と同じ蒲田署の交通課に勤務している。蒲田署の前は警視庁の機動捜査隊に配属されていた。趣味がウェイトトレーニング、特技がウェイトトレーニングという肉体派だ。一見してアイドル風の美雲とマッチョな妹が一緒にいるのがうまく想像できないのだが、美雲自身が満足しているようで何よりだった。それに香がついていれば悪い虫が寄ってくることもあるまい。

「北条さん、今度の事件、どう見る?」

「そうですね」美雲は歩きながら言う。「まだ情報が少ないのでわかりませんね。明日以降になればいろいろと情報が出揃ってくるはずです。いずれにしても顔見知りの犯行でしょう。通り魔的な犯行ではないと思います」

悪くない分析だが、物足りない気がした。配属された初年度、彼女はそれこそ獅子奮迅とも言える働きで、いくつもの事件を解決に導いた。捜査一課にとんでもないルーキーが現れたと、警視庁だけではなく所轄にも噂が流れたほどだ。

「あ、すみません。蒲田署の者ですが」

コック服を着た男が自販機の前に立っており、美雲が近づいて事情を聞いた。近くのレストランで働く店員のようだが、事件に繋がるようなことは何も知らない様子だった。聞き込みは禁止されているわけではないので、目に留まった通行人などには事情を聞くようにしていた。

「ありがとうございました」

「どういたしまして」

コック服の男はにやけた顔をして立ち去っていく。男という生き物は何て単純なのだ。そう思っていると上着のポケットの中で振動を感じた。

華からの着信が入っていた。当然向こうも和馬が捜査中であるのを知っているので、滅多なことでは電話をかけてきたりしない。不測の事態が起きたのだ。考えられるのは杏の体調だが、さきほど部屋から出てくるときには杏は元気にしていたように思う。

すぐに通話に出た。華の声が聞こえてくる。

「和君、仕事中にごめん」

「華、何があったんだよ」

風の音が聞こえる。外にいるようだ。華が早口で言った。

「中原さんが危ないの。もしかしたら襲われたのかもしれない」

「何言ってんだよ。華、わかるように説明してくれ」

ついさきほど、杏の幼馴染みである中原健政の母、亜希から電話があったという。助けを求めるような電話だった。亜希は最近家事手伝いのバイトをしているため、一人で男性宅を訪れることもあり、その訪問先でトラブルに巻き込まれたのではないかというのが華の推論だった。

「気持ちはわかるけど、ここは警察に任せた方がいい。華が危険を冒す必要はないって」

「一刻の猶予《ゆうよ》もないの。それに杏も一緒だからそんなに無茶はしない」

「杏も一緒って……華、とにかく向かう先の住所だけは教えてくれ」

「わかった」

通話は切れた。「どうしたんですか？」と美雲が訊いてきたので、和馬は説明する。それを聞いた美雲はスマートフォンを出し、それを耳に当てた。早速向島署に連絡をしているらしい。すると和馬のスマートフォンにメールが届いた。それを見て和馬は納得する。渉からのメールが転送されていた。現在中原亜希がいる場所を特定するなど、華一人ではできるわけがない。

美雲にメールを見せた。美雲はそこに書かれた住所を電話の相手に手短に伝えた。和馬は周囲を見渡したが、生憎《あいにく》タクシーは走っていない。大きな通りを目指して走った。

ようやく空車のタクシーが見つかったので、和馬は手を挙げた。背後で足音が聞こえる。追いついてきた美雲に向かって言う。

「北条さん、あとは頼む。俺は華のもとに向かう」

「わかりました。係長たちには私から伝えておきますので」

タクシーを飛ばしても三十分以上はかかる。それでも行かないわけにはいかなかった。「とりあえず出してください」と和馬が告げると、タクシーは走り出した。

※

ごく普通の一戸建ての住宅だった。表札は出ていない。外から見る限り電気は点いていないようだ。華はインターホンを押した。しばらく待っても中から返事はない。もう一度押しても同様だった。

ドアをノックしたが、やはり応答はなかった。何やら物音が聞こえたので、華はドアに耳を当てる。遠くの方から何かを叩くような音が聞こえてくる。壁を叩いているような音だ。

「すみません、誰かいませんか？」

そう言ってドアを叩いてみたが反応はない。おそらく和馬が警察に通報してくれたはず。警察がここに到着するまであとどのくらいだろうか。五分か、それとも十分か。いずれにしてもここでのんびりと待っているわけにはいかない。

「杏、こっち」

華は近くにいた杏の手を掴み、玄関から離れた。そして外に停めてある自転車の前まで連れていき、杏の肩に手を置いて言い聞かせるように言った。

「大人しくここで待ってて。ママ、ちょっと中に入って様子を見てくるから」

「健政君のママ、大丈夫かな」

「きっと大丈夫。多分すぐに警察の人が来るわ。来たらこの中にママがいるってお巡りさんに伝えて。大事な役割よ。杏ならできるわよね」

「うん、できる」

「じゃあ行ってくるね」

華は我が娘の頭を撫でてから立ち上がり、再び玄関に向かった。ヘアピンを外してドアの前に座る。簡単な施錠破りは祖母のマツから伝授されているが、もう長いこと──当たり前だ、私は刑事の妻なのだから──施錠破りなどやっていない。

それでも体が覚えているというのは恐ろしいもので、ものの三十秒でドアの鍵は開いてしまう。ドアを開けて中を覗き込む。物音は二階から聞こえてきた。ドアを叩くような音だ。

耳を澄ましても人のいる気配は感じられない。華は靴を脱ぎ、「お邪魔します」と小声で言ってから部屋に侵入する。足音を忍《しの》ばせて階段を上る。

いくつかのドアが見える。そのうち音が聞こえるドアの前で中腰になり、小声で呼びかけた。

「中原さん、いるの？」

「……三雲さん」中から聞こえてきたのは亜希の声だ。「来てくれたんですか？　ありがとうございます」

中から鍵をかけているようだった。やがてドアが開いて彼女が顔を覗かせる。青白い顔で彼女が説明する。

「バイトだったんです。キッチンでご飯を作っていたらいきなり襲われて……。訳もわからないまま、気がついたらここに逃げ込んでました。さっきまでずっとドアの外にいたと思うんですけど。あっ、三雲さん」

その声に振り向いた。男が立っている。四十代くらいの男だ。ズボンは穿いておらず、手にはゴルフクラブを持っている。男が低い声で言った。

「誰だよ、お前。人の家に勝手に上がりやがって」

男を見上げる。目が完全に血走っていて、我を失っているのは明らかだった。そうでなければゴルフクラブを手に持ったりしないはずだ。

「俺は悪くない。その女が悪いんだぞ。誘ってきたのはそっちなんだ」

「そんな……」

背後で亜希が絶句した。ちゃんと話を聞いたわけではないが、華も大筋が読めた。亜希はバイトでこの家にやってきた。キッチンで料理を作っていたところ、勝手に男が欲情して襲いかかったのだろう。

パトカーのサイレンが聞こえてきた。それに気づいた男が華を見下ろして言った。

「お前が呼んだのか。よくも……」

男がゴルフクラブのグリップを握り直すのが見え、華は一気に危険度が高まったのを感じた。こう見えても祖父の厳から護身術の手ほどきは受けている。たとえ凶器を持った男が相手だとしても、その男が剣道などの有段者でない限りは互角《ごかく》以上に渡り合える自信がある。しかし今は亜希が一緒だ。彼女は恐怖で震え上がってしまっていて、華の左腕にしがみついている。

男が一歩前に出た。どうする？　亜希の手を振り払って男に摑みかかるしかないか。一瞬でもタイミングが遅れたら、ゴルフクラブが振り下ろされることだろう。

「ママっ」

その声は階段の下から聞こえた。杏だ。その声につられて男が一瞬だけ気をとられる。その隙を見逃さなかった。

華は立ち上がり、左手で男の手首を摑み、右の手刀でゴルフクラブを叩き落とした。そのまま手首を捻るようにして男を床に組み伏せる。

「中原さん、逃げてっ」

亜希が廊下を走り、そのまま階段を下りていく。華は力を緩めることなく、手首を捻ったままの状態をキープする。男が苦しげな声を上げた。パトカーの音が徐々に近づいてきた。

※

和馬が現場に到着したとき、二台のパトカーが路肩に停車していた。悪い予感が当たってしまったのか。和馬は運転手に料金を支払ってタクシーから降りる。近所の住人が遠巻きに騒ぎを眺めていた。

警察官の姿が見える。事情を聞こうと歩き出したとき、向こうから駆け寄ってくる小さな影が見える。和馬は屈《かが》んで影を出迎える。

「杏、大丈夫か？」

娘を抱きかかえながら和馬は訊いた。杏は無邪気に答える。

「大丈夫だよ」

「ママは？　華はどこに？」

「あっちで警察の人と話してる。ママが犯人を逮捕したんだよ」

どういう意味だろうか。杏が指でさした方に目を向けると、そこにはたしかに妻の姿がある。二名の警察官と一緒だった。

和馬は華のもとに駆け寄った。気づいた華が「和君」と声を上げた。和馬は杏をいったん地面に下ろし、懐から警察手帳を出した。

「警視庁の桜庭と申します。彼女は私の内縁の妻に当たります」

「そうですか。ご苦労様です。今、奥様に事情を伺っていたところです」

「続けてください」

華と警察官のやりとりに耳を傾ける。何が起きたのか、和馬にも輪郭が見えてきた。

きっかけは華のもとにかかってきた電話だ。中原亜希というママ友から助けを求める電話だった。その電話で華はここに駆けつけた。中に入ると亜希はトイレに立て籠もっていて、華は犯人と出くわした。

「それにしてもお見事です」警察官が華に向かって賛辞を贈る。「犯人はゴルフクラブを所持していたそうですね。並みの女性なら怖気づいて固まってしまうところです。それをあなたは立ち向かった。相当な度胸です」

「それほどでも……学生時代、護身術を習っていたので」

華はすっかり小さくなっている。子供の頃に祖父の巌から初歩的な護身術を教わったと華から聞いたことがある。初歩的どころか、かなり実践的なものであることが今回の一件からも窺《うかが》えた。しかし、もはやそんなことでは驚いていられなかった。それが三雲家という一族なのだ。

「ところで犯人は何て供述しているんですか？」

和馬が口を挟むと、警察官が答えてくれた。

「容疑者は家事代行サービスを頼んだようですね。いつもはもっと年配の女性が来ていたようですが、今夜はやけに若い女性が来て、何か勘違いをしてしまったようです。まったくけしからん男ですよ」

すでに男は大筋で容疑を認め、向島署に連行されたという。中原亜希は怪我もない様子だったが念のために病院に運ばれたらしい。彼の息子の健政は同じアパートの住人が預かっているという話だった。バイトのときはいつもそうしているようだ。

「もうしばらくお待ちください。お帰りになってもいいか、署の方に問い合わせていますので」

警察官はそう言って現場となった一軒家の敷地内に入っていった。それを見送ってから華が頭を下げてくる。

「ごめん、和君。迷惑かけちゃって」

「そんなことより大丈夫なんだろうな。どこも怪我してないのか？」

「それは大丈夫。でもこの場所を特定したのは実はお兄ちゃんなの。それがバレたらまずいかも……」

さきほど届いたメールを見て、そんなことだろうと思っていた。渉はネットに精通したハッカーだ。彼なら電話番号さえわかればGPSで位置を特定するのも容易《たやす》いだろう。和馬はうなずいた。

「中原さんが教えてくれたってことにしよう。彼女だって気が動転していたはず。会話の詳しい内容まで憶えちゃいないはずだから」

「わかった。訊かれたらそう答える」

怪我もなく、犯人も逮捕されたので一安心だった。現場検証はしばらく続くであろうから、そこには同席した方がよさそうだ。

懐の中でスマートフォンが震えている。美雲から着信が入ってきた。和馬はすぐに通話に出る。

「先輩、華さんは無事ですか？」

開口一番美雲が訊いてきたので、和馬は答えた。

「うん、大丈夫だ。心配かけてすまなかったね」

「こっちもいったん解散になりそうです。また明日の朝一番から捜査を再開するようです。それより先輩、被害者の素性が明らかになりました」

川島という男だ。所持していた保険証からは警備会社に勤務していることが判明していた。

「勤め先の担当者に連絡がついたみたいです。死んだ川島が今の勤め先に就職したのは三年前です。それ以前は警視庁にいたみたいです」

「それってつまり……」

「そうです。被害者は元警察官です。何か殺気立ってますよ、こっちは。どうして警察官が殺されただけでみんなピリピリしているんですかね」

退職したとはいえ、元警察官が殺されたとなれば神経を尖らせるのは刑事として当たり前だ。弔い合戦的な意味合いも強くなり、何としてでも犯人を逮捕しなければ面目が立たない。川島と現役時代に付き合いのあった警察官も無数にいるはずで、そういう者たちからの無言のプレッシャーもある。

「先輩、明日も引き続きよろしくお願いしますね」

「わかった。また明日」

通話を切る。一応班長にも連絡しておいた方がいいかもしれない。そう思って和馬は先日登録したばかりの木場美也子の番号を呼び起こした。

第二章　知りすぎた警官

「……一センチメートルは、十ミリです。要するに、一ミリが十個集まると、一センチになるんだよね」

算数の授業中だ。今日は長さの勉強をしている。教壇の上で担任の小林先生が教えている。二年前に大学を出たばかりの若い男の先生だ。クラスの誰かが言っていたが、小林先生は青二才らしい。

杏は算数はそれほど好きではないが、成績自体は悪くない。授業の内容も理解できるのだが、今日に限っては小林先生の言葉は杏の耳をすり抜けていってしまう。どうしても昨夜の出来事を思い出してしまうのだ。

昨夜、ママと一緒に健政のママを助けにどこかの家に行った。自転車のところで待っているよう、ママに言われたのだが、そこで大人しく待っているのは退屈で仕方なく、それに警察が来る気配もなかったので、杏はこっそりとおうちの中に入った。そしてそこで「ママ」と呼んでみた。

上の方で音が聞こえたので、杏は階段を上った。そこで杏は驚くべき光景を見たのだった。今思い出しても、あれは夢だったのではないかと思うほど、衝撃的な光景だった。

長い棒を持った男が立っていた。ママは立ち上がり、男の手の甲にチョップをして棒を叩き落とし、さらに男の手首を持った。そこから先が凄かった。どうやったのかわからないが、いつの間にか男は床に這いつくばっていたのだ。そして痛そうに悲鳴を上げていた。ママは涼しい顔で男の手首を持っていた。

杏は震えた。ママ、かっこよすぎる。拍手をしたいくらいだったが、健政のママがこちらに向かって走ってきたので、杏は慌てて階段を駆け下りた。健政のママが外に飛び出していくのを物陰に隠れて見送った。

興奮が冷めやらぬうちに、外でパトカーのサイレンが聞こえ、そうこうしているうちに警察官が中に入ってきた。杏は物陰から飛び出して、「上だよ」と教えてやった。警察官が階段を上っていった。少しは役に立てて嬉しかったが、ママに比べたら全然だと思った。

杏は外に出て、自転車の前で待った。しばらくして警察官と一緒にママが家の中から外に出てきた。思わず杏はママに抱きついていた。

ママの姿が目に焼きついて離れなかった。家に帰ってからも興奮していたのか、布団の中でずっとママの動きを繰り返し思い出していた。お陰で少し寝不足だ。

これまで杏の中での最強女子は、パパの妹である香おばさんだった。お正月とかお盆とかにしか顔を合わせることはないが、香おばさんが強いのは雰囲気だけでもわかった。この人、ただ者じゃないな。そう思わせる何かを香おばさんは持っているのだった。

しかしである。真の最強女子は香おばさんではなく、実はママではないだろうか。三雲華こそ最強女子。それが今日学校に来る通学路で杏が至った結論だ。能ある鷹は爪を隠す、というやつだ。ジジからもらったことわざ辞典に載っていた言葉だ。

「……じゃあ、わかる人、手を挙げて」

周囲の子たちが一斉に手を挙げるのを見て、杏は焦る。ママのことを考えていたため、先生が出した質問をまったく聞いていなかったのだ。杏は隣を見る。いつも座っている健政の姿はない。彼は今日、午前中休みらしい。昨日あんなことがあったのだから当然だ。クラスを見渡しても手を挙げていないのは杏だけだった。

「あれ？　杏ちゃん、もしかして問題を聞いてなかったのかな」

先生に見つかってしまい、杏は自分の顔が真っ赤になるのに気がついた。小林先生がもう一度説明してくれる。

「杏ちゃん、机の上に物差しがあるよね」

ある。今日の持ち物だ。

「その物差しは三十センチの物差しです。じゃあミリで言うと、何ミリの物差しでしょうか？　杏ちゃん、わかるかな」

一センチが十ミリ。一センチが十個集まると十センチで、百ミリ。ということは――。

「三百ミリ」

「正解。よくわかったね。じゃあみんな、次は物差しで線を引いてみようか。ノートに二十ミリの線を引いてみましょう」

ママは強くて、かっこいい。そのことを誰かに言いたくて仕方ないのだが、多分誰も信じてくれないだろう。でも本当は言いたくて仕方がなかった。私のママ、強いんだよ。もしかしたら最強女子かもしれないんだよ、と。

「書けたかな。じゃあ今度は二十センチの線を書いてみようか」

しまった。出遅れた。杏は慌てて鉛筆と物差しを持ち、ノートに集中した。

※

「次の角を右に曲がってください」

美雲がそう言うと、運転席に座る桜庭和馬が「了解」と返事をしてウィンカーを出した。美雲は今日も和馬と組んで捜査をしていた。朝の捜査会議で被害者の周辺事情などが明らかになっていた。

殺された被害者は川島哲郎、六十三歳。三年前に警視庁を退職し、東都警備保障という警備会社に再就職していた。高校を卒業し、四十二年間に亘り、警察官をしていたことになる。職務内容は地域課、つまり交番勤務が多かったようだが、刑事課にも十年近く在籍していたこともあるようだった。

現場から徒歩で十五分ほどのところにある、南蒲田のアパートに一人暮らしをしていた。彼の元上司の証言によると、実直な警察官だったという。性格は温厚で、人に恨まれるタイプではないという話だった。が、実際には殺されてしまったのだから、彼に殺意を抱いていた何者かがいたわけである。

今日から現場周辺の聞き込み調査をおこなうとともに、被害者の人間関係を重点的に調べることになり、美雲は和馬とともに被害者の元妻に話を聞く役目を仰せつかったのだ。今、元妻が住む練馬《ねりま》のマンションに向かっている。

「そろそろですね。あのマンションだと思います」

覆面パトカーが減速する。ちょうどマンションの前に来客用の駐車スペースがあったので、そこに車を停めてエントランスに入った。事前に電話をしていたので、すんなりと中に入ることができた。教えられた部屋に向かうと、すでにドアの前で一人の女性が待っていた。

「お世話になります、古沢《ふるさわ》でございます」

女性が頭を下げた。腰の低そうな女性だった。名前は古沢明美《あけみ》といい、年齢は五十八歳だ。川島とは十年前に離婚していると報告されていた。

「警視庁の桜庭です。こちらは蒲田署の北条。亡くなられた川島さんのことでお話を聞かせてもらいに参りました」

「お入りください」

明美に案内されて室内に入る。間取りは1Kだった。娘が一人いると聞いていたが、同居している様子は見受けられなかった。来客のための準備をしていたらしく、すでにローテーブルの前に座布団が敷かれていた。人数分のペットボトルの緑茶も置かれている。

「早速なんですが」と和馬が切り出した。「川島さんは何者かによって殺害されました。刺殺です。彼を恨んでいた人物に心当たりはありますか？」

明美は首を傾げた。

「心当たりはありません。すでにお調べになっているとは思いますが、私たちは離婚して十年になります。その間、一度も会ったことはありません。最近の川島の交友関係について、私は一切知りませんので」

「これは形式的な質問なんですが、昨日の夜は何をされていましたか？」

「アリバイですか。夜の七時まで働いていました。近くにあるクリーニング屋です」

犯行時刻は午後六時から午後七時の間とされていた。おそらくアリバイ成立とみていいだろう。和馬がクリーニング屋の連絡先を聞き出したので、美雲はそれを手帳にメモした。

「娘さんがいると伺っていたのですが、古沢さんと一緒に住んでいないのですね」

二人で住むには狭い間取りだ。明美が答えた。

「ええ、独立とでも言えばいいんでしょうか。二年ほど前から別々に住んでます。娘は中野《なかの》に住んでるはずです」

「娘さんからもお話を聞きたいのですが、連絡をとってもらうことは可能でしょうか？」

「そう言われるだろうと思って、さきほど連絡してみたんですが、今日はちょっと難しいとのことでした。明日以降なら時間をとれると言ってました。娘の方から連絡をするようにいたします」

美雲は自分の名刺を出し、ローテーブルの上に置いた。それを見ながら和馬はさらに質問する。

「ちなみに娘さんは何をされているんですか」

「劇団員です。小さな劇団に所属しています。来週から公演が始まるみたいで、今日はその通し稽古があるって言ってました。あの子は川島とたまに会っていたようですから、私よりお役に立てるかもしれません」

劇団の名は〈小惑星〉というらしかった。美雲がスマートフォンで検索すると、来週から渋谷《しぶや》にある劇場で二週間の公演があるのが判明した。しかし劇団の詳細まではわからず、小さな劇団であることが窺えた。

その後も形式的な質問、たとえば被害者が仲良くしていた知人であるとか、抱えていた悩みなどを和馬は質問したが、明美の口から多くが語られることはなかった。妻子に仕事の話を一切しないというのは、警察官ではよくあることだという。殺された川島もそういう口の堅い警察官の一人だったというわけだ。

「ちょっといいですか」美雲はそう前置きして口を挟む。ずっと訊いてみたかった質問だ。「無礼を承知でお訊きしますが、どうして川島さんと離婚されたんでしょうか？」

立ち入った質問だとわかっていたが、やはり気になった。川島が殺された事件とは直接関係ないにせよ、夫婦間のトラブルが遠因となっている可能性も無視できない。

「私、所沢《ところざわ》に実家があるんですが、そこで両親が自動車部品の工場をやってまして……」

明美が説明する。十年と少し前、明美の実家である自動車部品工場の経営が傾いた。取引先の倒産やベテラン職人の引退など、いくつかの原因が連鎖的に重なってのことだった。

「うちにも資金繰りの相談に来ました。それであの人、お金を貸したんですけど……」

最初に五百万円、追加で二百万円を川島は妻の実家に貸したらしい。しかし工場の経営は好転することなく、最終的に倒産してしまった。ところが、明美の両親は工場の土地建物を売却するという方法で破産を回避し、さらに銀行の融資を受けて実家を建て替え、一階をコンビニエンスストアにした。今でもコンビニのオーナーをしているという。

話が違うじゃないか。金を返せ。川島はそう義父母に詰め寄ったが、コンビニの経営というのもそれほど儲かる商売ではなく、すぐに全額返済というわけにはいかなかった。

「最終的に八割くらいは返してもらえたみたいでしたが、話がこじれてしまったみたいで……。私の両親とあの人が絶縁状態になってしまって、何か私たちの間もうまくいかないというか、ぎこちなくなってしまったんです」

和馬が聞き出した所沢の実家の連絡先を美雲は手帳にメモした。妻の実家との金銭的トラブル。殺意に発展するまでのことなのかはわからないが、調べておく価値がありそうだ。

※

「三雲さん、ようこそおいでくださいました」

出迎えてくれたのは初めて見る男性教師だ。その容姿からしてかなり年配の教師であることが推察できる。華は用意されたスリッパを履き、男性教師に先導される形で廊下を歩く。

午後一時過ぎ、授業はもう始まっているようで、廊下には子供たちの姿は見えない。杏も今頃は二年生の自分の教室で授業を受けていることだろう。

「こちらになります、三雲さん」

職員室を通り過ぎたところで男性教師が立ち止まった。校長室の前である。今朝、学校から連絡があり、どうしても来てもらいたいと言われたのだ。おそらく昨夜の一件――華が中原亜希を助けた事件のことだと思っている。強く言われてしまい、仕方なく書店の昼休みを利用して抜け出してきたのだ。

「どうぞ、皆さんお待ちです」

ドアが開けられ、中に入るように言われた。恐る恐る中に入ると、応接セットに三人の男が座っている。一人だけ見憶えがあるのは校長先生だ。入学式で見たことがあるから知っている。もう一人はスーツを着た男性、それからなぜか警察官の制服を着た男がいた。どちらも五十代くらいの初老の男性だった。

「あなたが三雲さんですか」そう言って校長が立ち上がった。「昨日はご活躍のようで。是非一度ご挨拶をしたいと思いましてね、教頭先生にセッティングをお願いしたんですよ」

華を案内してきた男性教師が恭しく頭を下げる。この人、教頭先生だったのか。しかし問題はそれより――。

「三雲さん、まずはおかけになってください」

そう校長先生に言われ、華はその言葉に従った。

「失礼します」

華がソファに座ると、校長先生が二人の男性を紹介した。

「三雲さん、こちらは向島署の署長さんです。署長とは同じゴルフ練習場に通う仲間なんですよ。そしてこちらの方はPTA会長の大和田さんです。大和田さんは映画会社でプロデュースを手掛けています。芸能界にも顔が利くお方で、たしか大和田さんの息子さんは三雲さんのお嬢さんと隣のクラスですよ」

「初めまして、大和田です」

「三雲といいます。初めまして」

事務員らしき女性がお茶を運んでくる。大和田という男が華に遠慮ない視線を向けて言った。

「男をとり押さえたくらいなので、もっとごつい女性を想像していましたよ。いい意味で期待を裏切られましたな。こんなに素敵な女性がお越しになるとは」

完全にセクハラ発言だ。しかも大和田は女を値踏みするような目つきをしている。正直昨日亜希を襲おうとした例の男と同程度のものだ。

「でも見事な働きでしたな」向島署の署長が言う。「本来であれば警察官の到着を待つのが普通でしょう。それを一人で乗り込むなんて並外れた勇気をお持ちになっておられるようだ。聞いたところによると武道の心得があるとか」

「ええと……護身術を少し、通信教育で」

「なるほど。それは素晴らしい」署長がうなずいた。「まあ襲われたご婦人はお気の毒でしたが、軽い怪我で済んだと聞いております。あなたがいなかったらと考えるとゾッとしますな」

実は中原亜希とはメールで何度かやりとりをした。現場では怪我はないと気丈に振舞っていた亜希だったが、病院に行ったところ脇腹の骨にひびが入っていることが確認された。昨夜遅く帰宅したようで、今日一日仕事は休むことにしたらしい。

「先に写真を撮影しましょうか」

教頭にそう言われ、なぜか写真を撮ることになってしまい、華は校長先生と向島署の署長に挟まれる形になった。校長の隣にPTA会長の大和田が立っている。警察の偉い人と並んで一緒に写真をとる。父が見たら怒り出すこと間違いない。華、ポリ公と記念撮影するとは何事だ。尊の声が耳元で聞こえてきそうである。

「校長、いい笑顔です。三雲さん、表情が硬いですね」

撮影を終えると先に大和田が退出した。最後まで華を見る目は少し気持ちの悪いものだった。校長と向島署の署長はゴルフ仲間というだけあり、何やら気さくに話している。

教頭先生が近づいてきて華の近くに膝をついた。

「三雲さん、少しお願いがあるんですが」

「何でしょうか？」

「今週末の運動会ですけど、中原さん、怪我をなさったみたいじゃないですか。中原さんには誘導係をお願いしていたんです。代わりにお願いしていいですか。クラス担任の小林に確認したところ、三雲さんは運動会で係についていないようですから」

「まあ、そういうことなら。でも私、リハーサルとか参加してませんけど」

「大丈夫です。誘導係なんてぶらぶらしてればいいので。あとで娘さんを通じてマニュアルをお渡しするので、当日までに読んでおいてください」

「わかりました。私、そろそろ職場に戻らないと」

そう言って華は腰を上げた。校長先生と向島署の署長に見送られ、華は校長室から出た。下駄箱で靴を履いて外に出る。運動会の練習なのか、校庭で走っている児童たちの姿が見えたが、その体格からして高学年だとわかる。

華はスマートフォンを出した。それから天気予報を見る。

週末の運動会が憂鬱でならなかった。杏が目立ってしまうのも考えものだし、さらには三雲家と桜庭家の一同が会するというのも面倒だ。どうせだったら雨が降ってくれないだろうかと本気で考えている。

週間天気予報を見た。今週の日曜日、オレンジ色の晴れマークがやけにくっきりと映っている。

※

午後八時過ぎ、和馬はこの日の捜査を終えた。署から出たところで隣を歩く美雲が訊いてくる。

「先輩、帰るんですか」

「うん。今日は帰ろうと思ってる」

蒲田署に捜査本部が設置されているため、署内で宿泊することも可能だが、和馬は極力自宅に帰るように心がけていた。

「やっぱり杏ちゃんですか」

和馬の胸中を見透かしたように美雲が言うので、和馬は苦笑した。

「まあね」

「何歳になったんでしたっけ？」

「七歳。小学二年生だよ」

「もうそんなになったんだ」

今日は午前中、練馬に住む被害者の元妻、古沢明美に事情聴取をしたのち、その足で埼玉県所沢市に向かった。死んだ川島が明美の両親と金銭トラブルを抱えていたということだったので、一応話を聞いておくことにしたのだ。

明美が話していた通り、三階建ての鉄筋コンクリート造りの自宅の一階はコンビニになっていた。二階は息子夫婦、三階に老夫婦が住んでいた。三階に案内され、古沢明美の両親と面会した。すでに二人は川島の死を娘から聞かされていたようだった。たしかに十年ほど前に仲違いしたのは事実だが、今では完全に疎遠な状態にあると旦那の方が証言した。

念のために昨夜のアリバイを確認したところ、敬老会のバス旅行に参加していて帰りは夜八時過ぎだったと証言し、バス旅行の画像も見せてもらった。息子夫婦のアリバイも成立し、和馬たちは蒲田に舞い戻って捜査会議に参加した。今日一日は空振りになってしまったが、捜査とはこんなものだ。

「先輩、軽く飲みにいきませんか？」

「えっ？　今から？」

「そうです。まだ終電まで時間ありますよね。再会を祝して一杯やりましょうよ」

そこまで言うなら仕方ない。和馬は誘いに乗ることにした。それに和馬自身、冷えた生ビールを飲みたいのも事実だった。腹も減っている。

美雲に案内されて連れていかれたのは、お世辞にも綺麗とは言えない店構えの居酒屋だった。くすんだ赤提灯が店先にぶら下がっている。それでも美雲は勝手知ったる我が家に入るかのように「大将、こんばんは」と暖簾《のれん》をくぐっていく。やや気後れしながら和馬もあとに続く。カウンターの中に立つ鉢巻きを巻いた男が言った。

「お連れさんはすっかり出来上がってるぜ」

狭い店内だ。二台しかないテーブル席の片方に、見慣れた顔があった。妹の香だ。すっかり酔った香がこちらを見て言った。

「おっ、これは誰かと思ったら兄貴じゃないか。蒲田にようこそ。桜庭巡査部長殿」

そう言って香は立ち上がり、敬礼して見せる。美雲は当然のような顔をして香の隣に座り、メニューを広げて和馬に向かって言った。

「先輩、生ビールでいいですよね」

「あ、ああ」

「大将、生ビールと赤霧島のロックください。あとは馬刺しとポテトサラダ、それから……」

美雲が手早く注文を済ませた。すぐに飲み物が運ばれてきて乾杯となった。なぜか香は右手に生ビール、左手にハイボールを持っている。いつ見ても豪快な女だ。

妹の香と、北条美雲。奇妙な組み合わせである。ただしまったく無関係というわけでもない。香にとって三雲渉は義理の兄に当たる。その義理の兄と付き合っていたのが北条美雲なのだ。美雲と渉は両家公認の仲であり、事実婚のようなものだと和馬たちは解釈していた。別れてしまったようではあるが……。

「で、捜査の方は進んでるのか？」香が右手に持った生ビールを飲み、訊いてくる。「殺されたのは元警察官だろ。捜査本部も気合い入ってるって話だぜ」そして今度は左手に持ったハイボールを飲み、続けた。「どうなんだよ。犯人の目星はついたのか？　令和のホームズの推理、是非聞かせてくれ」

赤霧島のロックを一口飲み、美雲が言った。

「すでに容疑者はいます。さっき捜査会議で報告がありました」

「へえ、そうなのか」

「現場となった雑居ビルの二階に居酒屋があるんですが、その店の店員が目撃していたようです」

美雲の言う通りだ。その店は夕方五時にオープンするのだが、昨日開店と同時に男の二人組の客が入ってきた。二人は店の一番奥のテーブル席に座ったという。そのうちの一人が川島であることが判明した。捜査員が見せた顔写真、着ていた服装等が一致したのだ。

もう一人の男は川島と同年齢で、店員に背を向ける形で座っていたため、それほど店員たちの印象には残っていないようだった。川島が生ビール、別の男はウーロン茶を頼み、つまみは枝豆だけ注文したようだ。一時間ほど店に滞在しているのが確認された。店を出た二人はそのまま屋上に向かったのではないかというのが捜査本部の読みだった。

「多分近いうちに犯人捕まるんじゃないですか。どっかの防犯カメラに映っていると思いますよ」

美雲がどこか他人事のように言う。それを見て、やはり彼女はまだ立ち直っていないようだと和馬は感じた。かつて一緒に組んでいた頃――捜査一課に配属されて間もない頃の彼女だったら、それこそみずから志願して捜査の最前線に飛び出していったはずだ。あの頃の勢いのようなものが今の美雲からは感じられない。

「先輩、二杯目はどうします？　先輩も焼酎にしませんか？」

「いや、俺は……」

「私が飲んでる赤霧島はですね、ムラサキマサリっていう紫芋が原料になってるんですよ。紫芋にはポリフェノールの一種であるアントシアニンが豊富に含まれているから健康的なんです」

「いや、俺は……」

「うーん、ここは魔王かな。魔王の原料は黄金千貫っていうポピュラーなサツマイモです。甘味が多いのが特徴かな。普通の芋焼酎は黒麴を使用しているんですけど、魔王は日本酒と同じ黄麴を使用しているんですよ」

「じゃあ、それで」

「大将、魔王のロック、二つください」

「あいよ」

一緒に組んでいたとき、食事をする機会は何度もあったが、焼酎を飲んでいるイメージは美雲にはなかった。どちらかというとカクテル系のイメージがあるのだが、こうして香と並んで座っていても、どこか馴染んでいる感がある。

「北条さん、焼酎好きなんだね」

「ええ。飲んでも太りませんからね」

飲む量と、一緒に食べるつまみの量にもよるだろ。そう思ったが口にするのはやめにして、馬刺しをニンニク醤油につけて口に運んだ。たしかに旨い。これなら二人が頻繁に通う理由もわかるような気がした。

「そういえば香先輩、あのあとどうなったんですか？　何かあの二人、香先輩に気がある感じだったじゃないですか」

「駄目駄目、あんな軟弱な奴ら。こっちから願い下げだよ」

二人は楽しそうに話している。意外にも馬が合っているようで少し可笑《おか》しい。和馬は生ビールを飲み干した。明日も朝から捜査だし、もう一杯飲んだら帰ろうと思った。


東向島のマンションに辿り着いたのは午後十時三十分のことだった。引き留める二人を無視して、半ば強引に帰宅したのだ。見上げると八階の自宅からうっすらと光が洩れていた。杏はもう眠ってしまっただろうか。

エントランスの前でその人影に気がついた。人影は真っ直ぐ和馬の前にやってきて、お辞儀をした。

「夜分すみません、桜庭殿」

彼のことは知っている。山本猿彦。美雲の世話係をしている男だった。

「どうしたんですか？」

「少し折り入ってご相談がございまして」

「ずっとここで待っていたんですか？」

「ええ。お嬢と署を出られたところは確認しております。それから先回りした次第です」

お嬢というのは美雲のことだ。今もまだ、彼は美雲の世話役を務めているということだろう。情報屋としての能力も高く、何度も彼がもたらした情報に助けられたことがある。

「すみません。北条さんと食事に行って遅くなってしまいました。こんなところではあれなので、どうぞ中へ」

「いやいや、こんな夜分にお宅にお邪魔するわけには……」

「娘は寝ているはずです。どうぞ」

強引に猿彦を中に招き入れ、彼の肩を押すようにしてエレベーターに乗った。八階で降りる。最初に和馬だけ部屋に入った。「おかえり」と華に出迎えられる。すでに杏は眠っている様子だった。事情を話すと華は言った。

「私のことは気にしないで。お茶を出せばいいかな」

「ありがとう。頼むよ」

玄関を開け、猿彦を呼んだ。恐縮しながら室内に入ってくる。リビングのテーブルに案内すると、椅子に座る前に猿彦は手にしていた紙袋をこちらに渡してきた。

「これ、つまらないものですが」

「気を遣っていただきすみません。さあ、お座りください」

「失礼します」

猿彦が椅子に座る。華はキッチンで湯を沸かしている。用件は何となく想像がついた。

「実はお嬢のことなんですが」猿彦が口を開いた。「桜庭殿もお気づきのことだと思いますが、渉殿と破局して以来、あの様子が続いておりまして、まったく目も当てられない状態とはあのことでございます。亡き先代も草葉《くさば》の陰でさぞお嘆きになられていることでございましょう」

亡き先代。昭和のホームズこと北条宗真のことだ。その名前くらい和馬も知っている。美雲の父、宗太郎よりも全国的な知名度では上だろう。彼を題材としたテレビドラマが作られたこともあるくらいだ。

「蒲田署に赴任してからも回復の兆しは訪れません。芋焼酎の知識だけが増えていくお嬢など、もはや見るに堪えがたく……」

本当に泣き出してしまいそうだ。弱ったなと思っていると、華が湯呑みを持ってやってきた。それを見た猿彦が頭を下げた。

「これは奥様、ありがとうございます」

「いえいえ」と華が答え、和馬の隣に座った。猿彦が続けて言う。

「この度桜庭殿が蒲田署の捜査本部に参られたのも何かの縁だと思います。桜庭殿の力でお嬢に活を入れていただきたい。そう思いましてお伺いした次第です」

難しいだろうな、と和馬は思った。渉と破局した直後、目に見えて落ち込んでいる美雲を見て、和馬も和馬なりに何度も励ましてみたが、結局彼女が和馬の言葉に耳を貸すことはなかったのだ。

「どうでしょうかね」と和馬は率直に答えた。「僕が活を入れても効果はないように思います。昨日から一緒にいるんですけど、体調やメンタル面は完全に回復していると思います。あとはやる気っていうんですかね。何かきっかけがあれば以前の彼女に戻るとは思うんですが」

「そのきっかけが見当たらなくて困っているのでございます」

猿彦がそう言って肩を落とす。彼の気持ちはわからなくもない。かの名門、北条探偵事務所の一人娘なのである。所轄の刑事課の片隅に置いておくだけではもったいないというのもわかる。

「ちょっといいかな」と華が口を挟んでくる。「そもそも美雲ちゃん、何でお兄ちゃんと別れたの？」

「さあ。それは俺もわからない。ていうか、それって誰も知らないよね」

猿彦も知らないようで、首を捻っている。華が続けた。

「あの二人、もう可能性はないのかな」

復縁という意味だろう。和馬は腕を組んだ。

「どうだろうな。これぱかりは当人同士じゃないとわからないことだろ。それに二人もいい年なんだし、そこに頭を突っ込むのはどうかと思うけどな」

「いい年っていうけど、精神的にはまだ子供よ、うちのお兄ちゃん。昨夜も助けてもらったし、そのお礼がてらちょっと様子を見てこようかしら」

ママ友である中原亜希を救出した際、彼女の居場所を特定したのは渉らしい。

「反対はしないけど、ほどほどにしておけよ」

「いや、奥様、是非ともお願いいたします」猿彦が頭を下げた。「お嬢と渉殿が復縁すれば、お嬢もかつての輝きをとり戻すことでしょうし、北条家の繁栄のためにもそれが何よりでございます。ご尽力を賜りたく思います」

「たいしたことはできないと思いますよ。でも私も二人が別れた原因がずっと気になっていたものですから」

「よろしくお願いします」

猿彦が深く頭を下げた。北条美雲は警視庁に入って五年目の、一介の刑事に過ぎない。しかし彼女の実力は和馬もよく知っており、現状では彼女の能力が活かされているとは言い難い。渉とよりを戻すというのも解決策になり得るが、やはり彼女自身が見つけ出すしかないのではないか。それが和馬の考えだ。

和馬は湯呑みに手を伸ばした。

※

指定されたのは神宮前《じんぐうまえ》にある喫茶店だった。約束の午後一時、一人の女性が店に入ってくるのが見えた。彼女だろうな、と美雲は思った。美雲が立ち上がって手を上げると、向こうもすぐに気づいたようで、こちらに向かって歩いてくる。

「初めまして。お忙しいところ恐縮です」隣に座る和馬が言った。和馬は警察手帳を出し、バッジを見せた。「私は警視庁の桜庭、こちらは蒲田署の北条。古沢朱音《あかね》さんで間違いないですね」

「ええ、私が古沢です」

名前は古沢朱音。劇団で女優をしていると聞いていた。もっと派手な感じの女性を想像していたが、美雲たちの前に現れたのはどちらかというと地味な感じの女性だった。

ドリンクを注文してから和馬が口を開いた。

「この度はご愁傷様です。お父さんのことは残念です。劇団で女優をされているそうですね」

「女優、というほどでもありませんが、一応は」

「お母様から聞きました。近々公演があるようですね」

「そうです。来週からです」朱音がハンドバッグから一枚のチラシを出し、それをテーブルの上に置く。「これ、チラシです。よかったら是非」

美雲はチラシを眺めた。来週の金曜日から渋谷の劇場で始まるようで、『ヒミコ』というタイトルだった。ヒミコとは、あの邪馬台国の女王の卑弥呼だろうか。気になったので、事件とは関係ないが口を挟む。

「いったいどういうお話なんですか？」

「説明するのは難しいんですけど」そう前置きして朱音が話し出す。「時空を超えたラブストーリーみたいな感じです。卑弥呼をモデルとした女王が自分の敵と恋に落ちるんです。で、死んだら今度は別の時代に生まれ変わって……。そういう話です」

時空を超えたラブストーリー。少し面白そうな話ではある。美雲は気づいたことがあり、チラシのキャストの欄を指でさした。

「お父さんの名字を芸名にしているんですね」

「そうです。そっちの名字の方が親しみがあるので、芸名にしました」

川島朱音。それが彼女の芸名だった。上から五番目のところにあるので、主役、準主役級の役柄ではなさそうだ。それでもこうして舞台女優としてお芝居をしているのは単純に凄いと思った。

注文したドリンクが運ばれてくる。店員が立ち去るのを待ち、和馬が訊いた。

「お父さんと最後に会ったのはいつですか？」

「先週のことです。月に一度、食事をする決まりになっていて、渋谷にある焼き鳥屋さんに行きました。それが最後です」

朱音の表情は暗い。父が亡くなったことをまだ現実として受け止められていないようだ。川島という姓を芸名にするくらいだから、おそらく彼女は父を慕っていたと考えられる。そうでなければ月に一度も会ったりしないはずだから。

「お父さんは何者かに殺害されました。我々はお父さんを殺害した犯人を捜しています。心当たりはありますか？」

「さあ」と朱音は首を捻る。「昔からそうだったんですけど、あまり仕事の話はしない人でした。守秘義務っていうんですか。警察官ってそういう人だと思っていました。再就職後もそうでしたね」

今の勤務先、東都警備保障では契約しているビルの巡回業務をおこなっていたという。仕事はそつなくこなすが、そこでの人間関係は希薄なものだったというのが同僚たちの証言だった。事件当日、居酒屋で会っていた人物が犯行に関与しているのではないか。その男の正体を摑もうというのが捜査本部の方針だった。

「刑事さん、父はなぜ殺されたんでしょうか。娘の私が言うのもあれですけど、本当に真面目な人でした。殺されるような人じゃありません」

「すみません」和馬が頭を下げた。「お父さんを殺害した犯人は必ず我々が逮捕するので、しばらくお待ちください。それにしてもお父さんのことが本当にお好きだったんですね」

カップの紅茶を一口飲み、朱音が話し出した。

「私、演劇を始めたのは大学に入ってからです。大学の演劇部に入ったのがきっかけでした。すっかりハマってしまったというか、卒業しても演劇を続けたいと思ったんです。母は反対しました。ちゃんと就職しなさいって言われました。でも父が背中を押してくれたんです。十年やってみろって。十年やって駄目だったらそのときは就職しろって。とにかくやってみればいいって」

亡き父親のことを思い出したのか、朱音はいつしか涙ぐんでいた。彼女はハンドバッグからハンカチを出し、それを目元に持っていく。朱音の感情の昂ぶりが収まるのを待ってから、和馬が訊いた。

「どんなことでも結構です。お父さんの言動などで気になった点やおかしいと思ったことはありませんか？」

「おかしいこと、ですか」朱音は宙を見た。何かを思い出そうとしているようだ。やがて彼女は口を開いた。「あれは二ヵ月くらい前だったかな。いつものように父と食事をしていたときのことです。電話がかかってきて、父が席を立ったんです」

携帯電話を持ち、川島は店の出入り口の方に消えていった。その場で待っていた朱音だったが、どうしてもトイレに行きたくなって立ち上がった。トイレに向かったところ、電話で話している川島が目に入った。壁に向かって立っている川島は娘の存在に気がつかなかったという。すれ違いざまに朱音は父の声を聞いた。

「『埋蔵金のことは忘れろ』、父はそう言ってました」

「埋蔵金、ですか？」

「ええ、間違いないと思います。お父さん、変なこと言ってるって思いました。あとで何のことか訊いてみようと思ったんですが、トイレから戻ってきたら忘れてしまったんです。家に帰ってから思い出したんです。埋蔵金って何だったんだろうって」

埋蔵金と聞いて美雲が真っ先に思い浮かべるのは徳川埋蔵金だ。幼い頃、テレビで見たことがある。江戸幕府が隠した財宝がいまだにどこかに眠っており、それを本気で探すテレビ番組の企画があった。いったい川島が口にした埋蔵金とは何のことか。

埋蔵金のことは忘れろ。川島はそう言ったという。きな臭い話になってきたな、と美雲は思った。しかも川島は元警察官だ。埋蔵金とは何を意味しているのだろうか。

それ以上聞いても何も思い出すことはなかったようなので、事情聴取は打ち切ることにした。会計を済ませて店から出たところで朱音がハンドバッグから一枚の紙を出した。

「実は明後日、ゲネプロがあるんです。お父さんに渡そうと思っていたんですけど、こんなことになってしまって……」

公開リハーサルのことをゲネプロというのは美雲も知っていた。マスコミなどを招待することもあるようで、本番とまったく同じ流れでおこなわれる最終リハーサルだ。

「よかったらどうぞ。ほかに誘いたい人もいないので」

美雲は紙を受けとった。当日のスケジュールなどが記されている書類だった。

「一応それ、招待状です。それを受付で見せれば中に入れるはずです。よかったら来てください。じゃあ私はここで」

「ご協力ありがとうございました」

朱音を見送った。和馬はスマートフォンで話し始めている。おそらく事情聴取の途中で着信が入ったのだろう。美雲は朱音がくれた招待状を見る。明後日の夜八時、場所は渋谷の劇場だ。明後日は難しいかもしれない。何しろ明後日は……。

「本当か？　間違いないのか？」

和馬の声に顔を上げる。しばらくスマートフォンを耳に押し当てていた和馬だったが、やがて通話を終えた。美雲は訊いた。

「何か進展があったんですか？」

「犯人がわかったらしい。自宅で遺体となって発見されたみたいだ」

「どういうことですか？」

「詳しいことは俺も……。とにかく北条さん、一刻も早く署に戻ろう」

そう言って和馬は歩き出す。事件が解決したということか。美雲も和馬の背中を慌てて追った。

※

華の兄、三雲渉が住む月島のタワーマンションは、以前、華が家族と暮らしていた高級物件なのだが、和馬と結婚しようとしたときのドタバタ騒ぎで三雲家の素性が警察にバレそうになったことがあり、そのときにいったん引き払った。ところがその後、渉が再び自分で住むようになったという物件だ。

今日、華は休日だったので、兄のマンションを訪ねてみようと思い立ったのだ。有楽町で買ったケーキの箱も持っている。渉は父と違って酒はほとんど飲まず、甘党だ。

エントランスに入る。ホテルのロビーのようでもあり、常にコンシェルジュが常駐している。タッチパネルで部屋番号を押した。事前に電話はかけていないが、どうせ引き籠もりの兄のことだから在宅しているはずだ。

『やあ、華』

スピーカーから兄の声が聞こえてきたので、華は言った。

「お兄ちゃん、急にごめん。近くまで来たから寄ったの」

『ふーん、そうなんだ』

「そうなんだ、じゃなくて、開けてくれる？」

『あ、ごめん』

自動ドアが開いたので中に入る。男性コンシェルジュに軽く頭を下げ、エレベーターに乗り込んだ。五十二階だ。一気に上がっていく感覚が少し懐かしい。

五十二階でエレベーターを降りる。廊下を歩いていると向こうから紫色の着物を着た女性が歩いてくるのが見えた。このマンションの住人だろう。切れ長の目をしたなかなかの美人だ。会釈をしてきたので、華も頭を下げる。すれ違うときに微かな香りがした。お香のようないい香りだ。

兄の部屋の前に到着し、インターホンを押した。すぐにドアが開いて青白い顔をした渉が顔を出す。彼の正装でもある、高校のときの紺色のジャージだ。頭の寝癖も全開だが、本人はまったく気にしていないらしい。これでよく北条美雲と一年間も同棲していたものだ。それを考えるとあの子、意外に図太い性格をしているのかもしれない。普通の子だったら一年間ももたないのではないか。

「お邪魔しまーす」

そう言って靴を脱ぎ、華はずかずかと中に入る。まずは一周するように各部屋をチェックしていく。華が以前住んでいた部屋はがらんどうだった。

リビングに戻り、華は持っていた箱をテーブルの上に置いた。

「これ、ケーキね。実は私の分も買ってきたの。食べよ、お兄ちゃん」

「ありがと、華。アイスコーヒーでいいよね」

「私やるからいいよ」

キッチンに向かい、お茶の用意をする。買ってきたケーキを皿に載せてリビングに運んだ。渉がグラスを持ってくる。中にはアイスコーヒーが入っている。

「いただきます」

ケーキは美味しかった。わざと自分で食べたいケーキを買ってきたのだ。たまにこういう贅沢もいいだろう。渉も満足そうだ。渉の味覚は子供の頃から変わらない。カレーやハンバーグ、それから甘いものが大好きだ。

「お兄ちゃん、一昨日はありがとう。助かったわ」

「何のこと？」

「電話番号から居場所を特定してくれたじゃない」

「ああ、あれか。あんなのは朝飯前だよ」

渉はパソコンに精通している。たしかに彼にとっては造作もないことだろう。しかしあれがなければ中原亜希はどうなっていたかわからない。いくらトイレに逃げ込んでいたとはいえ、ドアを破られるのは時間の問題だったはずだ。

チョコレートケーキを食べ終える。本当はモンブランも食べたいのだけど、そこはぐっとこらえて本題に入る。

「お兄ちゃん、実際のところ美雲ちゃんとはどうなってるの？　よりが戻る可能性はあるわけ？」

「華までその話か」

「どういうこと？　誰かに何か言われたの？」

渉は答えない。母の悦子だろうか。悦子がこのマンションをセカンドハウスとして使っているのは知っていた。

「実はね、今ちょうど和君が美雲ちゃんと仕事してるの。蒲田署の管内で事件があったみたいでね。それで和君とそういう話になったんだけど、お兄ちゃん、美雲ちゃんとやり直す気はないの？」

「僕と美雲ちゃんの問題だ。華が口を出すことじゃない」

「でもね、美雲ちゃん、いまだに本調子じゃないんだって。あのままじゃ可哀想だって和君も言ってる。お兄ちゃん、どうして二人は別れたのよ。別れた理由を教えて」

再び渉は黙りこくった。いったい渉と美雲はどんな理由で別れたのか。それを知る者は誰もいない。普通だったら夫である渉の浮気などが考えられるが、渉に限ってはそれはないような気がした。

「このケーキ、美味しいね」

「お兄ちゃん、話を逸らさないで」

渉は淡々とケーキを食べている。兄から何か聞き出すのは難しそうだ。渉も美雲もいい加減大人なのだし、当人同士の問題だ。妹の私が口を出す問題ではないのかもしれない。

華は小さく溜め息をつき、ケーキの箱を見た。こうなったらモンブランも食べてしまおうか。

※

「遅くなりました」

和馬は蒲田署の会議室に駆け込んだ。会議室の前の方に捜査員たちが集まっている。その中心には木場美也子の姿が見える。彼女はスマートフォンで何やら電話をしていた。

「……とにかく川島との接点を探して。絶対に何かあるはずだから」

「おい、どうなってる？」

和馬は近くにいた班員に事情を聞いた。若い捜査員が説明を始める。

「発端は防犯カメラの映像でした。現場から五百メートルほど離れた場所にあるコインパーキングの防犯カメラです。午後七時少し前、そのコインパーキングから出ていく車がありました。車種はシルバーの軽ワゴン、乗り込んだ男性の風貌が居酒屋の店員の証言した男にやや似ているため、念のためにナンバーの照会をしたんです」

伊豆《いず》ナンバーの車だったという。事件発生直後の初動捜査において、美也子は防犯カメラの洗い出しに力を注いだ。早くもその成果が出たということか。

「下田《しもだ》市在住の今宮智昭《いまみやともあき》という男が車の所有者でした。これが見事当たりだったんですよ。被害者の持つ携帯電話の電話帳の中に同じ名前の登録があったんです。しかも一週間前に今宮の方からの着信記録も残っていました。すぐに下田署に協力要請を出しました」

連絡を受けた下田署の捜査員が今宮智昭の自宅に急行した。安否確認をおこなうことになったが不在だったため、管理人の了承を得て室内に入ったところ――。

「遺体で発見されたようです。寝室で首を吊っていたみたいです。さきほど佐藤《さとう》さんが現場に向かいました」

佐藤というのは同じ班の捜査員だ。美也子の指示を受け、急遽下田に急行することになったらしい。そろそろ到着する頃だという。

「あ、映りました。到着したみたいですね」

前の方にいる捜査員が声を上げると、皆がそちらに向かって歩み寄った。一台のパソコンが置かれていて、そこに映像が映し出されている。現場に到着した佐藤が自分のスマートフォンで撮影している映像のようだ。

すでに遺体は運び出されているようだ。寝室の柱にロープのようなものがぶら下がっているのが見えた。あそこで首を吊ったということか。寝室のカーテンは開け放たれていて、青い海が見えた。首吊りに使用されたロープと、その向こうの窓から見える青い海。そのコントラストに違和感を覚える。

「下田署と連携して動くように。鑑識の邪魔にならないように家宅捜索を優先して。川島との繋がり、できれば犯人である証拠を見つけ出すのよ」

美也子が指示を送っていた。現場にいる佐藤に対してのものだろう。現時点では今宮が犯人である証拠はない。現場近くで彼の所有する車が目撃され、今日になって遺体となって発見された。それだけだ。

一人の捜査員が会議室に駆け込んできた。見たことがない顔なので、蒲田署の刑事であることがわかる。その捜査員が息を切らしながら言った。

「今宮について驚くべきことがわかりました。今宮は元警察官です。三年前に定年退職して下田に引っ越したようです」

どよめきに似た声が捜査員の間から洩れる。三年前に退職というのは川島と一緒だ。つまり二人は同期である可能性もあるのだった。

「わかりました。引き続き調べてください。被害者と今宮智昭の接点を重点的に洗うように」

素早く指示を出し、美也子はまたパソコンの画面に目を落とした。佐藤の家宅捜索はまだ続いている。

「なかなかやるようだな、お前んとこの新しい班長」気がつくと隣に松永が立っている。かつての上司だ。松永が小声で続けた。「指示も的確だし、状況判断もいい。二課での評判も伊達ではないってことだな」

先日、最初に手がけた事件もわずか一日でのスピード解決だった。今回も事件発生からまだ三日目だが、早くも容疑者らしき男の住居にまで捜査員を送り込んでいる。ただし容疑者死亡という歓迎したくない結果ではあるが。

「洗濯機の中はどう？　何も入っていないかしら」

美也子が言った。下田にいる佐藤に指示を出したのだろう。すぐにレスポンスが返ってくる。

「あ、ありました。パソコンから佐藤の声が聞こえてきた。その声は興奮気味だった。

和馬もパソコンの方に駆け寄った。画面を見ると、タオルにくるまれたナイフが見えた。川島は胸部を刺されて死亡しており、その凶器はまだ見つかっていない。

「決まりかもしれないわね」

美也子がそう言った。現時点ではまだ断言できないが、今宮という男が川島を殺害した犯人である可能性は格段に高まった。この場にいる捜査員の多くもそう思っていることだろう。

「私は下田に行きます。明日には戻ってくるつもり」美也子はそう言ってから和馬の方に目を向けた。「桜庭君、あなたには副班長として明日までこちらの捜査の指揮をお願いします。何をやるべきか、わかってるわよね」

「はい。今宮智昭について徹底的に洗います。川島との接点、警察官時代の評判などを調べるべきかと。現時点では殺害の動機が不透明です」

「その通り。じゃああとはよろしく」

若い捜査員をお供に連れ、美也子が会議室から出ていった。重要な容疑者が浮上したが、どこか蚊帳《かや》の外に置かれたような感覚があった。自分の知らないところで事件が解決されていく、そんな感覚だ。しかし事件が解決に向かって近づいているのは間違いない。気をとり直して和馬は周囲の捜査員に向かって言った。

「捜査の割り振りをします。ええと、まずは警視庁への照会について……」

次々と捜査を割り振っていった。捜査員の一番後ろに美雲がぽつりと立っている。君がいるべき場所はそこじゃないはずだ。本当はそう言いたかったが、和馬はその言葉を飲み込んだ。

※

「やあ杏ちゃん、よく来たね」

ジイジとバアバに出迎えられた。学童が終わってから、ママと一緒に向かった先は桜庭家の実家だった。ジイジとバアバはパパの両親だ。

「アポロは？」

「庭にいるんじゃないかしら」とママが答えた。「遊んできてもいいわよ。ママは先に中に入ってるからね」

「はーい」

杏は玄関に入らず、庭に回った。犬小屋の前でアポロが寝そべっていた。杏が来たことを知り、アポロが立ち上がって尻尾を振る。こないだ音楽室の天井裏に隠れているところを見つけてくれた。アポロは元警察犬だ。

「アポロ、元気だった？」

「ワン」

威勢よくアポロが吠える。警察犬時代のアポロは優秀だったとパパが話していたことがある。警察犬というのは嗅覚を利用して犯人を追跡したり、証拠品を見つけ出したりする犬らしい。犬の嗅覚は人間の一億倍だ、とパパは教えてくれたのだが、億という単位を学校ではまだ習っていないので、杏にはよくわからなかった。とにかく凄い鼻が利くと思っていれば間違いないだろう。

桜庭家の人たちは皆、警察官か元警察官だ。警察一家というらしい。ジイジは今でも警察で働いていて、バアバもたまに手伝っているという。大きいジイジと大きいバアバは今は働いていないみたいだが、昔は警察で働いていたようだ。

ジジとババが泥棒であることを、果たして桜庭家の人たちは知っているのだろうか。それが杏の目下の疑問だった。知っていたら逮捕されてしまうのではないか。何しろ桜庭家は警察一家、知り合いに警察官もたくさんいるだろう。

やっぱり知っているだろうな。杏はそういう結論に達しつつある。知らないのに結婚を許すわけがない。大人の事情、というやつだろう。

「アポロ」と杏は老犬の頭を撫でながら言った。「私のジジとババね、泥棒なんだよ」

泥棒という言葉に反応したのか、アポロがピンと耳を立てた。それを見て杏は慌てて言う。

「でも悪くないの。いい泥棒なの」

お前の気持ち、わかるぞ。そう言わんばかりにアポロが杏の頰を舐めてくる。お返しに杏はアポロの背中を撫でてあげた。

「杏ちゃん、そろそろご飯よ。上がって手を洗いなさい」

窓から顔を出したバアバがそう言ったので、杏は「はーい」と返事をして玄関から中に入った。家の中にはカレーのいい匂いが漂っている。桜庭家ではカレーを食べることが多い。

洗面所で手を洗ってから居間に向かう。桜庭家では椅子ではなく、畳の上に座ってご飯を食べるスタイルだ。今日も全員が揃っている。いないのはパパだけだ。パパは捜査で来られないらしい。

「よし、みんな揃ったな。じゃあいただきます」

ジイジがそう言うと、みんなでご飯を食べ始める。杏はスプーンを持ち、カレーを食べ始めた。窓の外でアポロがこちらを見て尻尾を振っている。

「そうだ、華さん」ジイジが缶ビール片手に言った。「俺の後輩がな、今度上野で剣道教室の師範をやることになったらしい。対象が小学生から中学生まで。どうだ？これを機に杏ちゃんを入門させてみないか。上野なら送り迎えが楽だろ」

なぜかジイジは杏に剣道をやらせようとする。こういう提案は一度や二度のことではなかった。そのたびにママは必ず――。

「剣道ねえ。どうですかね。まだ杏には早いと思いますけど」いつものようにママはそう前置きしてから杏に訊いてくる。「杏、どう？　ジイジはああ言ってるけど、剣道やりたい？」

杏はカレーを食べながら首を横に振った。

「あまりやりたくない」

興味がないわけでもない。しかし今は学童で友達と遊んでいる方がはるかに楽しいと思うのだ。今日習い事だから遊べない。そう言って帰っていく友達も多数いるが、どの子もあまり楽しそうな感じではなかった。本当は遊びたい。そういう気持ちが伝わってくるのだった。

「杏もこう言ってることですし、今回はちょっと……」

「そうか。仕方ないな。でもな、華さん、それから杏ちゃん。剣道というのは心も鍛えるんだ。心技体。この三つが揃ってこそ、初めて立派な警察官になれるというもの。すぐにとは言わんが、そのうち必ず剣道を習ってほしい。これは俺の切なる願いだ」

杏を警察官にしたい。ことあるごとにジイジは言う。それがもう決まっていることのように。警察一家だから仕方ないのかもしれない、と杏自身は思うのだが、たまに街で見かける女性の警察官の制服を見て、将来あれを着ている自分の姿がどうも想像できないのであった。

「ところで華さん」今度はバアバが口を開く。「杏ちゃんの成績はどう？　特に理科。やはり科学的思考というのは大切ですからね。杏ちゃんには立派な研究者になってもらいたいと私は常々思ってるの」

鑑識という部署でバアバは働いているらしい。警察の中でも特殊な部署で、指紋を採取したり靴跡を分析したりするようだ。理科は三年生からで、二年生は生活という教科がある。体育以外で一番好きな教科は国語で、次は図工だ。

「今は生活というんです。理科と社会が合わさった教科です。生活は〇だったと思います。ねえ、杏」

ママに言われ、杏はうなずいた。杏の通う小学校では二年生は◎、〇、△の三段階評価だ。杏の一学期の成績はほとんど◎で、生活だけが〇だった。

「まだ低学年だしな、あまり学校の成績は気にする必要なかろう」ジイジが笑って言った。「それより杏ちゃん、ご飯食べ終わったらジイジと一緒にドラマ観ような。いろいろ教えてあげるから」

桜庭家に来ると食後は大抵刑事ドラマの視聴タイムとなる。最近は『踊る大捜査線』というやつだ。少し内容が難しいところがあるが、まあまあ面白い。

杏はカレーライスを食べ終えた。バアバの作るカレーライスは美味しい。杏は「おかわり」と言って皿を持ち上げた。

※

「杏ちゃん、前回も説明したようにな、青島《あおしま》刑事が支店と言うだろ。あれは所轄のことなんだ。支店の反対は本店だ。本店は何を意味してると思う？」

「警視庁」

「正解。さすが杏ちゃん、物覚えがいいな」

居間のテレビの前では、義父の桜庭典和が杏と一緒に『踊る大捜査線』を観ている。華は台所にある椅子に座り、義母の美佐子と一緒にお茶を飲んでいた。

「華さん、和馬はどう？　忙しそうにしてる？」

美佐子に訊かれ、華は答えた。

「そうですね。今も蒲田の方で事件があったみたいで、そっちに呼ばれてます」

「あの事件ね。たしか殺害されたのは元警察官だったはず」

美佐子は非常勤の鑑識職員だが、最近はそれほど出勤していないらしい。それでも刑事事件については新聞などで情報を仕入れているようだ。

「そういえば杏ちゃん、またかくれんぼで変な場所に隠れたんですってね」

誰から聞いたのだろう。少なくとも華は和馬にしかあのことを話していない。桜庭家の情報網を侮ることはできなかった。

「すみません。私も注意しているんですけど」

「あの子にはコソコソするような真似はさせたくないの。わかる？　華さん」

「わかります」

「杏を三雲家の人間のようにしたくない。そのためには今が大事よ」

三雲家は犯罪者の集まり。ここ最近、桜庭家の人たち、特に典和と美佐子が華の両親を露骨に嫌うようになってきた。そもそもが泥棒一家と警察一家で、両者は交わることのない平行線のようなものなのだが、杏が成長するにつれ、その傾向が顕著なものになりつつある。

杏は将来警察官になる。典和と美佐子はそう主張して憚らない。それはそうだろう。何しろ桜庭家は警察一家、飼っている犬まで元警察犬なのだから。

杏の将来について、華はそれほど深く考えていないというのが現状だ。まだ杏は小学二年生、将来を決めつけるには早い年齢だ。今はとにかく元気に過ごしてほしいと心の底から願っており、そもそも学校の成績自体もそれほど華は気にしていない。そんな華が義母の目には頼りなく映るらしい。

「華さん、子供というのは小さいうちが肝心なの。中学生や高校生になったらもう駄目。自我が芽生えてしまってからでは遅いの。今のうちに進むべき道を示してやるのが親の務めってものよ。わかるでしょ？」

言いたいことはある。子が進む道は、親が探してやるものではなく、子がみずから見つけるべきではないか。自分がいい例だ。泥棒一家に生まれたにも拘わらず、こうしてまともに生きている。自分で見つけた道だと華は胸を張って言える。

しかし美佐子の手前、華は言葉を飲み込んで返事をした。

「……はい、わかります」

「華さんならわかってくれると思ってた。よかったわ」

華は内心溜め息をつく。尊と悦子が泥棒であることを杏が知ってしまった。そんなことが知られてしまったら、おそらく美佐子たちは激怒することだろう。

ジジとババはいい泥棒だから、それほど悪くない。杏は杏なりにそういう結論に達し、子供ながら自分を納得させているようだった。我が子ながら本当に頭が下がる。

尊と悦子は犯罪者だ。残念だが、それは疑いようのない事実だった。桜庭家か三雲家、どちらか一方を選ばなければならないとしたら、華は迷うことなく桜庭家を選ぶ。しかし三雲家は自分の生まれ育った家族であり、全否定するのは辛かった。それに尊や悦子が孫を可愛いと思う気持ちも理解できた。

「ところで華さん、今週末の運動会だけど、何時に集合？」

「九時から開会式だったと思います。家に帰ってプログラムを見てメールします」

「お願い。楽しみね、本当に」

暗澹たる気持ちになる。尊と悦子も杏の応援に駆けつけるらしい。三雲家と桜庭家の両家が顔を揃えるのは久し振りだ。

「おっ、杏ちゃん。室井《むろい》管理官が出てきたぞ」

居間のテレビの前で典和が説明を始める。

「前回も言った通り、室井さんはキャリアだ。いわゆる警察官僚というやつだ。一方の青島刑事はノンキャリだ。ここまではいいな、杏ちゃん」

「うん」

「じゃあ問題だ。キャリアになるためにはどうすればいい？」

「ええとね、ええとね、大学に行く」

「惜しい。正解は国家公務員試験に合格すること、でした」

典和の出すクイズは意味不明だが、杏もそれなりに楽しそうにしている。あの子は大丈夫だ。それより問題は今週末の運動会だ。

やはり桜庭家と三雲家が対面するのはよろしくないし、何としてでも回避するべきだと華自身は思い始めていた。となるとやはり、父と母には申し訳ないが、三雲家サイドには参加を見送ってもらうしかない。問題はその伝え方だ。運動会に来ないでくれ。そう直接伝えるのは気が重い。

何かいい方法がないだろうか。華はそう考えながら、冷めた緑茶を飲み干した。

※

午後九時過ぎ、和馬は蒲田署から出た。と言っても自宅に帰るわけではない。下田に向かった班長の木場美也子に代わり、捜査を指揮する立場にあるため、今日はさすがに帰れそうになかった。夕飯を食べていないことに気づき、外に出たのだ。

昨夜訪れた居酒屋のことが頭を掠めた。馬刺しやコロッケが旨かった。たしか定食もメニューにあったはずなので、その店に向かうことにした。場所は何となく憶えていた。

「おう、兄貴。よほどこの店が気に入ったみたいだな」

暖簾をくぐった瞬間、そう声をかけられた。妹の香と北条美雲がカウンターに並んで座っている。まったくこの二人は……。苦笑せずにはいられなかった。二日連続だ。お前たちはこの店のレギュラーメンバーなのか。

「好きなとこに座りなよ、兄貴。ビールでいいだろ」

まるで店員のように香が言う。和馬は美雲の隣に座りながら言った。

「まだ仕事だ。本部に戻らないとならない。飯だけ食いにきたんだ」

「そいつはご苦労なことだ」

メニューを見る。アジフライ定食が旨そうだったので、それをカウンターの中にいる大将に注文した。

「アジフライ定食、それと冷たいウーロン茶をください」

「あいよ」

隣に座る美雲が訊いてきた。

「先輩、捜査の進捗状況はどうですか？」

今、店内は半分ほどの席が埋まっている。和馬は声をひそめて言った。

「下田で遺体となって発見された今宮という元警察官。彼の犯行だろうというのが有力だ。今宮と川島は警察学校時代の同期で、同じ教場だったことが判明した。警察官になってからは同じ職場、同じ署になったことはないようだが、面識はあっただろうと思われる」

今宮の自宅の洗濯機の中から血痕の付着したナイフが発見されており、その血液の成分分析がおこなわれているところだ。今はその結果待ちだ。

「そうなんですか」美雲がグラス片手に言う。中に入っている液体は芋焼酎か。「動機面はどうなってますか。どうして今宮は川島を殺害したんでしょうか」

「二人の間で金銭的なトラブルがあったんじゃないかと睨んでる。今宮が株に手を出していたことがかつての同僚の証言でわかってるんだ。今宮は定年退職後、下田に移住している。住んでいるのはリゾートマンションだ。結構羽振りのいい生活を送っていたみたいだが、今年の春先に大きな損をしたようだ」

マンションの隣人の証言だった。近くにある飲み屋で同席した際、今宮が株で大損したと話していたという。本人は笑っていたが、あれはかなり参っていたのではないか、というのが隣人の証言だ。その証拠に一ヵ月ほど前、今宮はそれまで所有していた国産高級ＳＵＶから中古の軽ワゴンに乗り換えている。ＳＵＶを売却した金は損失の穴埋めに使われた可能性が高い。

「今宮の株取引についてはじきに明らかになるだろうね。今宮は川島に金の無心をした。もしかしたらすでに川島から借りていたのかもしれない。その返済の話し合いがもつれ、今回の事件に繋がった。それが俺たちの見立てだ」

「埋蔵金って、いったい何だったんでしょうか」

美雲が言った。被害者の娘、古沢朱音が耳にした川島の言葉だ。埋蔵金のことは忘れろ。川島は電話で相手にそう言っていたらしい。電話の相手は誰だったのか。埋蔵金とは何か。まだ何も判明していない。

「実はまだ報告をしていない。急転直下、いきなり容疑者が浮上してしまったからね。さらに容疑者が死亡、しかも元警察官だ。上層部は頭を悩ませてるんじゃないかな」

「兄貴のところの新しい班長、かなりの切れ者らしいな」ずっと黙っていた香が言った。「私が警視庁にいた頃から噂になってたよ。二課に優秀な女刑事がいるって。先週のデビュー戦もわずか一日で解決。今回の事件も容疑者は死んじゃったみたいだけど、まあほぼ王手って感じなんだろ」

香は蒲田署に来る前は警視庁にいた。その関係でいろいろと噂が耳に入ってくるのだろう。美雲がグラス片手に香に訊いた。

「目がキリッとした感じの人ですよね。そんなに優秀な人なんですか？」

「まあな。二年くらい前だったかな。タイにあった振り込め詐欺グループの拠点が摘発された事件があっただろ。日本人の男たちがタイの地元警察に捕まった事件だよ。あの事件を担当していたのが木場美也子だ」

タイから連行される日本人たちの映像が印象的だったということもあり、当時はマスコミを賑わせた。現地で逮捕されたのは二十名の日本人で、その後に日本で金の受けとりなどをしていた男が二名、追加逮捕されていた。しかしトカゲの尻尾切りのようなもので、そこから先――闇社会への金の流れの解明や主犯格の摘発までには至っていないものの、海外にある大規模拠点を潰したという意味でも十分にセンセーショナルな事件だった。

「そのニュース、私も見ました。へえ、凄い人なんですね、木場さんって」

「何年か前に息子さんを亡くしたらしくて、それ以来仕事の鬼になったという噂だ。感心してる場合じゃないぞ。お前もあのくらいになってもらわなきゃ困るんだよ。令和のホームズさん」

アジフライ定食が運ばれてきたので、二人の話を聞きながら食べ始める。想像通り、アジフライは美味だった。

「木場さんはこれからも出世していくだろうな。黒松《くろまつ》副総監と仲がいいらしい。次期警視総監と言われてる人だ。警視庁にもそういう派閥みたいなのがあるんだよ。なあ、兄貴」

「俺に話を振るんじゃないよ」

それにしても香は警視庁の内情に詳しい。警視庁にも派閥争いのようなものがあるが、和馬はそういうものとは無縁でありたいと思い、距離を置いている。

「木場さんはこれで早くも二つ目の白星だな。連勝をどこまで伸ばすか、楽しみだ」

「香先輩、まだ事件は解決したわけじゃありませんよ」

「解決したも同然だろ。容疑者宅から凶器が出たんだよな。もう決まりだって」

たしかにそうだ。ほぼ決まりだという空気が捜査本部にも流れている。今は下田署の鑑識からの報告待ちといった状況だ。

事件が解決してしまうと、それはすなわち蒲田署から引き揚げることを意味している。それはそれで淋しい気がするのも事実だった。もうこの店に来ることもないかもしれないな。そんなことを思いながら、和馬はかきこむようにライスを食べた。

※

部屋の鍵が開いているのを知り、華は肩を落とした。いい加減にしてほしい。しかし鍵を交換したところで父に開けられぬ鍵などない。杏は尊が来ていることに気づいたのか、早くも靴を脱いで室内に入っていく。

「お父さん、勝手に入らないでよね。近所の人に見られたらどうするのよ」

「俺はお前の親だぞ。見られても困るわけないだろうが」

尊はふんぞり返ってワインを飲んでいる。母の悦子はいないようだ。尊一人で何の用だろうか。そう思って華は訊いた。

「お父さん、何しに来たの？」

「ちょっと寄っただけだ。それより華、こんな遅くまでどこをほっつき歩いていたんだ？」

「和君の実家に行ったの。悪い？」

「まったくお前という女は。警察一家とねんごろに付き合いやがって」

「仕方ないでしょ。旦那の実家なんだから」

「ジジ、ジジ」と杏が尊の肩に手を置き、揺さぶりながら言った。「あのね、ママね。すっごい強いんだよ。こないだね、知らないおじさんをやっつけたの」

「何だ、華。お前、痴漢でも捕まえたのか」

「違うってば」

杏が華の顔を見てニヤニヤと笑っている。もしかして見られていたのか――。中原亜希を助けた夜のことだ。外に停めた自転車のところで待っているように杏には言い聞かせていた。例の男がゴルフクラブ片手に近寄ってきたとき、階段の下から杏の声が聞こえた。私に隠れて一部始終を目撃していたということか。

「そうだぞ、杏ちゃん。ママも実は凄腕の……」

「お父さん、それ以上言わないで」

尊は言われた通りに口をつぐんだ。それでも不気味な笑みを浮かべている。お前が泥棒の技術を有していることを杏に話してやってもいいんだぞ。そんなことを言いたげな顔つきだった。まったく困ったことになった。祖父と祖母だけではなく、母も泥棒一家の一員だった。七歳の娘には強烈過ぎる事実だ。

「今週末の運動会だが」尊がいきなり話題を変えてきた。「俺と悦子は応援に行く予定だ。たとえお前に止められてもな。どうしても止めたいなら、力ずくで止めてみるがいい。お前にそれができればの話だが」

言葉が出なかった。できれば遠慮してもらいたいと思っていたが、それを口にしたことはなかった。華の心中を見透かしたように尊が言う。

「できれば俺たちに来てほしくない。お前がそう思っているのは俺だって承知している。でもな、華。杏ちゃんは俺の孫だ。俺がどんな人間だろうと、孫の運動会を応援する権利くらいはあるはずだ」

反論の余地がなかった。尊にとって杏は可愛い孫。孫を可愛がるのは当然だ。むしろ有り難いことでもある。祖父母と離れて暮らす核家族の子もいる中、杏はこうして両家の祖父母と頻繁に会うことができているのだ。

「よし、杏ちゃん。ジジのスマホでルパン三世観るか」

「うん、観る」

尊がスマートフォンを出し、操作を始めた。ルパン三世を観るなとは言えないので、華は立ち上がって桜庭家からもらってきたカレーの余りを冷蔵庫の中に入れた。さきほど和馬からメッセージが入っていて、今日は帰宅しないとのことだった。捜査が大詰めを迎えているのだろう。

「ねえ、ジジ。どうして銭形《ぜにがた》警部はルパンを捕まえられないの？」

「それはな、杏ちゃん。優秀な泥棒は捕まえることができないんだ。仮に捕まったとしても逃げればいいだけの話だしな」

「ねえ、ジジ。インターポールって何？」

「国際刑事警察機構。まあ暇な奴らの集まりだな」

「ちょっと」と思わず華は口を挟まずにはいられない。「お父さん、杏にいい加減なこと教えないでよ。本気にしたらどうするのよ」

「俺は嘘は教えていないぞ。インターポールは連絡するだけの組織で捜査権は有していないんだ。本部はフランスのリヨンだ。一度悦子と一緒に潜入したことがあるぞ。あのときリヨンのレストランで食った牛肉の赤ワイン煮は最高だったな」

尊が言うからには本当だろう。父の尊にしろ、義父の桜庭典和にしろ、孫に偏《かたよ》った知識ばかり与えてしまうのは考えものだ。

「杏、それ見たらお風呂入ってネンネだからね」

「はーい」

返事だけはいい。杏は尊のスマートフォンに見入っている。尊と悦子が今週末の運動会に参加するのはほぼ確実となってしまった。こうなると華に打つ手は残されていない。完全にお手上げだ。あとは雨が降ることを祈るのみだ。

日曜日の運動会、いったいどうなってしまうのだろうか。

※

「お忙しいところすみません。わざわざお越しいただいて。どうぞお入りください」

「いえいえ仕事ですので。ではお邪魔します」

美雲は靴を脱いだ。殺された川島哲郎の娘、古沢朱音のアパートに来ていた。朝、彼女から電話があり、どうしても話したいことがあると呼ばれたのだ。

「今日はお一人なんですね」

「そうです。昨日一緒だった桜庭は署にいます」

和馬の上司である木場美也子が昨日から下田に行っているため、副班長である和馬が彼女の代わりに捜査を指揮しているのだ。和馬は人望もあるし、冷静な判断もできるため、指揮官として有能ではないかと美雲は思っている。事実、今朝の捜査会議でも的確な指示を出していたし、司会として会議を上手にコントロールしていたと思う。

今は和馬は動けない身の上なので、こうして美雲が一人で訪ねてきたというわけだ。一応和馬には伝えてある。

「おかけください。今、お茶淹れますね」

「お構いなく」

美雲はリビングにある椅子に座った。綺麗に片づいた部屋だった。壁には外国のポストカードが貼られていて、アートっぽい雰囲気を醸し出している。さすが舞台女優だ。こういう部屋の飾りつけは私には絶対に無理だ。

「これ、ハーブティーです。お口に合うかしら」

「ありがとうございます」

朱音が椅子に座るのを見て、美雲は早速本題に入った。

「話があるとのことでしたが、どんなことですか？」

「昨日もお話しさせていただきましたが、私は母親に反対されたんですけど、何とか父の後押しもあって今の仕事をしています。舞台女優の仕事をするようになって三年目です」

そこまで話したところで朱音は立ち上がり、キッチンの方に向かっていった。やがて何かを手に戻ってくる。通帳だった。それをテーブルの上に置きながら朱音が言った。

「今の劇団に入ることが決定したとき、父に呼ばれて話をしたんです。どこかの居酒屋だったと思うんですけど」

女優という仕事で食べていくのは並大抵のことじゃない。そう言って川島は娘に通帳とキャッシュカードを渡した。使う、使わないはお前の自由だ。これは俺からお前への餞別《せんべつ》だと思ってくれ。

「父はカードの暗証番号を教えてくれました。強引に渡され、私はこの通帳を持って帰りました。開設したばかりの口座みたいで、最初に二十万円が振り込まれているだけでした。いつか困ったら使わせてもらおう。そう思って机の引き出しにしまっておいたんですが……」

半年ほど前、朱音が使用するクレジットカードが使えなくなるという事態が発生した。クレジットカード会社の説明によると、某通販サイトから個人情報が流出してしまい、数千人分のカードが使えなくなってしまったというのだった。カード会社から新しいカードが送られてくるのに一ヵ月近い時間を要するため、その間の各種公共料金の支払いをどうするか、決断を迫られた。そのときに思い出したのが父から渡されていた通帳だ。あの口座から引き落とされるようにできないか。そう思って朱音はネット上で手続きをした。

「手続きは滞りなく終わりました。ちゃんと引き落とされているか心配になったので、通帳記入をしたんです。残高を見て驚きました」

「拝見させてもらってよろしいですか」

「どうぞ」

美雲は通帳を手にとった。中身を見て目を見開く。現時点で残高は二千万円を超えているではないか。ただし最近は電気会社やガス会社からの料金引き落としの少額取引が多く目立っていて、大きな動きがあったのは一年半ほど前だ。いきなり二千万円の金額が振り込まれていた。振込元として『カ）ダークラム』と書かれている。株式会社ダークラム。どんな会社なのだろうか。

「すぐに私は父を呼び出して、詳しい話を聞きました。退職後に友人と事業を起ち上げて、それが当たったと父は説明してくれましたが、そんな話は信じられませんでした。まだ退職して間もないのに、二千万円なんて大金が手に入るなんておかしいですよね」

一介の元警察官が簡単に入手できる金額ではないことは明らかだった。いったい彼はどんな方法で二千万円もの大金を入手したのか。何かしらの犯罪行為に加担したとは考えられないか。

「私はこの通帳を返そうとしたんですけど、父は受けとってくれませんでした。とにかく持ってるだけでいい、その一点張りで……。昨日も刑事さんに話そうと思ったんですが言えなくて、一晩悩んで決断しました」

「ありがとうございます」

彼女が悩む気持ちも理解できた。父親が不正な方法で大金を手に入れた可能性がある。それを警察に伝えてしまうことになるのだから。

「今思うと何か気になるんですよね。父は自分がこうなることを予期していたみたいな……」

考え過ぎではないだろう。自分の身に危険が迫るのを予期し、あらかじめ娘に遺産を残しておく。父親としては至極当然の発想だ。

「この通帳ですが、必要箇所をコピーさせてもらっていいですか？」

「ええ、大丈夫です。うち、コピー機ないんですけど」

「構いません。ちょっとコンビニまで行ってきますので」

通帳を借り、いったん朱音の部屋から出た。外の通路を歩きながら、美雲はスマートフォンをとり出した。相手はすぐに電話に出る。

「私よ。ちょっと頼みたいことがあるの」

※

「ただいま」

木場美也子が下田から戻ってきたのは午後一時過ぎのことだった。和馬はその帰りを蒲田署の会議室で出迎えた。多くの捜査員が出払っているが、会議室には十名程度の捜査員が残っている。デスクと言われる後方支援的な仕事をする捜査員が数名、残りは和馬と同じ木場班の班員だ。班長から詳しい報告を聞くためである。

「みんな、ちょっといい？」

自分のバッグを机の上に置き、美也子が言った。班員たちは彼女の周りに集まった。

「午前中の電話で言ったように、今宮智昭の自宅で見つかったナイフに付着していた血痕は、川島哲郎のもので間違いないという鑑識の結果が出たわ」

その知らせはすでに午前中に受けていた。今宮の自宅にある洗濯機の中で、タオルに包まれていた血痕つきナイフが発見されていたのだ。その血痕が川島のものであると判明した以上、犯人は十中八九、今宮であると考えて間違いないだろう。美也子が続けて言う。

「今宮の死因は窒息死。自宅の寝室で首を吊って死んだようね。あちらの鑑識の見立てでは、死後二十四時間ほど経っているという話だった」

今日は水曜日だ。川島が殺害されたのが三日前の日曜日の夜のこと。その翌日の月曜日、自分が犯してしまった過ちの大きさに気づき、川島は自宅で命を絶ったということか。

「遺書は見つかっていない。ただし彼の犯行である可能性は極めて高いわね」

「動機についてはいかがでしょうか」和馬は捜査員たちを代表して発言した。「なぜ今宮は川島を殺害したのか。こちらでもいろいろ探っているんですが、警察学校時代の同期だったということ以外、両者の結びつきは浮かび上がってきません」

「金銭的なトラブル。それが私の推理です。金の貸し借りでトラブルがあったとみています。たとえば金を借りる場合、借りる側が先方に出向くことが普通です。蒲田に住む川島のもとに、下田在住の今宮が出向いた。つまり今宮は川島から金を借りるつもりだったんでしょう」

今回が初めてではないのかもしれない。今宮は半年ほど前に株で手痛い損失を出したという話だった。すでに何度か川島に対して金の無心をおこなっていた可能性もある。現在の捜査では見えてこないが、警察学校卒業後もプライベートで交流があったのだろう。

「いずれにしても見つかった凶器、現場近くのコインパーキングの防犯カメラの映像などから、今宮の犯行であるのは動かせない事実であると私は考えます。何か異論がある者は？」

和馬以下、班員は無言だった。異を唱えられる状況ではない。すべての証拠が今宮の犯行であることを物語っている。蒲田署の捜査員が遠巻きに木場班のミーティングを見守っていた。

「では引き続き捜査をしましょう。とは言っても犯人は死亡。取り調べもできないし、証拠固め的な捜査になるでしょうね。早ければ明日には本庁に戻れるかもしれないわね」

今回のように被疑者が死亡している場合、そのまま書類送検ということになる。

警察というのは捜査をして犯人を逮捕するのが仕事であり、それを裁くのは裁判の場だ。被疑者死亡の場合、書類送検しても検察は不起訴にする。起訴したところで裁判所が公訴棄却をするのは目に見えているからだ。だったら捜査などしなくてもいいのではないか。そういう考え方もできるが、警察には起訴・不起訴を決める権限はなく、事件が起きたら捜査をし、犯人を確保し、証拠を揃えて検察に送るのが職務だった。

「明日まで佐藤君には下田に滞在してもらうつもりなので、何かあったら連絡するように。では捜査に戻ってください」

「はい」

佐藤というのは和馬の班の若手捜査員だ。現在は一人で下田に滞在し、下田署との連絡・調整役を担っている。ほとんどの班員たちが自分の捜査に戻っていく中、和馬は美也子のもとに向かった。和馬を見て美也子が言った。

「桜庭君、留守番をありがとうございました。助かったわ」

「いえ、当然の務めです。それよりちょっとお話ししたいことが」

和馬は美也子に報告した。昨日、被害者の娘、古沢朱音から聞いた話だ。二ヵ月ほど前、彼女が川島と食事をした際、川島が何者かと電話をしている会話が偶然耳に入ってしまったという。そのとき川島は『埋蔵金のことは忘れろ』と電話の相手に言っていたらしい。

「埋蔵金という言葉の意味がわからないため、報告は保留しておりました。実は今朝、川島の娘から連絡がありまして、さらに話したいことがあると伝えられました。蒲田署の北条が事情を訊きに行ってます」

「そうですか。気になる言葉ではありますが、あまり深入りしない方がよさそうですね。退職したとはいえ、元警察官のスキャンダルを暴くのは歓迎できません」

「ですが……」

「現在出揃っている証拠だけでも書類送検は十分に可能だと私はみています。何かわかったらまた教えてください」

「……わかりました」

「私はいったん本庁に戻ります。桜庭君は引き続きここで指揮をお願いします。夜の捜査会議までには戻ってきますので」

そう言って美也子は会議室から出ていった。これ以上深入りするな。それが彼女の指示だ。わからなくもない。犯人はすでに自殺し、あとは証拠を固めるだけなのだから。

「桜庭さん、蒲田署の副署長から電話が入っています。内線一番です。捜査の進捗状況を教えてほしいと」

ほかの班員にそう声をかけられたので、和馬は「了解」とうなずき、近くにある電話の受話器を持ち上げた。

※

待ち合わせの喫茶店に入ると、奥の席で助手の山本猿彦が手を上げるのが見えた。美雲はセルフレジでホットコーヒーを買い、紙コップ片手に奥の席に向かった。椅子に座って猿彦に言う。

「ごめん、猿彦。急な頼みごとをしてしまって」

「いえいえ、お嬢の頼みであれば夜中だろうが駆けつけますよ」

古沢朱音のアパートから猿彦に電話をかけたのが一時間前だ。それから通帳のコピーをとり、再び朱音の部屋に戻って通帳を返却した。そのあと蒲田署に戻る電車の車内で猿彦から電話があったのである。

「それで調べてみたんですが、ダークラムという会社、一言で言ってゴーストカンパニーというやつですね」

「もう調べたの？」

「さほど難しくありませんよ。登記されたのは五年ほど前、当初は輸入会社として設立されていて、本社の所在地番は港区赤坂《あかさか》のマンションの一室です。ここに来る前に寄ってみたんですが、別の会社が使っていました。今はエステ店が使用しているようでした」

潰れてしまった会社の名義が何者かの手に渡り、その者が会社の名前を使って口座を開設したということか。

「お嬢、銀行に直接問い合わせるというのはどうでしょうか？　ダークラムの取引内容の開示を求めるんです」

「それは難しいでしょうね。犯人はすでに特定されているわけだし、捜査本部がそこまで固執するとは思えないの。捜査会議で提案してみる価値はあるかもしれないけど」

「わざわざダミー会社を用意しているからには、かなり用意周到な計画と考えてよさそうです。銀行を突いても何も出てこない可能性も高いですしな」

猿彦の口元に笑みが浮かんでいることに美雲は気づいた。美雲はそれを指摘する。

「猿彦、私、可笑しいこと言った？」

「いえ、そういうわけでは」猿彦は咳払いをして続けた。「実は嬉しいのです。こうしてお嬢と事件について話をするのは久し振りなので」

言われてみればそうだ。猿彦に調べものを依頼するのはいつ以来だろうか。

「お嬢、川島は元警察官です。宝くじが当たったのならともかく、二千万円もの大金を受けとっていたのは見過ごすことができませんな」

「うん。私もそう思う」

しかも金を渡したのは得体の知れないゴーストカンパニー。川島という男、何らかの悪事に手を染めていたと考えて間違いない。

それに埋蔵金という言葉も気になるところだった。朱音がたまたま耳にしたという川島の言葉だ。そのときの電話の相手は今宮ではなかったのか。根拠はないが、美雲は漠然とそう思っていた。

今宮が半年前に株で大きな損失を出し、金に困っていたのはこれまでの調べでわかっている。どうしても金が欲しい今宮は埋蔵金なる金脈に気づき、それを川島に相談。しかし川島はそれを一蹴する。そのときに出た言葉が『埋蔵金のことは忘れろ』ではないか。

すべては美雲の推測に過ぎない。ただしあながち間違っていないのではないかと美雲自身は感じていた。被疑者死亡で事件に幕を下ろすのは早いような気がする。

「お嬢、あと少しですな。あと少しでかつてのお嬢に戻るような気がいたします」

「かつての私？」

「日本一の刑事になる。そう息巻いて捜査をしていた頃のお嬢でございます」

警視庁に入ったばかりの頃の話だ。とにかく自分の手で事件を解決する。当時はそのことしか頭になかった。今思えば若かったんだと思う。

「ところでお嬢、明日の法事はどうなさいますか？」

実は明日、祖父の北条宗真の法事がおこなわれる。場所は京都にある菩提寺だ。九周忌法要だった。当主の北条宗太郎の自由気ままな性格が影響しているのか、通例に則ることはない。一昨年の七周忌法要もおこなわれなかった。明日の九周忌法要は三周忌法要に続いて二度目の法事だ。

「一応犯人も明らかになったし、私も出席しようかな。係長にはもう話してあるしね」

「それがいいかと思います。先代もお喜びになることでしょう」

「猿彦も行くの？」

「私は奥様から雑用を仰せつかっているので、明日の朝一番で向かいます。お嬢はゆっくりお越しになってください。午後一時からです」

「わかった。私は日帰りにするから。夜、ちょっと用事があってね」

「了解いたしました」

古沢朱音からゲネプロの招待状をもらっていた。夜八時から渋谷の劇場で公演がおこなわれる予定だった。間に合うようなら観劇したいと考えていた。

「ではお嬢、私はこれで。引き続き事件については調べてみますので、何かわかりましたら連絡します」

「頼むわ、猿彦」

猿彦が立ち去っていく。署に戻ったらこれまでに判明したことを和馬に報告しよう。そう思いながら美雲は紙コップに手を伸ばした。

※

攻撃は最大の防御なり。

ジジから教わった言葉だ。守っているだけじゃ勝てないという意味らしい。杏は今、その言葉を胸に刻み込み、花壇の後ろから校庭の方を見守っている。

今日もケイドロをやっている。今、杏は泥棒役だ。しかし杏の仲間は皆、捕虜となって校庭の片隅にある鉄棒の前に固まっている。

捕虜にタッチすれば、捕虜は解放されるというルールだった。見張りの警察役は一人だけだ。その子は捕虜の子と楽しげに談笑している。ほかの警察役は全員、杏を捜索するために校内を回っているはずだ。だから今がチャンスだった。逃げているだけじゃ勝てないのだ。

「攻撃は最大の防御なり」

杏は声に出してそうつぶやき、走り出す。五十メートル走もクラスで一番速い。男子にだって負けないのだ。

捕虜の一人が校庭を走ってくる杏に気づいた。同時に見張りの子も気づいたようだった。だが遅い。あと十メートルだ。たとえ私が捕まっても、二、三人解放できればそれでいい。

そのときだった。不意に捕虜の子たちの中から一人の男の子が現れた。大和田隼人だ。隣のクラスの男子で、敵チームのリーダーでもある。

隼人はにやりと笑い、杏の目の前に立ちはだかった。仕方なく杏は急ストップした。そのまま廻れ右をして逃げようとしたが、走ってきた勢いもあってバランスを崩してよろめいてしまう。

「はい、逮捕」

いつの間にか隼人に手首を摑まれていた。自分の判断が間違っていたことを杏は思い知る。隼人の方が一枚上手だったのだ。杏が捕虜の救出に来るだろうと見越したうえで、自分は捕虜の中に紛れ込んでいたのである。

隼人はスマートフォンを出し、それを耳に当てた。「三雲は逮捕した。戻ってこい」と短く言い、通話を終えた。杏の通う小学校ではキッズ携帯の校内への持ち込みは認められている。

「ごめんね、みんな」

「気にしないで。杏ちゃんのせいじゃないよ。次は勝とうよ」

「悪いけど次はないから」杏たちの話を聞いていた隼人が言った。「もう今日はこれで終わり。俺たちこれからスイミングスクールだから」

捜索に出ていた隼人の仲間たちが集まってくる。全員が隣のクラスの男の子だ。中にはスイミングスクールに通っていない子もいるみたいだが、リーダーの隼人が抜けてしまうため、一緒に帰宅するようだった。

「じゃあな、三雲。また明日な。どうせ明日も俺たちが勝つと思うけど」

そう言いながら隼人チームのメンバーは引き揚げていく。正直あまりいい奴らではないのだが、ケイドロも鬼ごっこもドッジボールも、彼らが相手だとやり甲斐がある。

「何して遊ぼうか」

いち夏が訊いてくる。残っているのは七人ほどだ。校舎の時計は午後五時を回っている。そのとき杏は校舎の上を飛ぶ、謎の物体を見た。

「あれ、何だろう」

杏の声にほかの子たちが校舎の方を見る。四階建ての校舎なのだが、その三階あたりに銀色の飛行物体が見えた。

「UFOかな」といち夏が言うと、続けて別の子が言った。「ドローンだよ」

そうだ、ドローンだ。テレビで見たことがある。人間が操作して空を飛ばす小型飛行機だ。

でもいったい誰が操縦しているんだろう。そう思って杏は校庭を見回す。すると一人の男性が校庭を歩いているのが見えた。男の視線も校舎の方、ドローンらしき飛行物体に向いている。紺のジャージ姿には見憶えがあった。

「ケビンっ」

杏はジャージ姿の男性のもとに駆け寄った。彼はママのお兄ちゃんである三雲渉だ。でもなぜか杏はケビンと呼んでいる。なぜ自分が伯父のことをケビンと呼んでいるのか杏はわからないのだが、物心つくとそう呼んでいた。

「やあ、杏ちゃん」

ケビンは飛行物体を目で追いながら言う。手にはタブレット端末を持っている。これで操縦しているのか。

「あれ、ケビンが動かしてるの?」

「そうだよ」とケビンは答えた。「ドローンだよ。かっこいいだろ。海外から輸入したやつを改良してあるんだよ」

「ふーん。まあまあかっこいいね」

ケビンは引き籠もりだ。不登校のようなものらしい。でも家でパソコンを使って仕事をしていて、こうしてたまには外に出てくることもある。単純に家の中にいるのが好きな人なのだと杏は思っている。

「どうしてドローンを動かしているの？」

「お父さん、あ、ジジに頼まれたんだよ。今週の日曜日、杏ちゃんの運動会だろ。撮影を頼まれたんだよね。どうせなら迫力ある映像を撮りたいなって思ったんだよ」

「じゃあカメラついてんだ」

「そう。凄いだろ」

杏たちの周囲に子供たちが集まっていた。いち夏らクラスメイトだけではなく、ほかの学年の子たちもいる。不意にケビンは手にしていたタブレット端末を寄越してきた。

「はい、杏ちゃん。操縦していいよ。僕はカメラの調整をしたいんだ」

「ど、どうやるの？」

「簡単だよ。動かしたい方向をタッチするだけ。上昇は素早く二回タッチ。下降は一回タッチ」

難しそうだ。近くにいた中原健政に「健政君、やって」とタブレット端末を手渡した。健政はゲームとかも上手いから、きっと落とさずに操縦できるだろう。健政は杏から受けとったタブレット端末を左手で持ち、右手の指をパネルの上に置いた。一瞬ドローンは急降下したが、すぐに上昇して校舎の屋上あたりまで一気に舞い上がった。

「いいね、その調子。操縦は交代でね」

ケビンはそう言って背負っていたリュックサックを肩から外し、中から一台のノートPCを出した。杏にも見えるようにしゃがんだ姿勢でケビンはパソコンを操作した。やがて画面に景色が出てきた。グルグルと回っている。これがドローンについているカメラの映像だろうか。

「杏ちゃん、迫力あるだろ」

「まあまあだね」

ケビンは大人なのだけど、ちょっと子供っぽいというか、自分の玩具を自慢するようなところがあるので、あまり褒めないように心がけている。前にケビンが乗っていた外国製の自転車を褒めたら、延々と自転車について語られて困ったことがあった。

でもこのカメラを搭載したドローンは本当に凄い。こんなものを改造してしまうなんて、やはりケビンはメカの天才だ。

※

華が放課後児童クラブ〈なかよし〉に杏を迎えにいったのは午後六時三十分のことだった。学童の中に杏の姿はなかった。秋絵先生によると宿題を終わらせて外に遊びに出たきり、戻ってきていないらしい。しばらく待っていたが戻ってくる様子はなく、華は小学校に向かった。

都心にしては結構な広さの校庭だ。サッカーをして遊んでいる子供らの姿が見える。杏はどこだろうか。またかくれんぼで変なところに隠れていなければいいのだけれど。

杏を探しながら歩き始めたときだった。何やら上空で音が聞こえた。小型のヘリコプターが羽音のような音を鳴らしながら飛んでいる。ラジコンのヘリコプターか。

小型ヘリコプターは華の方に下降してきて、それから華の顔の前でピタリと止まった。羽音を鳴らしながら浮かんでいる。どこかでこれを操縦している者がいるのだ。

校庭の中ほどに数人の子供の姿が見えた。その中に紺のジャージを着た大人の男性が混じっている。華はそちらに向かって歩み寄った。

「お兄ちゃん、何してるの？」

兄の渉だ。杏やその友達も一緒だった。どうやら操縦しているのは杏らしい。タブレット端末を手にしている。

「やあ、華。ドローンのテストをしているんだよ」

これはドローンか。華は上空に目を向ける。五メートルほど上空を銀色のドローンは飛んでいる。

「お父さんから頼まれたんだ。杏ちゃんの運動会を撮影してほしいって。臨場感のある映像が撮れると思って、ドローンにカメラを搭載してみたんだよ」

まったく困った家族だ。何もここまでしなくていいのにと思うが、父にしろ兄にしろ、杏のためを思ってやってくれていることなので、頭ごなしに否定することもできなかった。

「そうなんだ。でもお兄ちゃん、やるなら目立たないようにしてね」

「わかった。当日は空の色に合わせてカラーリングを変えるよ。天気がよかったらスカイブルーにしよう」

そういう問題ではないのだが、華は何も言わずにいた。杏たちは楽しそうにドローンを操っている。すでに操縦方法をマスターしてしまっているあたり、子供たちの順応性の高さが窺えた。私ではああも簡単にドローンを操ったりできないだろう。

「お兄ちゃん、ちょっといい？」

「ん？　何？」

涉はタブレット端末を見ながら、膝に載せたノートパソコンのキーボードを叩いている。ドローンのカメラの映像をチェックしているようだ。

「日曜日も来るんだよね。だったらそのジャージだけはやめた方がいいと思う」

「やっぱりそうかな」

「そうだよ。一応大人なんだし」

涉は厳密に言えば引き籠もりではない。こうして外に出ることもあるし、普通に買い物に行くこともあるようだ。重度なインドア派といったところだろうか。現在の涉がどんな仕事をしているか知らないが——多分資産運用的な仕事だと思うが——家のパソコンで完結してしまう作業のため、外出の機会が極端に減ってしまうというわけだ。

「ケビン、ドローンの調子が悪いんだけど」

杏が涉に向かって言う。杏は涉のことをケビンと呼ぶ。涉がつけていた偽名であり、みんなにそう呼ばれていたのを幼少時の杏はそのまま覚えてしまったのである。まさか伯父は警察から逃れるために偽名を名乗っていたとは説明できず、今でも杏は涉のことをケビンと呼んでいる。

「またバッテリーかな。これ以上予備は持ってきてないから、そろそろ終わりにしよう」

「わかった」

飛んでいたドローンが下降してきて、校庭に着陸した。子供たちが駆け寄り、それを渉のもとまで運んでくる。元々子供っぽい性格をしている兄のため、すっかり子供たちとも打ち解けてしまったようだ。

「ねえ、ケビン、今度いつ来るの？」

「ねえ、ケビン、インスタやってる？」

口々に子供たちに言われ、渉は困惑気味にドローンの片づけを始めた。伯父が人気者になったのが杏も嬉しいらしく、誇らしげに胸を張っている。

「お兄ちゃん、よかったらうちでご飯食べてく？」

「夕飯は何？」

「ハンバーグ」

「だったら食べてく」

渉がリュックサックを背負って立ち上がる。ドローンは両手に抱えている。そういえば和馬は今日帰宅するのだろうか。メールで確認しておこうと思い、ハンドバッグからスマートフォンを出した。ロックを解除すると数分前に着信が入っていた。母の悦子からだ。リダイヤルしてスマートフォンを耳に当てる。すぐに通話は繋がった。

「ごめん、お母さん。ちょっと……」

「華、今どこ？」

悦子の声は切迫したものだった。華は答えた。

「小学校の校庭。杏を迎えにきたところなの」

「今から言う病院にすぐ来て」

「病院って、いったい何が……」

「華、落ち着いて聞くのよ。実はね……」

悦子が続けた言葉を聞き、華は言葉を失った。

※

「……以上が下田署からの報告となります。やはり現在出揃っている証拠を見る限り、今宮の犯行とみて間違いないものと思われます。続いて地どり班からの報告です」

和馬は木場美也子の言葉に耳を傾けていた。テーブルの中央に座る木場美也子の司会のもと、捜査会議は進行していった。周辺の聞き込みを担当している捜査員が立ち上がり、今日の成果を報告していくのだが、これといった目立った成果はないようだった。

「ほかに何かありますか？」

和馬は隣を見た。北条美雲が座っている。彼女に向かってうなずいてから、和馬は挙手をして立ち上がった。

「一課の桜庭です。私は蒲田署の北条とともに、主に被害者の遺族の方から事情聴取をおこなってまいりました。その中で判明した事実をお伝えします。まず一点、殺害された川島ですが、相手不詳の電話の中で『埋蔵金』という言葉を使っていたことが明らかになっております」

さらに詳しい説明を続ける。ただし周囲の反応はそれほど大きなものではなかった。しかし、ここまでは予想の範囲内だ。

「続いて二点目。川島は一年半ほど前に二千万円もの大金を入手していたことが娘の証言から判明しました。友人と起ち上げた事業が成功した報酬だと、本人は語っていたようです」

捜査員がどよめいた。二千万円という金額は大きい。それに川島は元警察官だ。定年退職後に起ち上げた事業で二千万円を儲けるというのがいかに大変なことか、ここにいる捜査員なら容易に想像できることだ。

「こちらが通帳のコピーです。ダークラムなる会社から振り込まれています。このダークラムというのは赤坂にある会社のようですが、その実体は不明です。おそらくゴーストカンパニーだと思われます」

美雲が摑んできた情報だ。今日の午前中、古沢朱音から聞いた情報らしい。

「二千万円という金額は無視できません。今宮が川島を殺害するに至った動機の一部である可能性もあります。今後の捜査でダークラムなる会社の実体と、その会社と今宮・川島両名の繫がりを明らかにしていく必要があると考えます。私からは以上です」

和馬は前方に座る美也子の顔色を窺ったが、いつもと変わらず無表情だった。深入りするな、と彼女からは釘を刺されていたわけだが、美雲の報告は無視できないものだった。報告しないわけにはいかない。そう判断したのだ。

その後も報告は続いたが、めぼしいものは特に見当たらなかった。最後に美也子の口から今後の捜査方針が告げられるはずだった。しかし彼女の口からは予想外の言葉が飛び出した。

「ありがとうございました。私から一点、報告があります。本日をもって本事件は解決されたとみなし、捜査本部も解散といたします。現時点で出揃っている証拠をもちまして、今宮智昭を川島哲郎殺害の真犯人として書類送検する考えです」

捜査員たちが顔を見合わせる。隣を見ると美雲はさして表情を変えずに前を見ていた。美也子が続けて言った。

「不満の声が上がるのも無理はありません。何しろ動機の面では真相を解明したと言えませんので。これは捜査一課長を始めとする上層部の意向と考えてもらって構いません。被害者も加害者も元警察官である。そういった諸事情を考慮した結果です」

今日の午後、美也子は本庁に戻ると言っていた。そこで話し合いがもたれ、出された結論だろうか。

理解できない話でもない。要は臭いものに蓋をするという理論だ。元警察官が、元警察官を殺害したのち、みずから命を絶つ。おそらく殺害した動機は二人の金銭的なトラブルだと予想できるが、このまま捜査が進むと単なる殺害事件の捜査ではなく、二人が関与していた何らかの犯罪行為にまで捜査のメスが入るのは必至だ。このあたりで手を打っておこう、これ以上、警察の恥を世間に晒すのはやめておこう、上層部がそう判断してもまったく不思議ではなかった。しかし——。

二千万円という大金が動いているのである。このまま放置できる問題ではないと和馬自身は思っていた。しかし上層部の判断も理解できてしまうし、それをやむなく飲んだ美也子の胸中も薄々と想像できた。彼女だって不完全燃焼であるのはその険しい表情が物語っていた。

「私からは以上です。本日をもって捜査本部は解散といたします。蒲田署の皆さん、ご協力ありがとうございました」

美也子が立ち上がり、深く頭を下げた。それを受けて捜査員は全員立ち上がり、正面に向かって頭を下げる。美也子は蒲田署の上役たちと話し始めていた。

「先輩、お疲れ様でした」

「北条さん、すまない。せっかく君が聞き出してくれた情報を活かせなかった」

「仕方ないですよ。元警察官のスキャンダルを暴くのは勇気が要りますしね。自殺しちゃってますけど、犯人は一応明らかになったわけだし、事件は解決したと言えるんじゃないですか」

その通りだ。不起訴にはなるが、書類送検するという意味では警察としての役割は十分果たせるのだ。迷宮入りになるよりは全然いい。

「また今度飲みにいきたいですね、先輩」

「そうだな。それもいいね」

そう返しながら、和馬は一抹の淋しさを感じていた。やはり美雲とコンビを組んで仕事をするのはやり易かった。また今回のように蒲田署に捜査本部が置かれる事件が発生し、それを和馬が担当する日は今後訪れるだろうか。可能性としてはだいぶ低いと言わざるを得ない。

捜査員たちが会議室の片づけを始めていた。あとは本庁に戻り、和馬ら班員が書類仕事と補強捜査をするだけだ。自分が座っていた椅子を運ぼうとしたところ、懐に入れてあったスマートフォンが震えるのを感じた。出して画面を見ると華から着信が入っている。和馬はスマートフォンを耳に当てながら窓際に移動した。

「もしもし？　和君」華の声が耳に飛び込んでくる。「仕事中にごめん。今、話せる？」

「ああ、大丈夫だ。それよりどうかしたのか？」

声の感じが気になった。いつもより硬い気がする。不安や緊張といったストレスに晒されているような声だった。

「お祖父ちゃんが倒れたって。お母さんから連絡があった。今、杏と一緒に向かってるの」

「何だって」

「本当よ。私も詳しいことは知らないの。搬送された病院は……」

華が続けた病院名を頭に刻み込む。華の祖父というのは伝説のスリ師、三雲巌のことだ。和馬は会議室を飛び出した。

第三章　探偵はよみがえる

パパとママは名字が違う。杏がその事実に気づいたのは今から一年半ほど前、杏が小学校に進学した頃だった。パパの名前は桜庭和馬、ママの名前は三雲華。どうして二人の名字は違うのだろうと疑問に思った杏は、お風呂に入ったときにパパに質問した。どうしてパパとママは名字が違うの？　返ってきた答えはこうだった。

結婚すると名字が一緒になるのは法律で――ちょっと杏には難しいかもしれないけど、この国ではそう決められているんだよ。本当だったらパパとママも同じ名字にならなければいけないし、パパもママもそうしたいと思ってる。でもね、杏。これは本当に難しいことなんだけど、パパの家族とママの家族はほんの少し、いいかい、ほんの少しだよ、仲が悪いんだよ。だから今でもパパとママは名字が違って、杏はママと同じ名字にしているんだ。

「運転手さん、あとどのくらいで着きますか？」

「もうすぐだよ。あの角曲がったらすぐだ」

杏は今、タクシーに乗っている。その隣にはママが、さらにその隣にはケビンの姿も見える。大きいジジが倒れてしまったらしい。だからその病院に向かっているのだ。大きいジジというのはジジのお父さんに当たる、元気なおじいちゃんだ。

角を曲がり、タクシーが停まった。大きな病院だった。時刻は午後七時になろうとしていて、病院の中は薄暗かった。

「華、お金は僕が払っておく。先に行って」

「ありがと、お兄ちゃん。行くわよ、杏」

ママと一緒にタクシーから降りた。正面玄関を通り過ぎ、さらに真っ直ぐ行ったところに夜間専用通用口があり、そこから中に入った。病院の中は静かだった。杏たちの足音が誰もいない廊下にくっきりと響き渡る。ママが足を止め、案内表示を見上げた。

「こっちね」

再び歩き出す。エレベーターに乗った。中が凄く広いエレベーターだった。どうしてこんなに広いのか。それをママに訊いてみたかったが、今はやめておく。ママは真剣な顔つきだった。健政のママを助けたときも真剣な顔をしていたが、今の方がもっと深刻そうだった。

三階で降りる。三階には一階よりもたくさんの人が歩いている。ほとんどが白い服を着た看護師だ。杏のクラスにもお母さんが看護師をしている子がいて、その子自身も将来は看護師になると言っていた。

「……ありがとうございます」

ママが通りかかった看護師に道順を聞き、頭を下げて礼を言った。それから杏の手を持って歩き始める。廊下を奥に進むとその人たちはいた。数台のベンチが置いてあり、ジジとババ、それから大きいババが座っている。

「華、来てくれたのね」ババがそう言って立ち上がり、こちらに向かって駆け寄った。「杏ちゃんまで来てくれたんだ。ありがとね」

ババに頭を撫でられる。ママが言った。

「お兄ちゃんも来てる。たまたま一緒にいたの。で、お祖父ちゃんの容態は？」

「わからん」答えたのはジジだった。「俺もさっき着いたばかりでな。おふくろの話によると、おふくろが夕飯の準備を終えて親父を呼んだら、親父が自分の部屋で倒れていたようだ。胸を押さえて苦しそうにな。すぐに手術というわけではなさそうだ。今はいろいろな検査をしている段階らしい」

「そうなんだ」

ママがそう言ってベンチに座った。杏はババの膝の上に座る。廊下の向こうからケビンが歩いてくる。手にはドローンを持っていた。それを見たジジがケビンに言う。

「おい、渉。それをどうする気だ。まさかここで飛ばす気じゃないだろうな」

「あなた、いくら渉でもそんなことをするわけないじゃない」

「そうよ、お父さん。お兄ちゃんは杏の運動会を撮影するためにドローンのテストをしてたのよ」

三雲家が勢揃いだ。こういうことは滅多にない。桜庭家の人たちはお正月や誰かの誕生日に集まってワイワイご飯を食べることが多いのだが、三雲家の人たちはみんな自由気ままに生きている気がする。だが杏はそんな三雲家の人たちが嫌いではない。むしろ楽しい人たちだと杏は思っている。

「おい、渉。そのドローン、カメラもついてるのか？」

「うん。ついてるよ」

「ふむ。使えるかもしれんな。仕事の偵察にはもってこいだ。おい、渉。今度俺の分も作ってくれ」

「お父さん、こんなときに不謹慎なこと言わないで」

みんなの会話を聞いていて、杏は思わぬことに気づいた。もしそれが本当なら、まさに驚愕《きょうがく》の事実だ。

全員が同じ仕事をしている家族のことを、〇〇一家と呼んだりするらしい。たとえば桜庭家が警察一家と呼ばれるように。

ジジとババは泥棒だ。ママは違うと言うが、それは疑いようのない事実だと杏自身は思っている。だったら大きいジジも大きいババも、それにケビンも泥棒ということは考えられないか。三人ともどんな仕事をしているか、杏はこれまで聞いたことがない。それにママだって怪しい。こないだ健政のママを助けたときの機敏な動き。あれは絶対に普通の人じゃない。

もはや杏は確信していた。三雲家が泥棒一家であることを。そして同時に興奮しているのも事実だった。パパは警察一家で、ママは泥棒一家。こんなにワクワクすることはそうはない。

※

ひとまず華は落ち着いていた。巌の容態は明らかになっていないが、緊急手術のような事態にはなっていないと担当の看護師に教えられたからだ。今は検査をしているらしい。それでも予断を許さなかった。元気そうに見えても巌も高齢だ。

さきほど看護師がやってきて、先生から話があると言われた。全員で話を聞くわけにもいかず、代表して父の尊と祖母のマツが医師のもとに向かった。

杏は大人しく渉のタブレット端末に視線を落としている。どうやらゲームをやっているようだ。

「お義父さん、おいくつになったんだっけ？」

悦子がそう言ったので、華は答えた。

「八十五歳だったと思う」

「もうそんなになるのね。私も年をとるわけだわ」

悦子はそう嘆いてみせるが、母は全然若い。今年で六十一歳になる彼女は、四十代と言われても信じてしまうほどに若々しい。たゆまぬ努力のお陰だと母は言うのだが、やはり自分の好きなことをやっている人はいつまでも若いんだなというのが華が辿り着いた結論だ。それは父の尊にも言えることだ。

華は自他ともに認めるお祖父ちゃん子だった。両親が仕事で長期間家を空けていることが多いため、必然的に祖父母と一緒にいることが多かった。特に祖父の巌は孫の才能をいち早く見抜き、保育園に通っている頃からスリ師としての英才教育――もっとも華にとっては遊んでいるつもりであったが――を施した。結婚してからは足が遠のいてしまっているが、それでも月に一度は必ず祖父母の顔を見るように心がけている。

「あなた、どうだった？」

廊下の向こうから尊とマツが歩いてくるのが見え、悦子がそう言って腰を浮かせた。華も立ち上がって父たちのもとに急ぐ。尊が腕を組んで説明を始める。

「狭心症の発作のようだ。まあ簡単に言うと血管が細くなって心臓に血液が送られないということだ。心筋梗塞に進行するケースもあるみたいだが、親父の場合はその手前の発作程度の症状で済んだらしい」

胸を撫で下ろす。大事に至らなくて何よりだ。杏が顔を上げてこちらを見ていたので、華はその頭を撫でてあげた。大きなジジは大丈夫だよ。そう伝えたつもりだった。

「二、三日入院するようだ。今後は薬で治療することになるって話だ。まあ親父も若くはないってことだな。今晩はおふくろが付き添うことになった。本人はケロリとしているみたいで、腹が減ったと言っているらしい。まったく困った男だ」

口は悪いが、尊も安心している様子だった。華はマツに向かって言った。

「お祖母ちゃん、私も付き添おうか？」

「ありがとね、華。でも私一人で充分だよ。付き添いは一人までだと看護師さんにも言われたしね」

病院側の方針なら従うしかない。マツはいったん自宅に戻って着替えなどの準備をするようだった。

「俺たちがここにいても邪魔になるだけだ。俺たちは帰るぞ。華、それに渉。お前たちも引き揚げるがいい」

尊がそう言って悦子と一緒に廊下を歩き去る。できればマツに同行して、いろいろな準備を手伝ってあげたい。するとマツが言った。

「華、今ちょっとだけ巌さんと話したんだけど、どうやらあの人、華に頼みがあるみたい」

「私に？」

「そう。何かしらね。三一八号室よ。私たちは先に行ってるから、華はちょっと顔を出してあげて」

「わかった。お兄ちゃん、杏を頼める？」

「任せて」

マツたちと別れ、華は廊下を歩き出した。すでに夕食の時間は終わっているらしく、多くの患者がテレビを観ているようだった。かすかに廊下まで音が洩れ聞こえてくる。

三一八号室は廊下の突き当たりの部屋だった。個室のようで、病室の入り口に『三雲巌』と書かれたネームプレートがかかっている。

「お邪魔します」

小さな声でそう言い、華は病室に入る。奥にベッドがあり、そこに祖父の巌が横たわっていた。手前側には来客用の長いソファが置かれていて、ここならマツも落ち着いて付き添うことができそうだった。

「お祖父ちゃん、大丈夫？」

そう声をかけながら華は祖父の顔を覗き込んだ。点滴をしているだけで、酸素マスクなどはつけていなかった。巌が目を開けて言った。

「わざわざ来てくれてありがとな、華。すっかり心配かけてしまったようだな」

「そんな気を遣わなくていいってば。具合はどう？　まだ苦しい？」

「いいや、全然だ。薬ってやつはたいしたもんだな。だが年には勝てんよ。狭心症だとさ。わしの心臓には毛が生えていると思っていたんだが」

そう言って巌は笑う。思っていた以上に元気そうで安心した。

「無理しないでゆっくり休んでよ、お祖父ちゃん。もう年なんだから」

「華、お前までわしを年寄り扱いする気か？」

「だって年寄りなんだもん。ひ孫までいるんだからね」

「そいつはそうだな」

かつての放浪癖も今ではすっかり鳴りを潜め、マツと二人で月島の自宅で暮らしている。ベッドの上で穏やかに笑っている巌だが、その眼光の奥には伝説のスリ師と呼ばれた男の矜持のようなものが感じられた。

「ところでお祖父ちゃん、私に話って何？」

「実はな、華。わしは明日からちょっと旅に出る計画を立てていたんだ。一週間くらい関西方面をぶらりとしてこようと思っていたんだ。まあそれも無理になってしまったわけだが、この旅行には一つだけ目的があってな。明日、ある男の法事に出席しようと思っていたんじゃ。北条宗真という男だ」

名前くらいは聞いたことがある。北条宗真。美雲の祖父であり、昭和のホームズと称された名探偵だ。たしか何年か前に亡くなったはずだ。

「お祖父ちゃん、北条宗真と面識があったの？」

「まあな」と巌は答えた。「因縁のようなもんだな。奴が死んでから八年も経つ。ここらあたりで一度ちゃんと奴の墓前で手を合わせておこうと思ったんだ。華、わしの代理でお前が京都まで行ってきてはくれんか？」

こうして祖父が頼みごとをしてくることなど滅多にない。よほど胸に秘めた何かがあるのだろう。京都は遠いが、日帰りなら何とかなるかもしれない。

「わかったわ、お祖父ちゃん。私が代わりに行ってくる」

京都の心恩寺という寺らしい。時刻は午後一時から始まるようだ。場所はあとでネットで調べればいい。

「頼んだぞ、華」

「任せて。お祖父ちゃんはゆっくり休んで」

元気そうに見えるが巌は病人であることに変わりないため、華は早々に病室から出た。廊下を歩いていると向こうから走ってくる男性の姿が見えた。和馬だった。

「華」そう言いながら和馬は駆け寄ってくる。「巌さんは無事なのか？　心配だから駆けつけたんだ」

「お祖父ちゃんなら大丈夫。狭心症の発作みたいだけど、薬で良くなったみたい。今はケロリとしてるわ」

「そうか。そいつは何よりだ」

仕事を抜け出して駆けつけてくれたのだろう。和馬の顔を見たら、ずっと張りつめていた緊張の糸が切れてしまったように力が抜けた。思わず和馬の腕を摑んでいた。

「華、大丈夫か？」

「大丈夫。ちょっと疲れたみたい。杏はお祖母ちゃんと一緒よ。多分一階のタクシー乗り場の前にいると思う」

和馬と腕を組んで歩き出す。外でこうして二人きりで歩くのも久し振りだな、と華は思った。

※

午後九時少し前、美雲はようやく仕事が終わった。捜査本部を片づけたあとも細かい雑用や領収証の整理を命じられ、こんな時間になってしまった。署から出たところでスマートフォンのランプに気がついた。不在着信の相手は三雲華だった。

リダイヤルすると、すぐに電話は繋がった。

「もしもし、北条です。電話に出られなくて申し訳ありません」

「ごめんね、美雲ちゃん。わざわざかけ直してくれてありがとう」

「それよりお祖父様の容態はいかがですか？」

「あ、和君から聞いてるんだ。お陰様でたいしたことなかったわ。二、三日入院することになるみたいだけどね」

夕方の捜査会議の終了後、和馬が慌てた様子で会議室から出ていったのを目にしていた。メールで状況を尋ねたところ、華の祖父が倒れたという返事が返ってきたので心配していたのだ。

「そうですか。それはよかったですね」

「ありがと。それよりちょっと美雲ちゃんに相談があるんだけど」

そう前置きして華が話し出す。その内容を聞いて美雲は驚いた。何と華が明日おこなわれる祖父の宗真の法事に参加したいというのだ。入院してしまった三雲巌の代理として。

三雲巌。伝説のスリ師としてその名を轟かせる男だ。今では現役を退き、息子である尊が頭領となっているようだが、いまだに彼の名は裏の世界では数々の逸話とともに語り継がれている。

「私もよくわからないのよ。代理として法事に参加しろって言われただけで。それで美雲ちゃんのことを思い出したのよ。もしかしたら行くんじゃないかなと思って」

「ええ、行きますよ。日帰りになりますけど」

「よかった」電話の向こうで華が安堵したように言う。「私、京都は何年も行ったことないし、ちょっと不安だったの。あ、ちょっと待ってね」

子供の声が聞こえた。杏だろうか。七歳になる和馬と華の一人娘だ。警察一家と泥棒一家の血を受け継ぐ異色の血筋を持ち、彼女が今後どんな人生を送るのか、美雲自身も非常に興味がある。

しばらく待っていると華の声が聞こえてきた。

「ごめんね、美雲ちゃん。それで明日のことなんだけど、よかったら一緒に行かない？」

「いいですよ。私もそう提案しようと思っていたんですよ。東京駅で待ち合わせましょうか」

詳細はメールでやりとりすることにして通話を切った。そのまま美雲は考える。

北条宗真と三雲巌。両者ともに主に活躍していたのは昭和時代だ。多少の接点があったような話をかつて耳にしたことがある。そんなことを私の耳に入れるのは猿彦をおいてほかにいない。

猿彦に電話をかけると、すぐに通話は繋がった。三雲華から電話があったことと、彼女が明日の法事に参列する旨を伝える。

「そうですか。三雲華が明日……」

「猿彦、教えて。どうして三雲巌がお祖父ちゃんの法事に出ようと思ったのかしら？」

「いつかはお嬢にもお話ししなければならないと思っておりました。お嬢、今からお時間よろしいでしょうか」

「ちょうど仕事が終わったところなの」

「それでしたら……」

十分後、駅前の定食屋に辿り着いた。すでに店内のテーブル席に猿彦の姿があった。相変わらず行動が早い。美雲から電話が来るのを見越していたかのようでもある。サバの味噌煮定食を注文する。猿彦はマグロの山かけ定食だった。

「で、私に話しておきたいことって何？」

「先代と三雲巌のことでございます。三雲巌はLの一族を率いていた大泥棒。当然、先代とも接点がございました。とは言っても相手は義賊。悪い者からしか盗まないという、その徹底した美学に心を打たれたのか、いつしか先代は三雲巌に対して敬意を抱くようになりました」

探偵と泥棒。奇妙な友人関係が構築されたというのだった。時には協力し合い、巨悪を追うことも何度かあったという話だった。

「あれは八年前、先代の葬儀のあとでした。納骨が終わり、参列者の方々が本堂の方に引き揚げていったときのことでございました。もちろんお嬢もいらっしゃいました」

祖父が亡くなったのは美雲が大学生の頃だった。ただただ悲しく、美雲は落ち込んでいた。葬儀のことは正直あまり憶えていない。ずっと泣いていたからだ。弔問客が多かったことだけは記憶している。

「遠くの方で隠れるようにして立っている男を発見しました。私は気配を押し殺し、その者に近づきました。その男こそ、三雲巌だったのでございます」

猿彦自身、まともに話すのは初めてだったが、強烈なオーラに圧倒された。「三雲巌様でございますね。先代から話は伺っております。よろしかったら線香の一本でも」と猿彦が言ったところ、三雲巌は笑って言った。「わしのような泥棒風情が天下の名探偵の墓を汚すようなことがあってはならん。遠慮させてもらうよ」

歩き始めた三雲巌だったが、突然立ち止まった。

「そして奴は私にこう言ったのでございます。『まったくわしとしたことが。わしが北条宗真を殺してしまったも同然だな』と」

「猿彦、それってどういう……」

祖父はガンで亡くなった。発見されたときは病状が進行していて、治療を施せる状態ではなかったようだ。亡くなる寸前まで仕事をしていたのは、美雲も近くで見ていたのでわかっている。ただし祖父がどんな事件を追っていたのか、美雲は知らされていない。

「私にもわかりません」猿彦が首を横に振る。「先代の死の責任の一端は自分にある。そういう意味のようにもとれました。宗太郎様にお伝えしたところ、何も言わずに笑っておいででした」

父はとらえどころがない人なので、何となく想像がつく。すべてを知ったうえで、だんまりを決め込んでいるような男だった。

「猿彦、お祖父ちゃんが最後に追っていた事件のことを知りたいんだけど」

「明日は京都です。事務所に行けば資料が残っているかと思います。それとお嬢、これは頼まれていた卵です」

白いビニール袋を受けとる。中にはパックに入った生卵が入っている。卵は毎朝食べる。京都にいたときからそうだったので、今でもこうして猿彦経由で畜産農家から直接購入しているのだ。

「お嬢は本当に卵がお好きなんですな」

「卵は完全食よ。ビタミンCと食物繊維以外の栄養素はすべて入ってると言われてる。これを食べない手はないじゃない」

美雲はあごに手をやって考える。三雲巌が北条宗真を殺したも同然、とはいったいどういう意味なのだろうか。

翌日の午前九時、美雲は東京駅八重洲口にいた。日帰りなのでそれほど荷物はない。喪服も実家に置いてあるので持っていく必要はなかった。多くの通行人が行き交っている中、一人の女の子が駆け寄ってくる。

「美雲ちゃーん」

「杏ちゃん」

そう言って美雲は屈んで杏を受け止める。しばらく見ないうちに大きくなった。最後に会ったのは二年以上前、彼女がまだ小学校に入学する前だった。あのときはたしか渉さんもいたんだったな、とわずかに感傷に浸る。

「美雲ちゃん、よろしくね」

そう言いながら三雲華が歩いてきた。彼女は私服姿で、衣装バッグを持っていた。向こうで喪服に着替えるつもりなのだろう。

「よろしくお願いします。杏ちゃんも来たんですね」

「そうなの。昨夜美雲ちゃんと電話してるのがバレちゃってね。事情を説明したら、どうしても行きたいって言い出して……。仕方ないから学校休ませて連れていくことにした。一度こうと決めたら結構頑固なところがあるの。誰に似たんだか」

「誰に似たんでしょうねえ」

まずは切符を買った。指定席の三列シートの座席を購入し、ホームに向かった。売店でジュースやお菓子を買い、車内掃除が終わった新幹線に乗り込んだ。昼前には京都に着くはずだ。そのまま実家に直行し、そこで着替えてすぐに寺に向かう。ちょっと慌ただしいが間に合うだろう。

杏が窓際に座り、真ん中が美雲で通路側が華という席順になった。それが杏の希望だった。いきなり杏が訊いてくる。

「あのさ、あのさ、美雲ちゃんは刑事なんだよね？」

「そうだよ、私は刑事。杏ちゃんのパパと一緒だよ」

「刑事ってことはさ、悪い人がいたら捕まえるのが仕事だよね」

「よく知ってるね。悪い人を逮捕するのが私の仕事だよ」

最近はちょっと怠けてて逮捕してないけどね、と内心美雲は反省する。

「じゃあさ、じゃあさ、泥棒がいたら逮捕する？」

「するんじゃないかな。人の物を盗んだらいけないもんね」

「いい泥棒でも？」

ん？　少し様子がおかしい。他愛もない会話だと思っていたが、予想以上に杏は真剣な目をしている。肘を突かれるのを感じ、反対側を向くと華が困ったような笑みを浮かべていた。「ごめんね、美雲ちゃん」と華が声には出さずに口を動かした。それだけで美雲は察した。ははん、そういうことか。いつかバレてしまう日が来るとは思っていたが、これほどまでに早いとは想像もしていなかった。

「いい泥棒だったら逮捕しないよ」

「よかった。やっぱり美雲ちゃん好き」

心底ほっとしたような顔をしてから、杏は窓の外に目を向けた。華が美雲の耳元で言う。

「お父さんがバラしちゃったの。勝手なことしてくれるんだから」

「それは大変でしたね」

「私やお兄ちゃんのことまで疑い出してるの。まあ疑われても仕方ないんだけどね」

当然だ。三雲家はLの一族なのだから。一応華だけは堅気の仕事に就いているが、その技術はきちんと継承されているらしい。まったくもって凄い人たちだ。

「最初のうちは悩んでいたみたいだけど、最近は自分の状況を楽しみつつあるわ。子供の適応力って目を見張るものがあるわね」

発車のベルが鳴り、新幹線が走り出した。杏はずっと窓の外の風景を眺めている。

「ところで華さん」早速美雲は訊いてみることにした。「どうして華さんのお祖父様がうちの祖父の法事に出ようと思ったんでしょうか。そのあたりの事情、おわかりになりますか？」

「それがまったくわからないの。詳しく聞きたくても病院だったし、長居するのもどうかと思って。代理で行ってきてくれって頼まれただけ。美雲ちゃん、何か知ってる？」

「それが私もはっきりとは……」

「年齢的にも近いだろうし、やっぱり同じ業界っていうのかな、裏の世界っていう意味でも、二人は顔馴染みだったんだろうね」

華がそう言ってペットボトルの緑茶を飲んだ。Lの一族の娘にして、刑事と一緒になった女性だ。今は上野の書店で働いている一児の母なのだが、実はこの人が一番ぶっ飛んでいるのではないかと美雲は思うことがある。言動は至って普通だが、普通に見えているところが逆に凄いと感じるのだ。泥棒の娘が警察一家の長男と一緒になり、ごく当たり前のように暮らす。なかなかできることではない。

「お祖父様の具合はいかがですか？」

「さっきお祖母ちゃんと電話で話したけど、早く退院させろって騒いでるみたい」

一度だけ会ったことがある。渉と一緒に夕飯をご馳走になったのだ。巌は頑固そうな老人で、妻のマツは大人しそうな人だった。昭和を代表するスリ師とその妻である鍵師にはとても見えなかった。

「美雲ちゃん、富士山まだ見えないの？」

「まだまだ先だね。見えそうになったら教えてあげる」

「ねえねえ、美雲ちゃんはキャリアなんだよね？」

「違う。私はキャリアじゃないよ。杏ちゃん、よく知ってるね」

「私は何でも知ってるよ。美雲ちゃん、ノンキャリなんだ。苦労するかもね、いろいろ」

どこまでわかって話しているのだろうか。すると隣に座る華が小声で言った。

「美雲ちゃん、ごめんね。桜庭家のジイジが吹き込むのよ。変な知識ばかり増えて大変なのよ」

「そうなんですね」

生まれながらに特殊な環境にいるという点では私も似たり寄ったりだな、と美雲も思った。探偵一家の一人娘として生まれ、ドイルやクイーンや乱歩に慣れ親しんだ少女時代。思えば推理小説を読むようになったのは亡き祖父の影響だ。

「ねえねえ、美雲ちゃん。科捜研って知ってる？」

「知ってるよ。科捜研なんて言葉、よく知ってるね」

「テレビで見たから、科捜研の女。正式にはね、科学捜査研究所っていうんだよ」

「へえ、そんなことまで知ってるんだ」

まだ新幹線は品川を出たあたりだった。賑やかな道中になりそうだ。車内アナウンスが途中の停車駅と到着時刻を告げている。

※

華はタクシーに乗っている。杏と北条美雲も一緒だった。京都駅で新幹線から降りたあと、そのままタクシーに乗って美雲の実家に行き、そこで喪服に着替えた。そしてまたタクシーに乗り込んだのだ。

「どっかで見た顔やと思ったら」タクシーの運転手がバックミラーをちらちら見ながら言う。「あんた、もしかして北条探偵事務所の娘さんやないか。いやあ、しばらく見ないうちに大きくなって。それに別嬪《べっぴん》さんや」

運転手の京都弁を聞き、ああ京都に来たんだなと華は改めて実感した。バタバタと移動しているだけでのんびり観光している余裕はない。

「今日は大先生の命日ってことやな。ほんまに早いもんや」

タクシーの運転手にも顔を知られている。北条探偵事務所というのが京都を代表する、全国にも名を轟かせる探偵事務所であることの証だった。

「昔はよう大先生を乗せてあちこち走り回ったもんやで。でもお嬢さん、ほんまに別嬪さんやな。芸能人よりも綺麗ちゃうか。なあ、彼氏はおるんか？　おるんやろ」

華は横目で美雲を見る。少し困ったように窓の外を見ているが、その照れた顔つきは同性の華から見ても可愛かった。

「おるんやろうな。放っておかへんやろ。あ、着いたで」

タクシーが停車した。「ここは私が払うよ」と言って財布を出し、料金を支払った。「おおきに」と釣りを渡され、タクシーから降りた。

心恩寺という寺だ。時刻は午後十二時五十分。一時から始まるらしいので、時間ぎりぎりだ。境内には庭園もあり、池も見えた。杏がそちらに興味を示した様子だったが、今は時間がない。「あとでね」と杏の手を引き、お寺の中に入る。

お堂の中は静寂に包まれている。内陣には金色に輝く本尊が安置されていて、その周囲にはきらびやかな天蓋などが飾られている。まだ住職の姿はないようだ。畳の上に十人ほどの参列客がすでに正座して住職の登場を待っているようだった。

「お嬢、こちらでございます」

年配の男性がそう言いながら近づいてくる。美雲の助手である猿彦という男だ。彼が華のマンションを訪れたのは三日前のこと。彼は美雲のことを大層心配しており、渉と復縁できれば彼女もスランプから抜け出せるのではないかという結論に達していた。

「初めまして、三雲華でございます」

初対面ということにしておいた方がいいと思い、華はそう挨拶する。向こうもこちらに合わせてくれる。

「これはようこそお越しくださいました。私は長年北条家にお仕えしている山本猿彦と申します。お噂はかねがね伺っております。こちらにどうぞ」

そう言って猿彦が前の方に華たちを案内しようとする。華はそれを断った。

「私たちは後ろの方でいいです。祖父の代理で来ただけですから」

「いやいや、今回はさほど多くの方を招いていないので、できれば前の方にお座りいただきたいのです」

猿彦に押される形で前から二列目の席に座る。美雲は一列目に座った。美雲の隣には女性が座っていて、その隣はまだ誰も座っていない。美雲の隣に座る女性が振り向いた。その顔を見て華は驚く。

あれは一昨日のことだったか。美雲とよりを戻すつもりはないのか。そう問い質すつもりで渉のマンションに行ったときのこと。マンションの廊下で着物を着た女性とすれ違った。あの女性だった。

「華さん、紹介します。母の貴子です」

「初めまして」

貴子がそう言って頭を下げてきたので、華も頭を下げた。

「初めまして、三雲華といいます」

貴子が笑みを浮かべる。何やら意味ありげな笑みだった。彼女が一昨日東京に行き、渉のマンションを訪ねたのは間違いなかった。いったいなぜそんなことを……。考えられるのは美雲絡みだが、美雲は自分の母が渉のマンションを訪ねていたことを知らなそうだ。

「杏、大人しくしててね。今から南無南無するからね」

「うん、南無南無する」

周囲の空気を感じとったのか、杏は大人しく座布団の上に座っている。華は周囲を見渡した。北条宗太郎の姿が見えない。現当主にして、北条探偵事務所の所長であり、日本一有名な探偵、北条宗太郎だ。もじゃもじゃ頭がトレードマークで、華も何度か雑誌で見たことがある。

そのときだった。どこからかバイオリンの音色が聞こえてきた。バイオリンの音色が聞こえる方向に顔を向けると、渡り廊下から二人の男がお堂の中に入ってくる。先頭の男はバイオリンを弾きながら歩いている。北条宗太郎その人だ。その後ろにいるのは緋色の袈裟をまとったお坊さんだ。弾いている曲はヴィヴァルディの『四季』なのだが、その明るい曲調が法事の席とはまったくかけ離れてしまっている。

華は呆然とバイオリンを弾く北条宗太郎を見つめていた。ところがこれがいつものことなのか、ほかの参列者は平然とした様子だった。バイオリンを弾きながら歩いてきた宗太郎は住職が席に座るのを見届けてから演奏をやめ、そのまま貴子の隣の空いている座布団に座った。バイオリンを無造作に畳の上に置き、今度は経机の上に置いてあった経本をとり、何やらブツブツと声に出してお経を読み始めてしまう。

うちのお父さんといい勝負かも、と華は内心思う。いや、天然の度合いでは北条宗太郎の方が上回っているかもしれない。

「ええと、それでは」と住職が声を張り上げた。「これより、北条家の法事を執りおわせている。

こないたいと思います」

華は背筋を伸ばし、住職の読経に耳を傾ける。隣に座る杏も神妙な顔をして手を合わせている。


「杏、危ないわよ。池に落ちても知らないからね」

華がそう注意しても杏は耳を貸すことなく、池の縁にある岩の上を歩いている。とにかく運動神経抜群な子なのでうっかりバランスを崩して池に落ちることはないと思うが、母として注意せざるを得なかった。

すでに堂内での読経を終えた。これから墓地に行って線香をあげるらしいが、杏がどうしても庭の池を見たいと言い出したので、仕方なく杏を連れて庭に来たのだ。池には鯉が泳いでいる。

「あの子、何歳なの？」

背後で声が聞こえた。振り向くと美雲の母、北条貴子がこちらに向かって歩いてくる。華は答えた。

「七歳です。小学二年生です」

「利発そうな子やな。運動神経もよさそうやし」

五十歳くらいだろうか。美雲の母親だけあり、細面《ほそおもて》の美人だった。一昨日着ていた紫色の着物も似合っていたが、黒い喪服もよく似合っている。三十を過ぎている私が言うのもあれだが、大人の女性という感じだ。

「やはり娘さんのことでしょうか」華は切り出さずにいられなかった。「うちの兄と美雲ちゃんのことですよね。だから兄の住むマンションを訪ねたんですね」

「そうやな。ちょっと東京に別の用があってな、そのついでに足を伸ばしてみたんや。うちの子、今年で二十七歳やで。完全に行き遅れてると思うねん」

今のご時世、二十七歳で行き遅れているとは言えない。娘の婿候補を探すのが趣味。和馬からそんな話を聞いたことがある。美雲は一人娘だし、早く婿が欲しいというのは母として当然の気持ちかもしれない。

「どう見てもうちの子、あんたのお兄さんに未練タラタラやねん。うちの人もあんたのお兄さんを気に入ってるようやし、ここは一緒になってもらうしかないと思うてんねん」

詳しいことは知らないが、渉は北条宗太郎にも気に入られているらしい。今日初めて北条宗太郎を見て、その理由は何となくわかった。兄と同じく北条宗太郎もあちら側の人だ。要するに普通の人の常識では測れぬ精神世界に生きているという意味だ。だから馬が合うのだろう。

「別れた理由。それがわかればどうにかなるかもしれへん。そう思ってあんたのお兄さんのところを訪ねてみたんやけど、結局肝心のことはわからずじまい。はぐらかされて終わりや。あんたのお兄さん、案外食わせもんやな」

質問をはぐらかそうとか、適当にあしらおうとか、兄にそういう感情はないはずだ。

「なぜあの二人が別れたのか。華さん、心当たりはあらへんの？」

「残念ながら。浮気とかではないと思うんですけど」

よほど周囲に知られたくないのだろう。美雲も、兄の渉も決して自分たちが別れた理由について明かそうとしない。

「こればかりはしゃあないな。時の流れに身を任せるしかないのかもしれへん。華さん、何か進展があったら教えてな」

「わかりました」

「そろそろお墓行こか」

「杏、おいで。お墓行くわよ」

杏が走ってきて、それから華の隣に並ぶ。初対面の人には人見知りをする傾向があり、貴子の顔をちらちらと窺うように見ていた。それに気づいた貴子が言う。

「杏ちゃん、こんにちは。京都は初めてかな」

「うん、初めて」

「杏ちゃんが京都のこと好きになってくれたら、おばちゃん、嬉しいわ」

「京都好きだよ」

遠くでバイオリンの音が聞こえる。演奏しているのは北条宗太郎に違いない。

「そうなんや。嬉しいな。でも杏ちゃん、何で京都好きなん？　今日初めて来たんやろ」

「ええとね、ええとね、京都はね、日本で二番目にお宝があるんだよ。だから好き」

お宝というのは国宝や重要文化財のことだろう。学校がこんなことを教えるわけがない。きっと尊の仕業だ。どうでもいい知識ばかりを杏に教えてしまうのだ。続けて杏は言う。

「ちなみにね、一番お宝が多いのは東京で、三位は奈良なんだよ」

「杏ちゃん、詳しいのねえ」貴子はそう言ってから華の耳元で小声で囁いた。「さすがＬの一族の血を継いでるだけのことはあるな」

「……すみません」

顔が赤くなるのを感じた。バイオリンの音が徐々に近づいてくる。喪服を着た一団が向こうに見えた。「美雲ちゃん」と言って杏が走り出す。華はそれを見ながら貴子に訊いた。

「今日ここを訪れたのは祖父に頼まれたからです。うちの祖父が北条宗真さんと付き合いがあったなんて、私は知らされていませんでした。どうしてだと思います？　なぜうちの祖父は私を代理として法事に参加させたんですかね？」

「さあね。でもあまり考えても意味ないと違うか。年寄りの気紛《きまぐ》れかもしれへんわけやし」

気紛れか。たしかに巌は気紛れな性格をしている。「ママ早く」と杏が呼んでいる声が聞こえ、華はそちらに向かって足を進めた。

※

美雲の実家は四階建てのビルで、一階と二階が探偵事務所であり、三階から上が住居になっている。午後三時、心恩寺での法事も無事に終わり、美雲は実家に戻った。華と杏は近くを散歩してくると言い、外に出ていった。美雲は猿彦とともに二階に行った。一階は事務室兼応接室であり、二階は資料室だった。これまでに父や祖父が手がけた事件の資料や父の集めた収集品が置かれている。

「お嬢、これですな」

そう言って猿彦がキャビネットから出してきたファイルを美雲の前に差し出した。早速椅子に座って目を通すことにする。祖父が手がけた最後の事件とはいったい何だったのか。

発端は八年前、祖父のもとに寄せられた相談だ。市内在住の会社員からの相談で、内容は息子に関するものだった。相談者の息子は東京の大学に通っていて、都内のアパートに一人暮らしをしていた。その大学生がギャンブルにハマってしまい、友人などから金を借りるようになった。ここまではよくある話だった。

その大学生は大きな勝負に出ることにした。違法賭博だ。レートの高い違法賭博で大きく稼ぎ、一気に借金を清算しようという勝負に出たのだった。しかし結果は当然負け。借金はさらに膨らんでしまう。その大学生は何度か違法賭博に足を運び、借金の総額は最終的に五百万円近くまで膨らんだ。

「まったく困った息子ですな」隣から猿彦が口を挟んでくる。「ですが、お嬢。だんだんと思い出してきました。この件で先代から頼まれて調べ物をしたはずです」

どうにもこうにもならなくなり、息子は京都にいる父親に泣きついた。悪いのは息子なのだから、父親としては借金を肩代わりするよりほかに道はない。ただし違法賭博というのが気になった。そもそも違法におこなわれている賭博である以上、そこに何らかのイカサマがあったのではないか。息子が負けたのは店側が画策したものではないのか。そう思った父親は、藁にもすがる思いで北条探偵事務所の門を叩いたのだった。

「先代も情にほだされたんでしょうな。いや、それ以前に違法賭博は立派な犯罪ですから、それを摘発するのは探偵としての当然の務めと考えたのかもしれません」

宗真は捜査に乗り出す。単身上京し、その違法賭博への潜入を試みる。しかしかなり警戒が厳重で、受付で身分証明書を提示しなければならないなど、警察の捜査から逃れるために様々な手法がとられていた。会場は新宿歌舞伎町《かぶきちょう》にあるマンションの一室で、客は多くても八人程度、おこなわれていたのはルーレットかポーカーだったという。

宗真が目をつけたのは客の一人、ルーレットにハマっていた会社役員だった。男に接触し、その男の紹介という形でようやく会場に潜入できる目途が立ち、宗真は警視庁の馴染みの刑事に連絡、彼らと共同して違法賭博を摘発する計画が進行していった。潜入捜査まであと数日に迫っていた矢先のことだった。宗真が倒れたのだ。

「虎ノ門《とらのもん》の病院に運ばれました。私もすぐに駆けつけました。お医者様の話では助かる確率は低いだろうと。全身にガンが転移している状態でした。先代は病院嫌いの方でしたから」

当時のことは美雲もよく憶えている。東京で倒れた宗真はすぐさま京都の病院に転院した。亡くなったのはそれから一週間後のことだった。あっという間の出来事で、美雲は祖父と話すことさえできなかった。それでもその一週間、美雲はずっと祖父に付き添っていた。

「猿彦、この事件はその後どうなったの？」

「たしか警察が摘発したはずです。違法賭博に関与していた者が数名、逮捕されています。ただしその背後にいた運営者――実際に金を管理したり顧客を選んでいた黒幕に辿り着くことはできなかったみたいですね。かなり警戒心の強い犯人だったんでしょう。いずれにしても反社会的勢力でしょうね」

摘発されたということは警察にもデータが残っているはずなので、照会して調べてみてもいいかもしれない。祖父が最後に関わった事件の詳細は判明したものの、そこに三雲巌の影は見当たらない。自分が北条宗真を殺したも同然だ、と三雲巌は祖父の葬儀のときに洩らしていたという。まさか三雲巌が違法賭博の黒幕だったとは考えられない。Lの一族は違法賭博に手を出したりしないはずだ。

「三雲巌もかなりの高齢のはず。先代のことが懐かしくなっただけかもしれませんね」

「その可能性もあるわね」

いずれにしても八年前の事件である。違法賭博に出入りしていた依頼人の息子にも非はあるし、すでに摘発されている。今さら掘り起こすような事件ではなさそうだ。なぜ三雲巌は自分が北条宗真を殺したも同然だと思っているのか。釈然としないものを感じながらも、美雲は膝の上で開いていたファイルを閉じた。夕方には新幹線に乗らなければならない。

「美雲ちゃん、ありがとね。いろいろと案内してもらっちゃって」

「いえいえ。もっといろんな観光名所があるんです。また今度ゆっくりいらしてください」

美雲たちは京都駅の駅ビルにいた。新幹線に乗る前に買い物をしたいと華が言い出し、その意向に添う形で早めに駅に来たのだ。お供の猿彦はもちろんのこと、なぜか宗太郎も一緒だった。

華はお土産の入った紙袋を持っている。美雲も新幹線に乗る間際に署に持っていくお菓子を買うつもりだった。それと新幹線の車内で食べるお弁当も。七時過ぎには東京に到着する予定になっていた。

「あ、ピアノだ」

杏がそう言って指をさす。その先には一台のグランドピアノが置かれている。広場のような場所だった。京都出身といってもあまり駅ビルに入ったことがないので、こんなところにピアノが置かれていることを美雲は知らなかった。ストリートピアノというものだろうか。

「ママ、あれって弾いていいの？」

「どうだろうね。弾いてもいいんじゃないの。でも杏、うまく弾ける？」

「弾けるよ」

杏がそう言ってグランドピアノの方に向かって走っていく。必死になって椅子によじ登る様が可愛かった。杏が鍵盤を叩き始める。誰もが耳にしたことがあるメロディー。猫踏んじゃった、だ。

作曲者は不詳だが、世界中で親しまれている曲だ。ピアノを習ったことはなくてもこの曲なら弾けるという人もいるくらいだ。韓国では猫の踊り、ロシアでは犬のワルツ、オランダではノミのマーチ、といった具合に国によって違う曲名がつけられているのが面白い。ちなみに中国での曲名は泥棒行進曲。これは華には教えない方がいいだろう。

弾き始めは普通だったのだが、徐々にテンポが速くなっていく。そのうち美雲がこれまで聴いた中では一番といってもいいほどのアップテンポになった。杏は頭を前後に振りながら懸命に鍵盤を叩く。その姿は楽器を演奏しているというより、何かのスポーツのようだ。華が苦笑して言う。

「あの子、速く弾くのが勝ちだと思ってるの。保育園の頃にピアノ教室に通っていたことがあるのよ」

今度は童謡のチューリップを弾き始めた杏だったが、今度もやはりテンポが速い。その素早い指さばきに関心してしまうほどだ。

「猿彦」

ずっと黙っていた宗太郎がそう言って右手を出した。

「お待ちを」

猿彦が持っていたケースを開け、中からバイオリンと弓を出し、それを宗太郎に手渡した。宗太郎は真っ直ぐピアノの方に向かって歩いていき、杏に何やら声をかけた。

二人の即興の演奏会が始まる。猫踏んじゃったのアップテンポバージョン。バイオリンが加わっただけでグッと本格的な演奏になり、さきほどまでは見向きもされなかったのに、今では通行人が十人ほど、立ち止まって二人の演奏に耳を傾けている。テンポは速くなっていく。これ以上は無理なのではないか、と思ったところで演奏はストップした。杏がぐったりと前に倒れるような仕草をして、それを見て観客たちが笑った。

演奏を終えた宗太郎がこちらに向かって歩いてくる。そして華の顔を見て言った。

「さすがLの一族の娘だ。僕のスピードについてくるとはな」

「すみません」と華が頭を下げる。「娘のお遊びに付き合っていただいてありがとうございます。あの子も楽しそうでした」

宗太郎は持っていたバイオリンと弓を猿彦に手渡し、短く言った。

「行くぞ、猿彦」

「はい、所長」

猿彦はもう一晩京都に滞在するとのことだった。歩き始めた宗太郎だったが、少し歩いたところで立ち止まった。振り返った宗太郎が美雲に向かって手招きをする。

「何？　お父さん」

美雲がそう言いながら近づいていくと、宗太郎が真面目な顔で言った。

「第一問。カール・ワルサー社製の9mm軍用自動式拳銃。一九三八年にドイツ国防軍の制式拳銃に採用された」

世界の拳銃クイズか。美雲は当然のように答えた。

「ワルサーP38」

「第二問。ジョン・ブローニングの設計に基づき、アメリカのコルト社が開発した軍用制式自動拳銃。一九一一年から一九八五年までの間、アメリカ軍の制式拳銃としても用いられた」

「M1911。コルトガバメントね」

「第三問。一九八三年にオーストリア軍の制式拳銃として採用され、のちにアメリカで民間用モデルが発売された。プラスチックなどの樹脂素材を多用しているのが特徴」

「グロック17。ちなみにグロック17のコンパクトモデル、グロック19はニューヨーク市警や国連の保安用としても使用されているわ。我が警視庁のSATにおいても……」

「もういい、美雲。全問正解だ。ところでまだのっぽ君と喧嘩しているのか？」

のっぽ君というのは渉のことだ。父は渉のことをそう呼んでいる。美雲が答えずにいると宗太郎は肩をすくめて言った。

「まあいいだろう。お前はまだ若いしな。それより美雲、お前に言っておきたいことがある。僕はたまにしか父親らしいことを言わないから心して聞け」

「……は、はい」

「自分が何者か、それを見失うな。以上だ」

そう言って宗太郎は踵《きびす》を返し、猿彦とともに歩き去った。杏が手を振って見送っている。華がこちらに歩み寄って声をかけてくる。

「美雲ちゃん、変わったお父さんだね」

「まあ……私は子供の頃からなので慣れてますけどね。あ、そろそろ新幹線乗り場に行きましょうか」

「そうだね。早めに行った方がいいかもね。杏、行くよ」

華は杏と手を繋いで歩き出した。そのあとを美雲も追う。自分が何者か、それを見失うな。父の言葉が頭にこびりついて離れなかった。

※

「ただいま」

和馬はそう言って靴を脱いだ。上着を脱ぎながら廊下を奥に進む。台所にいた母の美佐子が和馬の顔を見て驚いたように言った。

「あら？　和馬じゃないの。今日は何？」

「何って、用がなかったら来ちゃいけないのかよ。華と杏の帰りが遅くなるみたいだから寄ったんだ」

今日は久し振りに定時で帰宅するのを許されたのだが、生憎華たちは京都に行ってしまっている。美雲の祖父である北条宗真の法事に出席するためだ。三雲巌の代理として急遽出席することが決まったらしい。昭和のホームズと伝説のスリ師という異色の組み合わせであるが、三雲家に関しては何が起ころうが驚くことはない。華と暮らすようになり、和馬も多少の免疫ができていた。

「華さんたちはどこに行ったの？」

本当のことを言うといろいろ突っ込まれそうだったので、和馬は適当に誤魔化した。

「さあ。ママ友と飯でも行ってるんじゃないかな。母さん、飯ある？」

「ないわよ。あるわけないいじゃない」

「嘘だろ」

「嘘よ。今日はお刺身とコロッケよ」

和馬は冷蔵庫を開けて中から缶ビールを出した。それを開けようとしたところで背後から声をかけられる。

「和馬、ビールはまだやめとけ」

父の桜庭典和だ。今年で六十三歳となるが、今も警視庁で嘱託員として働いている。長く警備部に在籍していたことから、六十五歳になったら民間の警備会社で働くことが決まっているらしい。

「家族会議だ。母さんも来てくれ」

桜庭家は何かにつけて家族全員が集まって家族会議をすることになっている。どこの家でも家族会議は当たり前におこなわれるものだと子供の頃は思っていたが、それが桜庭家だけの行事だと知ったときは驚いたものだ。

「何だよ、家族会議って」

「いいから来い」

典和はそう言って廊下の向こうに消えていく。和馬は仕方ないので缶ビールを冷蔵庫の中に戻してから和室に向かった。すでに父と母は座っている。

「で、何の話？」

庭の犬小屋の前では元警察犬のアポロがお座りしてこちらを見ている。典和は不機嫌そうな顔つきで言った。

「杏ちゃんのことに決まってるだろ」

やはりな。杏のことで何か言いたいことがあるのだろうと思っていた。それでも和馬はとぼけてみせる。

「杏のこと？　いったい何が問題なの？」

「俺が区の防犯協会の理事をやってるのを知ってるな。昨日その会合に参加して、杏ちゃんが通ってる小学校の校長と話す機会があった。勉強もできるし、運動神経もいいようだ」

「だったら何の問題も……」

「話は最後まで聞け。問題は放課後の過ごし方だ。いつも友達とかくれんぼや鬼ごっこをやっているようだ。先週なんかは音楽室の天井裏に隠れて騒動になったらしい」

その話は華から聞いている。華の職場に電話がかかってきて呼び出され、華が小学校に向かったという。発見したのは華ではなく、アポロだったらしい。タイミングよく窓の向こうでアポロが「ワン」と鳴いた。俺が見つけてやったんだ、と言わんばかりに。

「それだけじゃない。ケイドロという遊びがあるらしいな。警察と泥棒に分かれて追いかけっこをする遊びみたいだが、杏ちゃんは泥棒組を率いるリーダー格だという話だ。俺はその話を聞いたときには涙が出そうになったぞ。女の子で、しかもあの若さで泥棒とは情けない」

「子供の遊びだろ」と和馬は口を挟む。「ケイドロなら俺も知ってるよ。ずっと泥棒をやってるわけじゃない。交代制なんだよ」

「子供の遊びを舐めちゃいかん。俺は本気で杏ちゃんの将来を憂慮しているんだ。悲しいかな、杏ちゃんには三雲家の血が流れてる。その血が暴れ出す前に手を打っておく必要があると思ってな」

「手を打つって、いったいどうやって？」

典和は懐から封筒を出し、中から出した紙片をテーブルの上に置く。写真だった。小学校中学年くらいの男の子が写っている。

「この子は……」

「ええと、この子はな」典和は手帳を出して、それを見ながら言う。「西麻布《にしあざぶ》小学校の三年生だ。お父さんは現在警視庁組織犯罪対策部の第二課に勤務、お祖父ちゃんは三鷹《みたか》署の副署長だ」

「だからこの子が俺らとどういう関係が……」

「もう一人いるんだよ」

典和は和馬の言葉に耳を貸さず、もう一枚の写真をテーブルの上に置いた。その写真にも同じく小学生くらいの男の子が写っている。

「こっちの子は北青山《きたあおやま》学院初等部の五年生だ。お父さんは警視庁総務部広報課勤務、まあエリートだな。お祖父さんは定年前に退職されて今は区議会議員をされているらしい。どちらも血統的には申し分のないご家族だ。杏ちゃんのお相手としてはばっちりだと思うけどな」

「お相手ってまさか、父さん本気で杏を……」

「そうだ。許嫁《いいなずけ》ってやつだな。こういうのは早い方がいいだろ。杏ちゃんがうっかり変な男に捕まったりしたらいけないからな。和馬、お前もそう思わないか」

典和は自信満々な笑みを浮かべている。良縁を見つけてきてやったんだから有り難く思え。そんな感じの不遜な態度でもある。

「いくら何でも早過ぎるって。杏はまだ七歳だぜ」

「昔は十代で嫁入りなんてこともざらにあった。千姫が豊臣秀頼のもとに嫁いだのは七歳の頃だったと言われている」

「戦国時代の話を持ち出さないでくれ。ねえ、母さんからも何か言ってやってくれよ」

　すると美佐子が片方の写真に手を伸ばした。

「私はこっちの北青山の子に一票。何と言っても北青山学院は名門よ。たとえ警視庁に入庁しなくても、一流商社あたりに入ってくれるんじゃないかしら」

「母さんは目のつけどころがいい。鑑識職員だけのことはある」

　何だか頭が痛くなってくる。三雲家に負けじと悪い意味で暴走気味だ。孫の許嫁を決めてしまおう。冷静に考えればそんな発想は出てこないはずだ。

　和馬は立ち上がった。和室を出ていこうとすると典和に呼び止められる。

「おい、和馬。まだ話は終わってないぞ」

「もういい。悪いけど付き合っていられない。杏の相手なんて今から決めるもんじゃないって」

　溜め息をついて和室から出た。冷蔵庫からビールを出し、それを手に縁側に出る。和馬の顔を見て、犬小屋の前に座るアポロが「ワン」と鳴いた。お前も大変だな。そんなことを言われたような気がした。

※

座席の数は百席ほどの小さな劇場だった。劇団〈小惑星〉の舞台が美雲の眼前で繰り広げられていた。来週から始まる公演の公開リハーサル、ゲネプロがおこなわれているのだ。

客は三十名ほどだ。後方でカメラが回っており、出演者があとで自分の演技をチェックするのかもしれなかった。客の中には記者やライターもいるようで、膝の上でメモをとっている者も数人いた。

京都から帰ってきて、直接ここにやってきた。実はあちらで一泊してもよかったのだが、せっかく古沢朱音から招待状をもらっていたし、こういう機会でもなければ劇団の舞台など鑑賞することはなかったので、足を運んでみた次第だった。

芝居のタイトルは『ヒミコ』といい、日本の古墳時代を舞台にした恋愛モノだった。ヒミコという女王と、彼女と敵対関係にある地方豪族の息子、クマヒコとの恋物語が主軸となって話は進んでいった。途中、ヒミコがクマヒコの屋敷に火を放ち、クマヒコは自害して果てる。そこで話が文字通り時空を飛ぶ。

次の話の舞台は昭和初期だった。主人公は東京に住む女子大生、ヒミコだった。留学先のワシントンで日系人の新聞記者であるクマヒコと恋に落ち、将来を誓い合う。しかしヒミコが帰国後、第二次世界大戦が勃発し、二人の運命の糸が狂っていくというものだ。

『ヒミコ、いい加減目を覚ますのよ。アメリカ人と結婚なんて無理に決まっているじゃない』

『そんなことはないわ。クマヒコさんと私は永遠の愛を誓ったの。必ず一緒になろうと誓ったのよ』

今、舞台上ではヒミコが友人であるマサコ――マサコを演じているのは古沢朱音で、古墳時代にはヒミコに仕える神官役だった――に恋の相談をしているところだった。

いつしか美雲は劇に見入っていた。ヒミコとクマヒコの悲しい恋の行方が気になって仕方がなく、何よりヒミコが不憫に思えて仕方がなかった。古墳時代は恋人の屋敷に火を放つ命令を下し、昭和時代には戦争の大火に仲を引き裂かれる。その叶わぬ恋の話に、自分と渉の置かれた状況を重ねる美雲だった。まあ私たちの場合は戦争が起きたわけでもないし、殺し合うほどのライバル関係にあるわけでもないのだけれど。

二時間ほどで終幕となった。思わず美雲は立ち上がり、拍手をしていた。スタンディングオベーションだ。しかしそんなことをしているのは自分一人だということに気づき、美雲は顔を赤らめて座席に座った。

席を立って会場から出た。狭いロビーで関係者らしき者たちが談笑していた。どことなく業界関係者を思わせるファッション——やけに細みのスーツだったり、変わったデザインの眼鏡——の人たちが多く、美雲は肩身の狭さを感じて足早に会場を出ようとした。そのとき後ろから声をかけられた。

「北条さん」

振り返ると古沢朱音が立っていた。最後に着ていたフリルつきのワンピースのままだった。彼女はこちらに向かって近づいてきた。

「来てくれたんですね。ありがとうございます」

「こちらこそありがとうございます。すっごく良かったです」

「本当ですか？」

「本当ですって」思わず美雲は熱く語り始めていた。「感動しました。特にラストシーン、クマヒコがB29に乗って東京を空襲するシーンあるじゃないですか。あのときの感動ったら半端なかったです。いろんな思いが込み上げるっていうか」

思い出すだけで泣けてしまう。美雲の気持ちの高ぶりを察したように朱音が言った。

「嬉しいです。こんなに感動してくださる方がいるなんて」

「すみません。勝手に盛り上がってしまって」

「いいんですよ。ところで北条さん、事件が解決したみたいですね」

事件。その単語を聞いただけで美雲は現実社会に引き戻されるのを感じた。そうなのだ。目の前にいる女性は友達ではなく、事件を通じて知り合った被害者の遺族なのだ。美雲は気持ちを切り替えた。

「ええ、下田市内である男性が自殺しました。彼がお父様の死に関与している可能性が高いとされています」

「そうみたいですね。さきほど警察の方から電話があって、教えてもらいました。もう捜査は終了するそうです。動機は個人的な恨みらしいです。あの通帳のお金のことも、埋蔵金っていう言葉の意味も、何もわかっていないのに、捜査って終了してしまうんですね」

朱音は悲しげな笑みを浮かべる。捜査本部が解散したのは事実だ。加害者が元警察官ということもあり、意図的に上層部が事件の幕を早々に下ろそうとしているのは美雲でもわかる。

「本当にこのまま終わってしまうんでしょうか。動機も曖昧なまま、捜査が終わってしまうんでしょうか」

周囲の者たちの視線を感じながら、美雲はつい数時間前の出来事を思い出していた。京都駅のストリートピアノの前だ。父に言われた言葉。自分が何者か、それを見失うな。

私は刑事だ。それを見失うなと父は言いたかったのではなかろうか。

今、目の前に父親を殺された遺族がいて、事件の真相を知りたがっている。だったらそれを捜査するのが刑事ではないか。そこに山があるから、という理由で山に登るのが登山家らしい。そこに事件があるのであれば、捜査に当たるのが刑事という生き物であり、同時に探偵の娘としての責務ではなかろうか。

「古沢さん、なぜお父さんは殺されなくてはならなかったのか。そして通帳に振り込まれた大金は何だったのか。あなたの知りたいことはすべて私が解き明かします」

「だって北条さん、もう事件は解決したんですよね。捜査してもいいんですか？あ、ごめんなさい。別に警察のやり方に口を出そうとか、そういうのじゃないので」

何かが吹っ切れた気がした。胸をドンと叩きたい気分だった。美雲は大きくうなずいた。

「ご心配なく。私、こう見えて刑事なので」

※

朝の九時、和馬は蒲田署に辿り着いた。手にはスターバックスの抹茶ティーラテの紙コップを持っている。さきほどいきなり美雲からメールが来て、とにかく早く来てくれと呼び出されたのだ。

ところが刑事課に美雲の姿はなかった。どうしたものかと迷っていると、美雲の上司である松永が和馬の存在に気づいた。

「よう、桜庭。北条に呼ばれたのか？」

「そうです。彼女はいないようですが」

「あいつなら会議室にいるよ。やっと復活したみたいだぞ」

「復活、ですか」

松永に教えられた会議室に向かう。中に入るとそこは酷い有り様だった。そこかしこに書類やファイルが散らばっている。ロの字に並べられたテーブルの一角で北条美雲が突っ伏しているのが見えた。眠っているようだ。

「北条、さん？」

和馬がそう呼びかけると、美雲は眠そうな目を開けた。それから欠伸《あくび》を嚙み殺しながら言う。

「あ、先輩、本当に来てくれたんですね」

「そりゃ来るよ、呼ばれたんだから。これ、頼まれてた抹茶ティーラテね」

「ありがとうございます」

紙コップを受けとった美雲は、それを一口美味しそうに飲んだ。和馬は散らばった書類を見ながら言った。

「北条さん、随分《ずいぶん》散らかしちゃったね」

「全部目を通しました。一から事件を見直したかったので。お陰で徹夜しちゃいましたよ」

何があったのかわからない。昨日美雲は華たちと一緒に京都に行ったはずだ。もしかして京都で何かあったのだろうか。彼女の闘志に火をつけるような何かが。

「それで、何かわかったの？」

「わかりましたよ。先輩、三魚会《さんぎょかい》って知ってます？」

「さあ、聞いたこともないけど」

「第三方面本部に属する釣り好きの警察官たちが集まった会のことです。今では下火になってしまったようですが、昔は百人近いメンバーがいて、景気が良かった頃には漁船やクルーザーを借りるなどして釣りを楽しんでいたみたいですね」

第三方面とは世田谷区、目黒区、渋谷区のことをさす。美雲はさらに続けて説明する。

「殺された川島哲郎、それから下田で亡くなった今宮智昭も三魚会のメンバーでした。やっと見つかったんですよ、二人の接点が。さっき電話で川島さんの元奥さんとも話しました。二十年くらい前、川島さんが代々木《よよぎ》署にいた頃、かなり釣りにハマっていたらしいです。休日のたびに釣り竿を持って出かけていったそうです。ちょうど二十年前、今宮の方は同じ第三方面の目黒署の刑事課にいました。二人とも三魚会に入っていたんですよ」

正式な部活動ではないが、同じ趣味を持った警察官が集まり、活動していると聞いたことがある。囲碁や将棋、テニスなどが知られており、中には釣りを楽しむ連中もいるのだろう。

「多分今宮はその中でもかなり釣りにハマってしまったタイプですね。定年退職してから下田に引っ越してしまったくらいですから。あ、そうだ。猿彦と捜査してたんだった。いけない、すっかり忘れてた」

美雲はテーブルの上に置いてあったパソコンを引き寄せた。後ろから画面を覗き込むと、画面は二分割されていて、片方には紙コップを持った美雲の上半身が映っている。もう片方の画面は真っ暗だ。双方向通信サービスだろう。

「猿彦さん、どこに行ってるの？」

「決まってるじゃないですか」と美雲は当然のように答える。「下田です。さっきまで今宮の自宅マンションを捜索してたんです。釣り具専用の部屋までありましたよ。

よほど釣りが好きなんでしょうね」

今宮の部屋は家宅捜索がすでに終了している。ただし通帳などの貴重品は見つかっておらず、別の保管場所があるものと推測されたが、捜査本部は解散してしまっていた。すべては闇の中だ。

「いろいろ調べてみてわかったんですけど、やっぱり今宮が犯人だと決めつけるのは無理がありますね」

「彼が犯人じゃない。北条さんはそう言いたいわけなのか？」

「そういうことになりますかね。現場近くのコインパーキングに車を停め、自宅の洗濯機の中から凶器が見つかった。それだけですから」

凶器が見つかったのが大きかった。それが今宮を犯人とする最大の証拠だった。しかし美雲の言う通り、凶器が見つかったというだけで彼を犯人とするのは早計だったかもしれない。すべては上層部の判断だった。元警察官による、元警察官殺し。これをあまり表沙汰にしたくないという配慮なのだ。

「やはり鍵となるのは川島の娘、古沢朱音が所持していた通帳に振り込まれたお金の出所、それと埋蔵金という言葉でしょうか。今宮と川島が何らかの悪事に手を染めていたのは間違いなさそうです。二人はいったい何をしていたのか。それが気になりますね」

「お嬢、お嬢、聞こえますでしょうか」

パソコンから音声が聞こえてきた。さきほどまで真っ暗だった画面に山本猿彦の姿が映っている。美雲はパソコンに向かって言った。

「ごめん、猿彦。私寝落ちしちゃったみたい。桜庭先輩も来てくれたの」

和馬は美雲の後ろから顔を出した。「おはようございます。桜庭です」

「これはこれは桜庭殿。ご苦労様でございます」

「ところで猿彦、そこはどこ？」

猿彦は屋外にいるようだ。彼が自分の持っているスマートフォンを傾けたようで、海が見えた。下田にいるというのは本当らしい。猿彦の声が聞こえてくる。

「さきほど今宮の自宅を捜索したところ、めぼしいものは発見できませんでした。彼はかなり釣り好きのようでして、釣り具専用の部屋があったくらいです。残されたレシートから頻繁に釣具店に出入りしていることが明らかになったので、そこに行ってみようというのがお嬢の命令でした」

「ごめん、猿彦」と素直に美雲は謝った。「全然憶えてないわ。寝落ちする寸前だったのかもしれない」

「いえいえ、お嬢はお気になさらずに」

この二人のやりとりはどこか面白い。やや時代錯誤めいたところがあり、お姫様とその家来を連想させた。しかし美雲は実際に北条探偵事務所の一人娘であり、姫というのもあながち間違いではないだろう。

「到着しました」

釣具店が見えた。二階建ての建物だった。猿彦はスマートフォンのカメラを正面に向けて歩いているらしく、彼の視点のような形だった。自動ドアが開き、中に入っていった。

カラフルな店内だ。釣り竿やリール、針やルアーといった釣り道具がところ狭しと並べられていた。和馬は釣りをやらないし、仕掛けなども作れないので未知の世界でもある。

レジがあり、その奥にアロハシャツを着た男性が立っている。猿彦はそちらに近づいていった。アロハシャツの男の背後の壁には魚拓《ぎょたく》というのだろうか、墨で象《かたど》られた魚の像が何枚も貼られている。

「突然すみません。私、こういう者です」

一枚の名刺が男に手渡される。どうやら北条探偵事務所の名刺のようだ。男が言った。

「探偵さんがうちに何の用ですか？」

「今宮智昭さんという方をご存じですよね。このお店によくいらしていたと思うのですが」

「ああ、今さんね。もちろん知ってますよ。でもお亡くなりになったらしいね」

「今宮さんは長年この店を訪れていたんですかね」

「親父の代からの常連さんだから、もう三十年近い付き合いだね。三年くらい前に東京から引っ越してきたんだよね。それまであっちで警察官をやってたって聞いてるよ」

男はこの店の経営者のようだ。猿彦は探偵の助手を長年やっていただけのことはあり、店主から話を聞き出していく。その話術はベテラン刑事よりも巧みだった。

「この土地が気に入ったんだろうね。そりゃ釣り好きにとっちゃたまらないよね。海だけじゃなくて渓流釣りもいけちゃうからね。今さんは海専門だったけど」

評判は悪くなかったという。悠々自適に釣りを楽しむ男。それが今宮の人物評だった。元警察官であることはあまり知られていなかった。

「資産運用が失敗したとかで、一時期かなり落ち込んでた時期があったけど、まさか自殺するまで病んでたとは知らなかったよ。人は見かけじゃわからないもんだね」

川島殺害への関与について、まだ店主は知らないようだった。川島の件についてはマスコミにも公表されていない。デリケートな問題も含まれているため、どこまで公表するかを上層部が検討しているのだ。その上層部が検討するための資料作りを、現在和馬たちの班がおこなっているというわけだ。

「恨んでる人？　いなかったと思うけどね。町の飲食店には出入りしてたけど、そこまで深い付き合いをしてる人はいなかったんじゃないかな」

「ちなみに今宮さんですが、どんな魚を釣っていたんですか」

「最近じゃもっぱらイシダイばかり狙ってたね。まあこのあたりはいろいろな魚が釣れるから。季節に応じてね。今さんは大物狙って九州あたりに遠征に行くこともあったみたいだよ」

イシダイと言われてもピンと来ない。タイの一種であることがかろうじてわかるだけだ。和馬の胸中を察したのか、美雲がパソコンの画面を見たまま説明する。

「スズキ目イシダイ科に属する大型肉食魚で、日本近海に生息します。磯の王者とも言われ、釣りのターゲットとして人気の高い魚ですね。体長は五十センチ前後で、黒い縞模様が特徴。高級魚としても知られています」

「北条さん、詳しいね。釣り、好きなの？」

「単なる知識です」

美雲は素っ気なく言った。画面には猿彦の顔が映っている。スマートフォンのカメラを自分に向けたのだ。

「お嬢、どうしますか。これ以上聞き出すことは難しいようです」

「そうね。どうしようかしら」

美雲はそう言ってあごに手を置く。椅子に寄りかかって何やら思案していた美雲だったが、不意に何かに気づいたかのように前のめりになってパソコンの画面に顔を寄せた。

「猿彦、壁に貼ってある魚拓を映して。上から二段目、右から三列目よ」

画面が少しブレたのち、一枚の魚拓が映し出された。かなり大きな魚の魚拓だった。店主の声が聞こえた。

「ああ、それは今さんが釣ったやつだね。二年くらい前だったかな」

魚拓には魚の名前や体長、重さ、釣った場所などが記されている。そして右下には釣った日、釣り人の名前、最後に確認者の名前が書いてあった。確認者というのは証人のようなものだろうか。釣り人は今宮智昭、確認者は釜本宗則《かまもとむねのり》とあった。

「ご主人、この釜本という人はどなたですか？」

「地元の人間じゃないね。東京から来た今さんの友達じゃないかな。友達もたまに来てたみたいだから」

美雲はすでにパソコンの前から離れている。散乱している書類を次々と手にとり、眺めては放り出すを繰り返していた。やがて美雲が一枚の書類を片手に立ち上がった。

「ありました。釜本宗則。三魚会のメンバーですね」

「ていうことは、つまり……」

和馬は思わず美雲のもとに駆け寄っていた。彼女は名簿のようなものを手にしている。美雲は大きくうなずいた。

「そうです。警察官です。年齢的にまだ現役だと思います」

※

「みんな、ちょっといいかな」

給食の時間、小林先生が教壇の上に立った。多くの子が給食を食べ終えていて、中には食器を片づけてしまった子もいるくらいだ。小林先生は言った。

「瑠奈《るな》ちゃん、紗英《さえ》ちゃん、悠里《ゆうり》ちゃん、前に出てきてくれるかな」

小林先生がそう呼びかけると、三人の女子が前に出た。三人ともお菓子の箱を持っていて、恥ずかしそうに俯いている。小林先生が説明を始めた。

「明後日はいよいよ運動会だね。みんなも楽しみにしていると思う。まあ先生はとにかくみんなが怪我をしないようにと思っているんだけどね」

小林先生はそう言うが、順位付けをする競技もあるわけで、そういう競技に参加するからには一位を狙いたいと杏は思っている。個人競技だけではなく、クラス対抗の競技もあるし、最終的には白組対赤組の対決にもなっているのだ。ちなみに奇数の組が白組で、偶数の組が赤組だ。杏は二年一組なので、白組だ。

「実はね、この三人から先生に提案があったんだ。運動会のときにみんなでミサンガをつけたらどうかって。で、三人に協力してもらって、クラス全員分のミサンガを作ったんだよ。当日はみんな手首に巻いてほしい」

三人の女子が箱を開けた。子供たちは我先にと箱に押しかけていく。小林先生が声を大きくして言った。

「余分に作ってあるから心配要らないよ。いろんな色があるから、交換してみるのも手だね」

箱を手にした瑠奈が近くを通りかかったので、杏は箱の中から一本のミサンガを手にとった。白を基調とした中に鮮やかな水色が混じっている。綺麗な色合いだ。周りの子と見せ合う。やはり白組というのを意識してあるのか、白と青、白と緑といった組み合わせの色調が多かった。

「杏ちゃん、巻いて」

そう言っていち夏が手を出してきたので、杏はいち夏の左手の手首にミサンガを巻いた。そして次に杏も自分のミサンガを手首に巻いて縛ってもらう。かっこいいし、可愛い。気に入った。

チャイムが鳴った。これから三十分の昼休みだ。どの子もミサンガを巻いており、その顔は輝いている。

「杏ちゃん、どうしよう。雨降ってるみたいだけど」

いち夏に声をかけられた。今日は生憎の雨だ。ただし雨は夕方には止むらしく、日曜日の運動会当日は晴れるとクラスの誰かが言っていた。

「うーん、どうしようか」

普段なら昼休みは外で遊ぶ。体を動かすなら体育館というのも手だが、雨の日の体育館は混雑するので思い切り遊べない。

席から立ち上がる健政の姿が見えた。一冊の本を手にしている。健政は読書が好きで、図書室にもよく出入りしている。たまには図書室に行くのもよさそうだ。

「いち夏ちゃん、健政君と一緒に図書室行かない？」

「うん、いいよ。健政君、待って」

三人で教室から出た。廊下を歩き始める。健政が持っている本は海外の魔女の話のようだ。互いのミサンガを見せびらかしながら歩いていると、前方から声が聞こえた。

「待てよ、お前ら」

大和田隼人が杏たちの前に立ちはだかる。いつも連れている仲間も一緒だ。隼人は杏たちの手首に巻かれたミサンガを見て笑う。

「ダサいやつ巻いてるな。手作りのミサンガとかマジ信じられないよな」

頭に血が昇る。作ってくれた三人に対して失礼だと思う。反論しようと杏が口を開きかけたが、それを制したのは健政だった。冷静な口調で健政が言った。

「杏ちゃん、気にする必要はないって。羨ましいんだよ、きっと」そして健政は歩き出した。「行こう、杏ちゃん、いち夏ちゃん」

隼人は睨むようにこちらを見ていた。そして吐き捨てるように言った。

「売女《ばいた》。中原の母ちゃん、売女なんだぜ」

健政が足を止めた。それから隼人の方を振り返った。かなり怒っている様子だ。怒っているというより、悲しんでいるような顔でもある。ただし杏には隼人の言っている言葉の意味がわからなかった。バイタという単語を漢字に変換できなかったのだ。それでもきつい悪口なんだろうとは想像がついた。

「知ってるか」と隼人が周囲に聞かせるように言った。「中原の母ちゃん、家事代行みたいな仕事しているんだけどさ、それって実はヤバい仕事なんだよ。こないだ警察沙汰になったみたいだけど、結局自業自得なんだよな」

健政の頰のあたりがピクピクと震えていた。怒りをこらえているのだろう。やがて健政はくるりと振り返って廊下を早足で歩き始めた。いち夏が心配顔で健政の背中を追って走っていく。

「三雲、お前もさっさと行けよ」

「今日の放課後、遊んであげないから」

「構わないね。今日はスイミングの日だから。それと三雲、お前リレーのアンカーだろ。せいぜい頑張れよ。さあ、早く体育館行ってバスケしようぜ」

周りの子にそう声をかけ、隼人たちは立ち去っていく。杏は唇を噛み締めることしかできなかった。

※

美雲は本所《ほんじょ》警察署近くの喫茶店にいた。下田市内のマンションで自殺した元警察官、今宮智昭の友人であろう釜本宗則は本所警察署に勤務していることが警視庁のデータベースから明らかになっていた。

「北条さん、眠そうだけど大丈夫？」

和馬に訊かれ、美雲は答えた。

「大丈夫です」

釜本宗則は今年で五十六歳になり、今は本所署の組織犯罪対策課の係長のようだった。さきほど本所署を訪ねたのだが、釜本は不在だった。違法薬物の取り締まりのため内偵捜査中、というのが応対してくれた刑事の回答だった。呼び出してほしいと頼んでも聞き入れてもらえなかった。同じ警察官であっても所属が違えば対応は様々だ。協力的な人もいるし、そうじゃない人もいる。

困ったときは上司に相談する。それはどの世界も同じだろう。美雲たちが頼ったのは松永係長で、すぐに和馬が彼に電話をして詳細を伝えた。善処する、と松永は快く引き受けてくれたらしいが、それでも彼に電話をしてから一時間半が経過していた。その間に昼食として和馬はカツカレー、美雲はナポリタンを平らげてしまっている。

「お、やっとかかってきた」

そう言って和馬がスマートフォンを出し、何やら話し出した。殺された川島哲郎と、彼を殺害後に自殺したと思われる今宮智昭。この二人は何らかの犯罪に関与している可能性が高かった。その理由として挙げられるのが、ダークラムなる怪しげな会社から川島の口座に振り込まれていた二千万円という大金と、川島が洩らした埋蔵金という言葉だ。

「ありがとうございます。これから向かいます」そう言って和馬は通話を切り、美雲に向かって言った。「松永さんが話をつけてくれたみたいだ。行ってみよう」

会計を済ませて外に出た。通りを渡ってすぐの場所に本所署の建物がある。組織犯罪対策課に向かうと、さきほど応対してくれた若い刑事に出迎えられた。若い刑事が言った。

「話は聞いております。ご案内しますので」

覆面パトカーの後部座席に乗せてもらった。車内で若い刑事が説明してくれたところによると、現在本所署の組織犯罪対策課では反社会的勢力の麻薬売買の摘発に力を注いでおり、いくつかの拠点を監視しているという。そのうちの一つがこれから向かう錦糸町《きんしちょう》のマンションのようだ。

「薬の保管場所じゃないかと睨んでます。取引で仕入れた物《ブツ》を一時的に保管しておく場所ですね」

バックミラーで若い刑事がちらほらと視線を送ってくる。よくあることだ。職場である蒲田署でもいろんな誘いを受けるのだが、香が間に入って断ってくれるので助かっている。

無線が入った。運転席に座る若い刑事が無線をとった。洩れ聞こえてくる声は緊迫したものだった。若い刑事が慌てた口調で言う。

「監視部屋が襲われたようです。急ぐので摑まってください」

赤色灯が回り始め、サイレンとともに車の速度も上がった。美雲はアシストグリップを掴んだ。運転がやや乱暴になり、若い刑事の焦りが伝わってくるようでもあった。

ものの数分でパトカーは停まった。若い刑事が運転席から降り、一軒のアパートの中に駆け込んでいく。三階建てのアパートだ。通りを挟んだ向かい側には倍くらいの高さのマンションがあり、その一室を見張っていたものと推測された。

「北条さん、君はここに待機」

「でも先輩……」

「言われた通りにするんだ」

和馬はそう言ってアパートの敷地内に入っていった。階段は奥にあるようで、ここからでは何も見えなかった。やがて救急車のサイレンが聞こえてきた。同時に自転車に乗った警察官が二名、到着した。美雲は警察手帳を見せ、二人に状況を説明する。近隣の交番から駆けつけた二人はすぐさま周囲の封鎖と交通整理を開始した。それを見届けてから美雲はアパートの中に入った。

階段を上る。二階には異常はなく、三階の廊下が騒々しかった。何事かとドアを開けて廊下に出ている住人もいる。一番奥の部屋の前に数人の男が集まっている。その中に和馬の姿を発見したので、「先輩」と美雲は駆け寄った。

「北条さん、下で待つようにって……」

「応援の警察官が到着したので大丈夫です。それより状況は？」

「俺も詳しいことはわからないんだが」そう前置きしてから和馬が説明してくれる。

「この部屋で二名の捜査員が監視業務をおこなっていたらしい。十五分ほど前、一人の捜査員が買い出しのために外に出たようだ」

行き先は近くのコンビニだった。飲み物や煙草を買い、捜査員は戻ってきた。部屋のドアが開いているのを見て不審に思ったという。中を覗き込むと一人の捜査員が仰向けに倒れていた。胸から血が流れていて、捜査員は慌ててスマートフォンで一一九番通報するとともに、署に応援を求めた。

「その捜査員が部屋を離れていたのは正味七、八分だったって話だ。その間に現れた何者かが部屋に侵入、監視業務をおこなっていた捜査員を襲ったんだ」

下に救急車が到着したのがわかった。ほどなくして担架を持った三人の救急隊員が姿を現し、慌ただしく部屋の中に入っていく。

「先輩、その襲われた捜査員というのは……」

「そうだ」和馬は沈痛な表情でうなずいた。それから声を潜めて続けた。「釜本さんだ。大変な場に居合わせてしまったね、まったく」

担架が運び出された。負傷した釜本の体は白いシーツで覆われている。顔だけはシーツから出ているが、酸素マスクが装着されていた。救急隊員が担架を運んでいくので、美雲らは道を空けた。

「先輩、これってやはり……」

和馬が険しい顔をして首を横に振ったので、美雲はそれ以上続けることができなかった。救急車のサイレンが鳴り出した。見下ろすと下には野次馬たちが集まり始めている。

※

午後七時。華は東向島小学校の体育館にいた。下にシートが敷かれてパイプ椅子が置いてある。三十人ほどの保護者と、同じ人数くらいの教師ら学校関係者が集まっている。明後日の運動会のための最終確認だ。

「……車でお越しになる際は、必ず南門から入って、許可証をフロントガラスに置いてください。なお満車の場合は……」

先日会った教頭先生が説明している。この全体説明が終わったあと、各係に分かれて最終確認がおこなわれるらしい。

中原亜希の代理として誘導係を任される予定だったが、それは変更になっていた。昨日学校から連絡があり、集計係というのを任されることになった。集計係というのが何をやるのかはっきりわからないが、集計係というからには点数を数えたりするのだろうと想像がついた。赤組と白組に分かれていて、杏のいる二年一組は白組であるのは華も知っている。

「……全体説明は以上です。あとは各係に分かれてミーティングをお願いします。集まる場所を言います。誘導係はステージ前、駐車場係は南側バスケットリングの下、続いて……」

言われた場所に集まった。集計係は華を含めて五人の保護者がいて、一人の若い女性教師が担当として補助するようだ。五人のうち、四人は女性だ。ただ一人の男性保護者の顔には見憶えがあった。向こうも覚えていたようで、華の顔を見て男が言った。

「たしかあんた、三雲さんと言ったかな」

「こんばんは。よろしくお願いします」

大和田という男だ。映画会社のプロデューサーらしく、月曜日に中原亜希救出の件で学校に呼ばれ、そこで顔を合わせたPTA会長だ。かなり際どいことを言っていたのでよく憶えている。

女性教師が仕切るものかと思いきや、話し始めたのは大和田だった。

「皆さん、こんばんは。大和田です。私は去年も集計係をやってたので、大体のことはわかっているつもりです。ほかの係と違って、この係は正直言って楽ですよ。比較的拘束時間も少ないですしな」

女性教師も口を挟む気はないようで、大和田に任せるつもりらしい。当日のプログラムを手に大和田が説明した。

「いいですか。基本的に徒競走などの個人競技や、ダンス系の競技は集計にカウントされません。順位をつける団体競技の成績だけで、赤白の勝敗は決まります。先生から回ってくる順位の書かれた成績をもとに、点数を計算していくだけです。詳しい計算法は先日配ったマニュアルに書いてあります」

「あのう、私、マニュアル持ってないんですけど」

華がそう言って手を挙げると、女性教師が答えた。

「わかりました。あとでお持ちします」

「説明を続けます」と大和田が説明を再開した。ほかの保護者はボールペン片手に大和田の話に聞き入っている。「まずは午前中の成績については午前中のうちに集計してしまった方がいいです。午前中はあなたとあなた、午後はあなたとあなたと、それから私でおこないましょう」

大和田が勝手に割り振ったが、誰も文句を言う者はいなかった。華は午後の集計を担当することになった。

「何か質問はありますか。まあそんなに気負うことはないですよ。多少集計が違っても結果に影響はないわけだしね。午前の集計は昼休みに、午後の集計はクラス対抗リレーのときにおこないますので、時間になったら本部に集合ということでお願いします。ほかに質問ありますか？」

特に質問はないようなので、集計係のミーティングは終了となった。当日の集合場所は本部の置かれたテントの中らしい。ほかの係のミーティングはまだ続いているようだったが、集計係の面々は体育館をあとにする。華は女性教師からマニュアルをもらい、体育館から出た。入り口で靴を履いていると、声をかけられた。顔を上げると大和田が立っている。

「三雲さんは初めてだったよね、集計係」

「そうです。足を引っ張ってしまうかもしれませんが、よろしくお願いします」

「たいした仕事をするわけじゃない。あ、一点だけ教えておきたいことがあるんだが、ちょっといいかな」

「ええ」

大和田が歩き出したので、華はその背中を追った。しばらく歩いていくと小気味よい音とともに黄色いランプが点滅した。大和田が車のロックを解除したのだった。シルエットからして二人乗りのスポーツカーだった。

「ほら、ここじゃ暗いだろ」

そう言い訳するように大和田は言い、助手席のドアを開けてくれる。どうしようかと悩んだが、学校の敷地内で変なことはされないだろうと思い、華は助手席に乗り込んだ。しばらくして運転席から大和田が乗り込んできた。室内灯を点けてからマニュアルを開いたので、華も同じようにした。大和田が説明してくれる。

「午後の部の山場はクラス対抗リレーだ。ただしこれは集計はそんなに難しくない。一番厄介なのは障害物競走だ。障害物をうまくクリアできなかった場合は減点しなきゃならないからね」

「なるほど」

「あとはそうだな、三雲さん、パソコン使える？」

「一応は。そんなに難しいことはできませんけど」

「それはよかった。安心したよ」

急に大和田が膝に手を置いてきた。一瞬、何が起きたのか理解できなかった。オーデコロンの匂いが鼻につく。大和田が顔を近づけてきたのだ。

「悪いようにはしない。どうだろうか。今からドライブでも行かないか。いいホテルがあるんだよ」

大和田がそう言いながら膝を撫でてきた。悪寒が走り、華は思わず大和田の手をはねのけていた。

「やめてください。私の主人は……」

「知ってるよ。刑事なんだろ。刑事の妻にしとくにはもったいないよ、あんたは」

我慢の限界だった。華はレバーを捻って助手席のドアを開け、転がり落ちるように車から降りた。素早く立ち上がって走り出す。学校の敷地から出たところで立ち止まり、大きく息をついた。

まったく何て男だ。恥も外聞もないというのは、ああいう男のことを言うのかもしれない。子供同士が同じ小学校に通っている以上、卒業するまで保護者同士なわけだし、進級して子供たちが同じクラスになる可能性もあるのだ。それなのにどうしてあいう真似ができるのか、華には理解できなかった。

歩き出そうとしたところで、自分は自転車でここまで来ていることをようやく思い出し、華は大きく肩を落として再び学校に向かって歩き出した。

※

和馬が江東橋《こうとうばし》にある総合病院から出たのは夜九時過ぎのことだった。隣には美雲の姿もある。

「先輩、どうします？」

美雲にそう言われ、和馬は答えた。

「飯でも行くか」

「はい」

錦糸町駅方面に向かって歩き始め、最初に見つけた居酒屋の暖簾をくぐった。割とシックな店内だった。一番奥のテーブル席を使わせてもらうことにする。和馬は生ビール、美雲は芋焼酎のロックを注文した。

運ばれてきたビールを飲む。そういう気分なのか、さほど旨いとは思わなかった。美雲が注文したつまみが運ばれてきたので、割り箸でそれを食べた。

刺された釜本は今も集中治療室での治療が続いていた。病院に搬送されたときには生命も危ないと言われていたが、数時間にも及ぶ手術の末、危険水域は脱したとのことだった。ただし会話ができる状態でもないし、回復には時間がかかるという話だった。

「先輩、おかわり何にします？」

気がつくとジョッキは空になっている。和馬は答えた。

「じゃあ同じものを」

「すみません、生ビール一つください」

釜本を刺した犯人は今も特定できていない。現場となった部屋は本所署の組織犯罪対策課が借りている部屋で、釜本はそこから向かいにあるマンションの一室を見張っていた。その部屋が麻薬の一時保管場所になっていると考えられたからだ。本所署の組対は目をつけていた反社会的勢力――広域指定暴力団の下部組織らしい――に事情を訊いたが、彼らは何も知らないと言い張っているそうだ。

すでに警視庁から応援も駆けつけており、釜本を刺した犯人を全力で追っている。現職の刑事が職務中に刺されるというのはショッキングなニュースであり、マスコミでも大きく報じられている様子だった。しかし現時点で犯人に繋がる証拠は一切見つかっていなかった。

近くのテーブル席を店員が片づけている。その店員が店の厨房に戻っていくのを見計らったように美雲が言う。

「先輩、やはり口封じでしょうか？」

病院ではずっと本所署の刑事が近くにいたので話せなかったのだ。和馬もずっと考えていた。釜本が刺されたのは自分たちが接触を試みたからではなかったのか。

「可能性はゼロじゃない。でもそこまでするかっていうのが俺の正直な気持ちだ。釜本さんは刑事だぜ」

「でも実際に彼が刺されたのは事実なんです。このタイミングで彼が刺されたのは偶然とは思えません」

その点は同意する。偶然を疑うのは捜査の鉄則でもあるからだ。しかし現職刑事の口を塞ぐまでして隠したいこととは何だろうか。川島らはそれほど大がかりな悪事に関与していたということなのか。

それに和馬たちが釜本の存在に着目したのは今日の午前中のことだ。仕事があまりにも早過ぎる。やはり釜本は別の理由で刺されたと考えるべきだろうか。

「先輩、釜本さんのこと、誰にも話していませんよね」

美雲も同じことを考えていたのだろう。彼女から念を押され、和馬はうなずいた。

「もちろん。松永さんを除いてね」

本所署に話を通してもらう際、松永には簡単に事情を説明した。彼とは付き合いが長いので、信頼の置ける刑事であるのは和馬自身もよく知っている。

「そうですか。となるとやっぱり……」

騒々しい声が聞こえてくる。三人の若者が店に入ってきて、店員に案内されて和馬たちの近くのテーブル席に座った。美雲は口調を変えて言った。

「先輩、私、昨日舞台見たんです、古沢朱音さんの」

「ああ、ゲネプロか。そんなこと言ってたね」

「最っ高でしたよ。ヒミコっていう女王が主役なんですよ。そのヒミコが敵対する豪族の息子であるクマヒコのことを好きになっちゃうんです。当然、クマヒコもヒミコのことを好きになります」

美雲は楽しそうに話している。こういう彼女の顔を見るのは久し振りのような気がして、和馬は相槌を打ちながら彼女の話に耳を傾けた。

「……終わったときなんて私感動しちゃって、気がつくと立ち上がって拍手してました。そんなことしてるの私一人だったんで顔から火が出ましたよ。あ、比喩ですよ。本当に顔から火が出たわけじゃないですからね」

彼女が捜査一課に配属されたのは四年前だ。大学を卒業したての小娘という感じだったが、推理力は抜群だった。四年経った今でも容姿にそれほど変化はなく、潑剌とした美しさが備わっている。こんな綺麗な子と付き合える男性は羨ましいなと思った途端、和馬の脳裏に思い浮かんだのは義理の兄である三雲渉の顔で、和馬は思わず苦笑した。

「……で、劇場の廊下で古沢朱音さんに会ったんです。彼女、事件の解決に納得している感じじゃありませんでした。それはそうですよね。父親が殺され、殺した犯人は自殺してしまった。所持していた大金の出所もわからずじまい。それで私、誓ったんです。この事件は私が解決しようと。そういう訳なので先輩」

美雲はそこでいったん言葉を区切り、グラスを持ち上げて言った。

「事件解決に向けて乾杯しましょう」

「あ、ああ。わかった」

和馬もジョッキを持ち上げ、美雲のグラスにカツンと合わせた。軽い感じで言っているが、美雲が本気であることは伝わってきた。かつての調子をとり戻したのは間違いない。彼女の能力は俺が一番知っている。もしかすると、もしかするのでは。そういう淡い期待を抱かずにはいられなかった。

※

翌日の土曜日、美雲は都内にある病院にいた。午前九時を過ぎたところで、休日の病院は静まり返っていた。美雲と同じく見舞いに来た人たちの姿もちらほらと見かける。

手に持つ袋は京都の老舗漬け物店の漬け物セットだ。朝一番で猿彦に届けてもらったものだ。お嬢は人使いが荒い、と嘆いていた猿彦だったが、どことなく嬉しそうでもあった。漬け物を受けとった代わりに、もう一つお願いごとをした。猿彦のことだから今日中にも調べてくれるだろう。

エレベーターを降りてすぐのところにナースステーションがあり、中では白衣を着た看護師たちが働いていた。ここに来ることは事前に伝えていないため、部屋番号がわからなかった。まあいいだろう。入院病棟の病室には大抵名前の書いた名札がかかっってているものだ。

こういう病院に来ると思い出すことがある。八年前、祖父が亡くなったときのことだ。美雲は毎日のように学校が終わると祖父の病室を訪れ、朝まで祖父を見守り、学校に行くということを繰り返した。たった一週間だけだったが、今もあの時期のことは記憶に残っている。

病室の入り口にかけられた名札を確認しながら奥に進む。美雲は廊下の突き当たりで足を止めた。この病室だ。ドアは開け放たれているが、白いカーテンのようなものがあり、中は見えなかった。

「失礼します」

そう声をかけながら、カーテンに手をかけた。わずかにテレビの音声が聞こえてくる。中に入ってすぐのところに洗面所があり、その奥に長いソファが置いてあった。ソファの上には割烹着を着た女性がちょこんと座っていた。年齢は八十歳くらいだろうか。女性は美雲の顔を見て、にっこりと笑った。美雲は慌てて頭を下げる。

「突然お邪魔してすみません。私、北条美雲と申します」

女性は穏やかな笑みを浮かべているだけだ。美雲は手にしていた紙袋をソファの端に置いた。

「これ、つまらないものですが」

テレビでは時代劇をやっている。水戸黄門だった。助《すけ》さんと格《かく》さんを従えた水戸黄門が街道沿いのお団子屋さんで団子を食べている。

「おい、マツ」

ベッドの上に寝ていた老人が声を発した。するとマツと呼ばれた割烹着を着た女性が反応する。

「何でしょうか」

「このお嬢さんに冷たいものを買ってきてくれ。わしは冷たいコーラを頼む」

「あの……お気遣いなく」

美雲がそう声をかけたが、マツと呼ばれた女性はそそくさと病室から出ていった。足音がまったくしないことに驚いていると、ベッドの上の老人が言った。

「すまんがお嬢さん、テレビを消してくれんか。そこにリモコンがあるだろ」

テレビ台の近くにリモコンがあったので、美雲はそれをとってテレビを消した。リモコンを元の場所に戻したところで、ベッドの上の老人に目を向ける。

白と紺の市松模様の浴衣が何とも粋だ。ただし右手に繋がれた点滴の管だけが痛々しかったが、そういう負のイメージを感じさせないほどに顔色もいい。

「そろそろ現れる頃だと思っていたよ、お嬢さん」

三雲巌はなぜか嬉しそうに笑いながら、そう言った。

第四章　泥棒がいっぱい

三雲巌。言わずと知れた大泥棒、犯罪界のレジェンドのような人だ。本来であれば警察官である美雲にとっては検挙すべき犯罪者であるのだが、三雲家との関係上、そんなことは許されることではなかった。仮に逮捕しようと手錠を出したところで、おいそれと逮捕されるような男でないことは雰囲気だけでも伝わってきた。

「どうして私が現れる頃だと思ったんですか？」

美雲がそう尋ねると、巌は首を捻った。

「さあな。何となくそう思っただけだ。この年になるとな、これまでの経験に自分の勘を加えてやることで、これから起きることが大体見えるようになるんじゃよ。ただそれだけだ」

風貌はまったく違うが、どこか祖父の宗真に通じるものがあった。醸し出す空気のようなものとでも言えばいいのだろうか。男という文字より、漢《おとこ》という文字の方がしっくりくる感じだ。

「一昨日、京都で私の祖父の法事がありました。家族だけのこぢんまりとした法事でした。そこにあなたの孫である三雲華さんが参加してくれました。いえ、正確に言えばあなたの代理として、あなたに頼まれて彼女は法事に参加しただけです」

巌は何も言わない。続けなさい、といった感じで微笑んでいるだけだ。

「私は助手の猿彦からあなたと祖父の関係性を聞き出しました。あなたが祖父の死に責任を感じていることも知りました。八年前、祖父は新宿歌舞伎町で開かれていた違法賭博を追っていました」

違法賭博で多額の借金を抱えた若者が、京都に住む父親に泣きついたのが原因だった。祖父は客の一人と接触し、潜入捜査を始める直前、都内で倒れたのだった。

「八年前、違法賭博を調査する際、祖父はおそらく旧知の仲であるあなたに協力を依頼したはず。が、あなたはそれを断った。違いますか？」

「断ったわけじゃない」巌は首を横に振った。「ちょいと待ってくれ。そう言ったんだ。あのときは三雲家がバタバタしててな。ちょうど尊たちが桜庭家の披露宴から和馬君を奪還しようとしていた時期だった。それに俺たちの身許が警察にバレそうになった時期でもあった」

その時期だったのか、と美雲は内心納得した。桜庭家の披露宴――和馬とある女性の披露宴に三雲家が侵入し、花婿奪還を企てたことがあると、かつて渉から聞いていた。それがきっかけとなり、和馬は華と一緒になる決断を下したということだった。警察に素性がバレてしまい、一年ほど隠れて生活していたこともあるらしい。たしかに大変な時期ではあったようだ。

「もしあのときわしが宗真を手伝ってあげていたら、いや違うな、せめて顔だけでも見ていたら、もっと早く奴の病状に気づいてあげられていたと思う。わしとあいつは長い付き合いだしな。それにわしは病の匂いってやつに敏感なんじゃよ。自分を棚に上げるようで心苦しいがな」

だからわしが殺したも同然、ということか。一緒に暮らしていると些細な変化に目が届かないものだ。たまにしか顔を合わせないからこそ、気づけるものがあるのかもしれない。

「ですが」と美雲は口を挟む。「もしあなたが祖父に会っていたとしても、もう手遅れだったはずです。祖父の病状はそれほどまでに進行していました。仮に一年前に見つかっていたとしても助かっていたかどうか……。でもそのくらいのことはあなただって承知なさっているはず」

巌は何も答えなかった。ベッドの上で目を閉じて、泰然と横たわっているだけだ。

「私はこう考えました。あなたがお孫さんの華さんを京都に向かわせたのは、ほかに理由があるのではないか、と」

巌が目を開けた。そしてうなずきながら言った。

「面白い。宗真の孫というのは伊達ではないということか。ではなぜわしは華を京都に向かわせたのだ？　あんたはもう気づいているんだろう？」

「八年前、祖父が追ってた違法賭博です。関係者が数人逮捕されたという話でしたが、それはトカゲの尻尾切りのようなもので、実際に違法賭博を運営していた者はわからずじまいのようでした。もしかして八年前の違法賭博は、今回の事件――蒲田で元警察官が殺害された事件に関係しているんじゃないですか？」

Ｌの一族の情報網は侮ることはできないし、そもそも巌にとって桜庭和馬は孫の旦那でもあるのだ。彼がどんな事件を追っているか、それを知っていても不思議はない。いわば華に京都行きを命じたのは、私に対するアシストだったのだ。八年前の違法賭博を洗え。そういうメッセージでもあるのだ。

「そこまでわかっているなら、もうよかろう。あとはあんたの問題だ。わしにできることは何もない」

「一言お礼を言っておきたかっただけです。ありがとうございました」

八年前、祖父が最後に手がけたとされる歌舞伎町の違法賭博事件。まだ詳しく調べたわけではない。これから新宿署に向かい、資料を見せてもらうつもりだった。

「おい、マツ。そんなところに突っ立ってないでこっちに来たらどうだ。お嬢さんに冷たいものをあげてくれ」

振り返ると、美雲のすぐ後ろにマツが立っていた。いつの間に帰ってきたのだろうか。三雲マツは一流の鍵師であり、この世に開けられぬ鍵はないらしい。

「はい、どうぞお飲みになって」

「ありがとうございます」

渡されたのは紙パックのフルーツ牛乳だ。美雲が大好きな飲み物だ。偶然だろうが、Lの一族なら私の趣味嗜好などすべてお見通しということも考えられる。厄介な一族だ。

「お嬢さん、渉とはまだ仲直りしてないのか？」

何とも答えづらい質問だった。美雲が黙っていると巌は上半身を起こし、マツから渡されたコーラ片手に言う。

「いやあ、若いというのはいいもんだな。マツ、あの頃が懐かしいな」

巌はベッドの上で高らかに笑う。その声が病室に響き渡った。

※

「桜庭君、ちょっといいかしら」

木場美也子に呼ばれ、和馬は席を立った。班長の美也子は少し離れたところに座っている。和馬がそちらに向かうと、美也子は手にしていた紙をデスクの上に置いた。

「この報告書、もう少し簡潔にしてもらえるかな。それと添付されてる写真のデータが私のところには送られてきてないんだけど」

「そうですか。すぐに確認してみます」

「昨日の錦糸町の件、どうなってるの？」

「まだ犯人の目星はついていないようです。引き続き注視しようかと思います」

錦糸町のアパートで本所署の刑事、釜本宗則が刺された件だ。一夜明けた今日になっても犯人に繋がる手がかりは見つかっていないらしい。

昨日襲われた釜本、蒲田で殺された川島、そして下田の自宅で遺体となって発見された今宮。この三者の共通項が三魚会なる警察官同士の釣りサークルであることは美也子や同僚にも伝えたが、その反応は薄かった。すでに今宮が犯人であるのは明白な事実として認識されており、報告書もその方向で作り始めているのだ。

おそらく週明けには容疑者死亡のまま書類送検の運びになるはずだった。自分が余計なことに首を突っ込んでいると和馬自身も感じている。金銭トラブルが原因で今宮が川島を殺害し、その後に命を絶った。それが既定路線として固まっており、早々に事件を終わらせたいという上層部の意向も見え隠れしていた。

「あまり深追いしないように」美也子がノートパソコンを畳みながら言った。「私は席を外します。何かあったら連絡を。みんなも適宜休憩に入るように」

美也子が立ち上がり、捜査一課から出ていった。ちょうど正午になろうとしていた。報告書の作成も今日中には終わる予定なので、明日は休めるはずだ。明日の日曜日は杏の運動会だ。応援に行くつもりだった。

「桜庭さん、俺たち飯に行ってきますけど、一緒にどうですか？」

後輩の刑事が声をかけてきたが、和馬はその誘いを断った。

「遠慮しとくよ。朝食が遅かったから」

「わかりました。では自分たちは行ってきますので」

ほかの班員たちがぞろぞろと出ていった。彼らの姿が完全に見えなくなるのを待ってから、和馬はスマートフォンをとり出した。すぐに電話をかける。

なかなか繋がらない。切ろうかと思ったとき、ようやく相手は電話に出た。

「もしもし、北条です」

「桜庭だ。北条さん、今はどこに？」

「新宿署です。面白いものを見つけました」

「面白いものって、やっぱり今回の事件絡みかい？」

「もちろんです」と美雲は答えた。「ほかに何があるっていうんですか。そんなことより先輩、早くこっちに来てくださいよ」

「無茶言わないでくれよ。俺だって報告書作りで忙しいんだ。それに北条さん、犯人は今宮で決まりだ。明後日には書類送検される。そしたら事件はそれで終わりだ」

「私の中ではまだ終わっていませんから。用がないなら切ります」

通話は一方的に切れた。和馬はスマートフォンに目を落とした。もう一度かけても出てくれないような気がした。

「あれ？　桜庭さんは飯に行かないんですか？」

一人の班員がハンカチで手を拭きながら戻ってきた。和馬は答える。

「さほど腹が減ってなくてな。お前は？」

「俺は弁当持ってきたんで」

その男は自分のデスクの椅子に座った。バッグから弁当を出すのが見えた。

事件が解決した、というのは警視庁上層部の見解であり、まだいくつかの謎が残されているのは事実だった。最大の謎は川島らが手がけていた裏のビジネスについてだ。今宮の暮らしぶりや川島の口座から推測して、彼らが何らかの悪事に関与していた可能性は否定できない。報告書には「二人は金銭的なトラブルを抱えており」とだけ記されているが、果たしてその一文だけで片づけてしまっていいものなのか。

和馬は立ち上がり、弁当を食べている班員に向かって言った。

「悪いがちょっと出てくる。帰りは未定だ。何かあったら連絡をくれ」

「わ、わかりました」

椅子の背もたれにかけてある上着を摑みとり、和馬は捜査一課を飛び出した。


美雲がいたのは新宿署の捜査資料室だった。さすが新宿署だけのことはあり、捜査資料室も所轄にしてはかなりの広さだった。和馬は手にしていた紙コップを美雲に渡す。

「キャラメルマキアートでよかったんだよね」

「ええ、ありがとうございます」

キャビネットが整然と並んでいて、段ボール箱がぎっしりと収納されていた。段ボールには保管用の紙が貼られていて、箱の番号や保管された年月日などの詳細が記されている。閲覧用の机があり、その上には段ボール箱が置かれていた。

「これ、北条さんが運んだの？　よく運べたね、こんな重そうなやつ」

「違いますって。廊下を歩いてた軽そうな警察官にお願いしたんです。連絡先を聞かれたので、香さんのアドレスを教えちゃいました。あとで香さんに謝っておかないと。それより先輩」

紙コップのキャラメルマキアートを一口飲んでから美雲は続ける。

「ちょっと話が逸れるんですが、八年前、私の祖父が亡くなる直前、違法賭博を追っていました。場所は新宿歌舞伎町です」

ちょっとどころではない。和馬は美雲の話に耳を傾ける。美雲の祖父、北条宗真が最後に手がけた事件だったらしい。潜入捜査を始める前に彼は倒れてしまったようだが、新宿署はそのまま捜査を継続、違法賭博は摘発された。違法賭博の会場だったマンションの一室にいたスタッフ数人が現行犯逮捕されたが、その後の捜査でも首謀者は割り出すことができなかったという。

「見てください。これがその事件の捜査報告書です」

美雲が一冊のファイルを机の上に置いた。中には事件の詳細が書かれた報告書や、写真などが収まっていた。隣から美雲の手が伸びてきて、ページをめくり始める。あるページで手を止め、美雲は言った。

「ここを見てください」

報告書の一部にいくつもの印影が並んでいる。回覧した捜査員たちが押しているのだ。警視庁でも文書の電子化を推奨しているが、実際の現場ではそれほどペーパーレスは進んでいないのが現状だ。回ってきた文書に目を通し、所定の位置に判子を押して、それを隣の同僚に回す。和馬の職場でも日常的におこなわれている行為である。

並んでいる印影は二十個ほどだ。それらを眺めていて、和馬はようやく気がついた。

「北条さん、これは……」

「そうです。今宮と釜本は同じ課で働いていたんですよ」

今宮と釜本。二つの名字の判子が同じ報告書に並んで押されているのだ。さほどありふれた名字ではない。確認は必要だが、あの二人と考えていいだろう。かつては三魚会という釣りサークルで一緒だった二人が、時を経て同じ警察署で一緒になる。長い警察官人生、そういうことが起きても不思議はない。

「二人は組織犯罪対策課にいたようでした。報告書にも名前がありますし、摘発した際にも二人は賭博場の中に入ったみたいですね」

本来であれば、賭博は生活安全課の担当になることが多いのだが、反社会的勢力の資金源にもなることから、こうして組織犯罪対策課が摘発に乗り出す場合もある。

「先輩、ここから先は私の推測です。一気にアクセルを踏みますよ」そう前置きしてから美雲は続けた。「今宮と釜本。この二人は摘発された違法賭博に関与していたのではないでしょうか」

「随分アクセル踏み込んだね」

「だから言ったじゃないですか。関与といっても形はいろいろあって、もちろん二人が首謀者だったというのは考えにくいですよね。おそらく首謀者はどこかの暴力団の幹部あたりでしょう。二人はその男に情報を流して、何らかの報酬を得ていた。組対の刑事と暴力団の癒着ってやつですよ」

話の筋は通っている。しかし警察官が反社会的勢力に協力しているというのはショックでもあった。和馬は思わず口にする。

「ちょっと飛躍し過ぎじゃないか。二人は警察官なんだぜ」

「でも一人は定年退職後に下田のリゾートマンションに引っ越して、もう一人は昨日何者かに刺されました。ごく普通の警察官。そう言い切るのは難しいかと」

警察官が反社会的勢力の者に対して便宜を図る。絶対にないとは断言できないのがもどかしかった。

低い振動音が微かに聞こえてきた。美雲がハンドバッグからスマートフォンを出し、それを耳に当てた。

「もしもし、私よ。……ええ。わかったわ。今から向かう。……桜庭先輩も一緒よ。じゃあよろしく」

通話を切った美雲は涼しげな顔つきで言った。

「先輩、次に行きましょう。猿彦が興味深いことを調べてくれました。あ、その段ボール箱の片づけ、お願いします」

美雲はそう言って捜査資料室から出ていってしまう。まったく人使いの荒い子だ。

和馬はファイルを箱の中に戻してから、段ボール箱を持ち上げた。

※

土曜日だというのに、小学校のグラウンドには多くの児童がいた。決して遊んでいるのではなく、明日の運動会のための自主練に励んでいるのだ。杏のクラスも例外ではなく、十人くらいの有志が集まっていて、グラウンドの隅の方で練習をしていた。

「よし。いいぞ。だいぶ良くなったよ、みんな」

小林先生も駆けつけてくれている。杏たちが練習に取り組んでいるのはバトンの受け渡しだ。クラス対抗リレーは運動会の最後におこなわれる目玉競技だ。午前中からたくさんの競技がおこなわれるのだが、これさえ勝てばあとは負けてもいいくらいに重要度が高かった。

「杏ちゃん、どうだった？」

そう言いながら健政が近づいてきた。健政はアンカーである杏の一つ前の走者であり、杏にバトンを渡すことになるのだ。今の練習では上手くいったように思う。

「大丈夫だったよ。あんな感じでいいよ」

「よかった。杏ちゃんにバトン渡すの、緊張するよ」

「そう？」

「だって杏ちゃん、アンカーだからね」

二週間ほど前、体育の合同授業で二年生の四クラスが実戦形式でリレーをしたことがあった。杏たち一組は二位だった。一位は隣のクラスの二組だった。

「この調子なら二組に勝てそうだね」

クラスメイトの一人がそう言うと、健政が冷静な口調で言った。

「どうだろうね。二組は速い子を温存したみたいだからね」

「温存って？」

「隠して使わないってこと。秘密兵器にするんだよ」

二組は不気味だった。あの大和田隼人も二週間前には走らなかった。お腹が痛くなったという理由で見学していたのだが、一度目が合ったときにはニヤニヤと笑っていた。多分あれは仮病に違いないと杏は思っている。

上級生と違い、杏たち二年生はバトンの受け渡しが不得手だった。それはどのクラスでも同じことで、レース中に大抵二、三回はバトンの受け渡しに失敗してしまい、その分遅れをとってしまうのである。それを解消するために、こうして練習に取り組んでいるのだ。

「じゃあもう一回やってみよう」

小林先生がそう言いながら手を叩いた。もう一度バトンの受け渡し練習をおこなう。誰も失敗することなく、最後までバトンは繫がった。

「いい感じだね、みんな。この調子だ」

杏はちらりと校庭の片隅に目をやった。そこには柳田いち夏の姿がある。昼食を食べたばかりで満腹だから、という理由でいち夏は練習に参加していない。さっき少し話しただけだが、元気がなさそうで気になっていた。

少し休憩することになったので、杏はいち夏のもとに駆け寄った。「杏ちゃん」といち夏は顔を上げたが、その表情はどこか暗い。杏がいち夏の隣に座ったところ、いち夏が自分の左手を隠すように背中の後ろに持っていった。それに気づいた杏は覗き込もうとしたのだが、いち夏は体を捻ってそれをかわす。逆側から行っても駄目だった。

左から行くと見せかけて右から行く作戦を思いつく。これはフェイントといい、サッカーやバスケでも使える動きだ。教えてくれたのは当然ジジだ。

よし、今だ。

杏が仕掛けたフェイントに引っかかり、いち夏の左手がしっかりと見えた。そこに巻かれているはずのミサンガがない。二年一組の子なら全員つけているはずの、あのミサンガが。

「ねえ、いち夏ちゃん、ミサンガどうしたの？」

いち夏は答えなかった。顔を下に向けている。涙をこらえているようでもあった。小林先生に相談するべきだろうか。杏が迷っていると、いち夏がようやく顔を上げた。そしてぽつりぽつりと話し出す。

「昨日の夜、ママと買い物に行ったの。私、外の公園で遊んで待ってることにした」

あのスーパーだろう。杏もよく行く店だ。スーパーの前が公園になっているので、親が買い物をしている間、子供たちは公園で遊んでいるのだ。

「そしたら公園の前にバスが停まって、子供たちが降りてきた。その中に隼人君がいたの。隣のクラスの大和田隼人君」

そのバスはスイミングスクールのバスだったらしい。いつもは一緒にいるはずの子分はいなくて、隼人一人だった。隼人はいち夏の存在に気づき、笑いながら近づいてきた。そしていきなりいち夏の左腕を摑み、つけていたミサンガを奪いとったのだ。そして隼人は何も言わずに立ち去った。いち夏は呆然としているだけだった。

「大事なミサンガとられちゃった。もし負けたら……私のせいかもしれない」

「そんなことない。いち夏ちゃん、先生に言おう。余りがあるって先生言ってたし」

杏がそう提案してもいち夏は首を縦に振ろうとはしない。

「先生になんて言えない。健政君に悪いもん。せっかく健政君が交換してくれたのに……」

昨日の昼休み、図書室に行ったときのことだ。もらったばかりのミサンガを三人で見せ合っているうちに、いち夏が健政のミサンガが可愛いと言い出したのだ。それを聞いた健政は「じゃあ交換しよう」と軽い感じで言い、二人はミサンガを交換したのである。いち夏はとても嬉しそうだった。前々から思っていることだが、いち夏は多分健政のことが好きだ。

きつく縛ってあったので外すのに少し苦労したが、杏は自分のミサンガを外した。それをいち夏に手渡した。

「これ、あげる」

「杏ちゃん……」

「私は新しいの先生からもらうよ。私がなくしたことにすればいいよね」

「ありがと、杏ちゃん」

いち夏の顔つきが明るくなった。「つけてあげるよ」と言い、杏はいち夏の手首にミサンガを巻いた。絶対に負けられない、と杏は思った。隼人がいる二組にだけは絶対に負けられない。

※

指定された喫茶店はＪＲ錦糸町駅南口を出てすぐのところにあった。和馬たちが店内に入ると、奥のボックス席に座る山本猿彦が手を上げるのが見えた。昔ながらの佇まいの店で、いわゆる純喫茶と言われるタイプの店だった。

「待たせたわね、猿彦」

美雲がそう言ってソファに座る。和馬も美雲の隣に座った。猿彦がメニューを差し出してきたので、それを見て和馬は答えた。

「俺はブレンドコーヒーで」

「じゃあ私も」

ブレンドコーヒーを二杯注文してから、美雲が早速切り出した。

「それで猿彦、釜本の周辺から何か出たの？」

「お嬢、そうお急ぎにならなくても」そう言ってから猿彦は手帳を開いた。年季の入った本革の手帳だ。「釜本宗則。五十六歳。警察官としてのキャリアは私なんかよりお二人の方が調べられると思いまして、私は彼の私生活を調べてみました」

昨日刺された本所署の刑事だ。さきほど問い合わせてみたところ、まだ意識はとり戻しておらず、今も集中治療室に入っているようだった。

「十年ほど前に離婚、今は亀戸《かめいど》六丁目のアパートに住んでいるようですが、近所の住人に話を聞いたところ、亀戸のアパートに戻ってくるのは週に一度あるかないかだったそうです」

本所署でも釜本を刺した犯人を追っているが、刺されたのは捜査中であり、個人的な恨みによる犯行の線は薄いと考えられていた。麻薬の摘発を恐れた暴力団による犯行という見方が現時点では圧倒的多数を占めている。

「近所の住人の話から、釜本が行きつけにしてる床屋があるようなので、開店前にお邪魔して話を聞いてきました。釜本には親しくしていた女性がいたようです。フィリピンから来た女性だと床屋の主人は言ってました」

うちの女房。釜本はそう言っていたという。女性は錦糸町にあるフィリピンパブに勤めていて、職場の近くに彼女が住むマンションがあり、釜本もほとんどそちらに住んでいる状態だったらしい。

「名前はマリア。年齢は三十二歳。お、噂をすれば何とやらですね」

猿彦がそう言って店の入り口に顔を向けた。サングラスをかけた髪の長い女性が店に入ってくるのが見えた。

「それでは私は失礼いたしますので」

猿彦がそう言って立ち上がり、マリアの方に向かって歩いていった。和馬はそれを見て苦笑する。まったく完璧なお膳立てだ。天下の北条探偵事務所は助手も一流ということか。

マリアがこちらに向かって歩いてきたので、和馬は立ち上がって彼女を出迎えた。

「こんにちは。私は警視庁の桜庭、こちらは蒲田署の北条です」

「マリアです」

「日本語で大丈夫でしょうか？」

「ええ、難しい言葉わからないかもしれないけどね」

椅子に座ってもらい、ドリンクを頼むように伝えると、彼女はホットミルクを注文した。三十二歳と聞いているが、もっと若く見えた。香辛料のようなスパイシーな香りが彼女の体から漂ってくる。コロンだろうか。

「率直にお聞きしますが、釜本さんが刺されたと聞いたとき、どう思いましたか？」

「信じられなかったよ」彼女は肩を落とした。「夢だと思ったね、最初。だって朝、一緒にパンケーキを食べたばかりだったのに。あれからずっと泣いてるよ」

サングラスを外そうとしないのは、泣き腫らしてしまった目元を隠すつもりだろうか。釜本は五十六歳だ。若いフィリピーナに入れあげているだけだと思っていたが、彼女の反応を直に見た感触では、二人は本気で愛し合っていたのかもしれないと和馬は思った。

「いまだに意識はとり戻していないようです。お見舞いは当分無理だと思いますけど」

「さっきも病院の人に電話して、そう聞いたよ。心配してるね」

「彼を襲った犯人は見つかっていません。心当たりはありますか？」

「さあ」とマリアは首を捻る。「わからない。知らないです。あの人、自分の仕事の話、私の前では全然しなかったからね」

日常生活でも特におかしな点はなかったという。怯えている様子もなく、ごく普通に生活していたらしい。もし命を狙われるほどの恨みを買っているなら、本人も多少は気を遣うはずだった。

「不躾な質問になりますが、お二人は交際していると考えてよろしいですね？」

「オフコース。もちろんね。来年、私のビザが切れる前に入籍しようって彼は言ってたね」

配偶者ビザをとると、永住権を取得するハードルが下がるという話を聞いたことがある。今は比較的短期のビザで在留しているのかもしれない。

異性関係のもつれという線はないだろうか。たとえば彼女のことを好きになった客がいて、その客が釜本のことを邪魔になったというわけだ。一応確認してみる。

「お店で客に言い寄られたりすることはありますか？　そういう嫉妬のようなものが犯行の動機になっている可能性もあるかもしれません」

マリアがキョトンとした顔をしている。言葉の意味がわからなかったのか。隣に座る美雲が助け舟を出す。

「嫉妬。ジェラシーのことです」

「それはないね」とマリアが即座に否定する。「そういうお客さんはいないよ。私のパートナーの仕事、みんな知ってるからね」

釜本が刑事であることは公然の秘密だったというわけだ。素人男性に刑事の女は手を出しにくいというものだ。和馬は重ねて訊いた。

「ちなみにマリアさんは来日して何年ですか？」

「今年で四年目だね」

「出会ったのはお店ですか？」

釜本が客としてマリアが働くパブを訪れ、いつしか恋仲に発展した。当然そうだろうと思っていたし、確認のための質問だった。しかしマリアから返ってきたのは予期せぬ答えだった。

「違うよ。初めて会ったのは日本じゃないよ、タイよ。私、フィリピーナじゃなくてタイ人なの」

タイ中部の都市だった。マリアはそこでウェイトレスとして働いていた。十八歳の頃に結婚していたが、三年間で結婚生活は破綻し、実家に暮らしながらウェイトレスをしていた。今から五年前のこと、店に客として来ていた日本人に「町を案内してくれないか」と声をかけられた。実はマリアは日本に興味があり、日本語の勉強をしていたところだったので男の誘いに乗ることにした。男はバカンスで来ていると言った。その男が釜本だった。

「彼は二ヵ月後にもやってきて、そのときもデートした。帰り際に言われた。日本に来ないかって」

意外だった。日本で出会ったのだとばかり思っていた。ずっと黙っていた美雲がマリアに訊いた。

「バカンスで来ている。彼はたしかにそう言ったんですね」

「ええ。そう言ってた」

「それで二ヵ月後にもやってきた」

「うん、そう」

美雲はあごに手を置き、考え込むようにテーブルの一点を見ていた。こうなってしまうと何を言っても無駄であることを和馬は知っている。しばらく待っていると美雲が手を伸ばした。コーヒーカップを摑んだ彼女だったが、手を滑らせたのか、コーヒーを盛大にこぼしてしまう。彼女の膝にコーヒーがかかる。

「北条さん、大丈夫かよ」

「お気遣いなく」

和馬が手渡したおしぼりを膝に当てながら、美雲が真剣な顔つきで言った。

「先輩、私たちが釣ろうとしている獲物、思っていた以上の大物かもしれませんよ」


「あれ？　桜庭さん、お帰りになったと思ってましたよ」

夕方、警視庁捜査一課に戻ると班員の一人にそう声をかけられた。ほかの者は全員帰宅したらしい。男も帰り支度をしているところだった。

「班長もお帰りに？」

「ええ、さきほど。明日も来るみたいなことを言ってましたよ。あの方、本当に仕事が好きですね。じゃあ桜庭さん、自分も失礼します」

男が去っていくのを見送ってから、和馬は自分のノートＰＣの電源を入れた。時刻は午後五時になろうとしている。

美雲ははっきりとは言わなかったが、刺された釜本がタイに渡航していたことが、彼女の中で何か引っかかったようだった。たとえば考えられるのは麻薬の密輸などだろうか。組織犯罪対策課に在籍しているのであれば、そういうコネクションができても不思議はない。麻薬の取引であるなら多額の金が動くのは間違いなく、死んだ川島、今宮の両名も釜本とともに麻薬の密輸に関与していたとも考えられる。川島の口座に振り込まれた二千万円はその分け前ということか。

手元に置いてあったスマートフォンに着信が入る。未登録の番号だった。電話に出てみると、かけてきたのは本所署の組織犯罪対策課所属の刑事だった。

「うちの釜本がさきほど一時的に意識をとり戻しました」

「そうですか。それで釜本さんは何と？」

別の事件の予備調査で釜本から話を聞きたい。あちらにはそう伝えていた。気を利かせて電話してきてくれたのだろう。

「それが何も喋ろうとしないんです。やけに怯えた様子で、何を訊いても答えてくれないんです。うちの上司も首を捻っていますよ」

意識が戻ったのは一時間弱で、再び深い眠りに就いたという。医師の話では回復状態に向かっているようだった。

礼を述べてから通話を切った。和馬は考える。

問題は彼が刺された動機だ。個人的な理由、もしくは彼が担当している事件絡みであればいいのだが、釜本が関わっていたであろう裏のビジネスが関係しているのであれば、またいつ命を狙われても不思議はない。

まずは三人の渡航履歴を洗おうと思っていた。おそらく彼らの裏のビジネスはタイなどの東南アジアが拠点になっていると考えられた。さきほど錦糸町で会ったマリアという釜本の恋人の話では、釜本は五年前に少なくとも二度、タイを訪れている。釜本の身分はあくまでも公務員である。年に二度もタイを訪れる余裕があったとは考えにくい。何らかのビジネスが絡んでいたと考えるのが自然だろう。

念のために班長に報告しておこうか。そう思って和馬は木場美也子に電話をかけた。通話はすぐに繋がった。

「班長、お休みのところすみません。桜庭です」

「どうしたの?」

簡単に説明する。話の重大性に気づいたのか、報告を聞き終えた美也子が言った。

「わかりました。釜本が意識をとり戻し次第、彼に事情聴取をおこないましょう。私も同行しますので」

「お願いします」

「桜庭君、あまり無理をしないように。明日、娘さんの運動会なんでしょ」

美也子に話した記憶はないが、班員には喋りまくっているので、そこから洩れ伝わったのだろう。すでに明日の休みの許可も得ていた。

「ええ、明日はお休みをいただく予定です」

「それじゃあまた来週」

「失礼します」

通話を切り、和馬はパソコンに向かった。三人の渡航履歴を調べるためには入国管理局に問い合わせをしなければならない。当然、個人情報なので電話で簡単に教えてくれるはずがなく、所定の書類に必要事項を記載し、それを課内で決裁をとってから先方に送るのである。回答が返ってくるのは早くても来週半ばだ。

和馬はもう一度スマートフォンをとった。それからリダイヤルの画面を見る。そこに表示されているのは『北条美雲』という名前だった。彼女に電話をかけてみる。が、どれだけ待っても繋がらない。

さきほどマリアと話した直後あたりから、美雲の様子がおかしかった。かなり深刻に考え込んでいるようでもあり、言葉少なだった。思っていた以上の大物。彼女はそういう表現を使った。あの子がそう言うからには、かなりの大物なのだろう。

実際に発生した事件に対応し、その事件の捜査に当たるのが刑事の仕事だ。しかし北条美雲はその上を行く。実際に起きた事件から、さらに別の事件に目をつけ、さらにその次へと進んでいく。それは彼女の資質によるものだろう。探偵の娘である、彼女の優れた資質だ。

和馬はスマートフォンを操作し、電話帳から別のデータを表示させる。彼女のためにも、ここは一肌脱ごうか。和馬はスマートフォンを耳に当てた。

※

「杏、早く寝癖を直しなさい。杏、聞いてるの」

華はキッチンで叫ぶ。玉子焼き器の中に溶いた生卵を流し入れ、菜箸で形を整えた。もうこれで三つ目の玉子焼きだ。

運動会の朝である。窓から見える空は快晴だった。さあ運動会張り切って頑張りましょうといった感じの天気であり、できれば雨が降ってほしいと願っていた華にとっては恨めしいほどの晴天だ。しかし泣いてばかりもいられない。気持ちを切り替え、華はお弁当作りに勤《いそ》しんでいる。

午前七時を過ぎたところだ。開会式は午前九時からなので、まだ二時間もあるが、あと二時間しかないという言い方もできる。基本的には華と杏、それから和馬の計三人前の弁当を作ればいいだけの話だが、三雲・桜庭家の祖父母が応援に来るというから話は厄介だった。両家ともに自分たちの昼食は自分たちで用意するとは言っているが、それでも多めに作って持っていった方がいいだろうと思い、華は朝から弁当作りに奮闘しているのである。

「おはよう」

和馬が寝室から出てきた。まだパジャマのままだった。

「おはよう。ねえ、和君。杏の寝癖を直してくれる？」

「了解。おい、杏。遊び回ってないでこっちに来なさい。今日は運動会だぞ。あまり動き回ると体力を浪費しちゃうぞ」

「浪費って？」

「無駄に使ってしまうってことだ」

「温存した方がいいってこと？」

「そうだ。杏、温存なんて難しい言葉、よく知ってるな」

「健政君が教えてくれた」

三つ目の玉子焼きを焼き終える。これで料理はすべて作り終えた。ピーマンの肉詰め、鮭の塩焼き、ポテトサラダと玉子焼き、それからおにぎりだ。あとはパックに詰めるだけでいい。料理が冷めるのを待っているうちに、華は水筒の準備をする。水筒に氷と一緒にスポーツドリンクを流し入れた。

「お、旨そうだな」

和馬がキッチンにやってくる。杏の寝癖は直してくれたらしい。華はテーブルの上にあるビニール袋を指でさして言った。

「ごめん、和君。朝食は用意してないの。その中に入ってるパン、よかったら食べて」

「わかった」

和馬が冷蔵庫から紙パックの牛乳を出し、それをグラスに注いでからダイニングの椅子に座った。それから菓子パンを出して食べ始める。心ここにあらずというか、和馬はぼんやりと杏の方を見ているだけだ。

「どうしたの？」

華が訊くと、和馬は牛乳を飲みながら答えた。

「どうもしないよ」

「それならいいけど」

華はパックを出し、その中におかずを入れていく。最近はあまり弁当を作ることはないが、もともと料理は好きなので特に苦にならない。おかずを入れ終えたら、最後に彩りとしてプチトマトを適当に並べたら完成だ。

「どう？　和君。美味しそうでしょ？」

「お、できたか。旨そうだな」

和馬はそう言って弁当を覗き込んだ。しかしその言葉には心がこもっていないように感じられた。やがて和馬は意を決したように言った。

「すまない、華。午前中だけ時間をくれないか。ちょっと事件のことが気になってね」

「美雲ちゃんも関わってる事件なの？」

「そうなんだ。昨日から何度か電話をかけたんだけど、月曜日から捜査を再開しようって彼女は言うんだよ。彼女の性格からしておかしいと思うんだ。休日だろうが平日だろうが関係なく捜査に全力を注ぐ。それがあの子のやり方だしね」

「もしかして和君に気を遣ってるってこと？」

「その可能性はある」

当然、美雲は今日が三雲家にとって大事な日――杏の運動会の当日であることを知っているはずだ。和馬からも話しただろうし、先日京都に行ったときにも新幹線の中でそんな話になった。

「わかったわ。運動会の応援は何とかする。お父さんとお母さんもいるし、桜庭家のご両親も来てくれるしね」

保護者が参加する競技もいくつかあり、そういう競技には和馬と華の二人でエントリーしようと思っていた。まあそっちもどうにかなるだろう。

「でも杏には謝っておいて。杏、楽しみにしてたから。それとあと一時間くらいで用意が終わるから、それまで待ってもらえるかしら？」

「もちろん。慌てないでいいよ」

和馬はそう言って立ち上がり、リビングにいる杏の方に向かって歩いていく。杏はテレビを見ているようだが、いつの間にか白い鉢巻きを頭に巻いていた。杏の組は白組だった。

「杏、ごめんよ。パパね、ちょっとお仕事になっちゃって、運動会の応援、遅れちゃいそうだよ」

「いいよ。だって今日はね、ジジもババも来るしね、それにジイジとバアバも来るんだよ。あ、ケビンも来るんだった。ケビン、ちゃんとドローン飛ばせるかなあ。だからパパは来なくてもいいよ」

「おいおい、杏。淋しいこと言わないでくれよ」

おやつの用意を忘れていたことに気づき、華は棚の上に置いてあったビニール袋を手にとった。慌てていたので落としてしまい、フローリングの上に菓子の袋が散乱してしまう。まったく運動会当日の朝は大変だ。

※

美雲は自宅アパートの洗面台の前にいた。着替えも化粧もすべて終わっている。髪を後ろで一つにまとめ上げ、黒いシュシュで留めれば準備万端だ。美雲は鏡に映っている自分に向かってうなずいた。それから美雲は声に出して言う。

「一つ、探偵たる者、真実を明らかにすることを第一とし……」

北条家探偵三箇条だ。祖父宗真に教えられて以来、朝起きたら即唱えるのが長年の日課だったが、最近はその習慣も途絶えてしまっていた。今朝はなぜかそれを思い出し、久し振りに口に出してみたのだ。

「よし」

三箇条を諳《そら》んじてから、美雲はもう一度鏡の中の自分を見る。グレーのパンツスーツに身を包んだ女性が映っている。大丈夫だ。きっと負けない。

バッグを肩にかけ、外に出た。アパートのエントランスから出て歩き始めると、背後から追ってくる足音が聞こえてくる。助手の猿彦ならこうも大きな足音は立てないはず。おそらくは――。

「北条さん、おはよう。休日なのにどこに行こうっていうんだい？」

振り返ると桜庭和馬がこちらに向かって歩いてきた。捜査は月曜日から再開する、彼にはそう伝えておいた。和馬の一人娘、杏の小学校の運動会が今日であることは知っていたので、せっかくの家族サービスに水を差すのはやめておこうという配慮だ。

美雲は素直に謝った。

「先輩、すみません。今日は一人で捜査をしようかと」

「そんなことだろうと思ったよ。水臭いじゃないか。俺にもこの事件を見届ける権利はあるだろ」

「杏ちゃんの運動会は？」

「あっちは午後までやってるからね」

事件解決のためなら娘の運動会より捜査を優先する。やっぱりこの人も刑事なんだな。美雲は和馬を見直した。

「ところで北条さん、まずはどこに？」

「そうですねえ」美雲は通りの向こう側にある看板を指でさした。「最初は腹ごしらえと行きましょう。実は昨日の夜から何も食べていないんです。先輩、朝ご飯は？」

「パンを食べたけど、まあ付き合うよ」

横断歩道を渡り、牛丼屋に入った。和馬は牛丼並盛りを、美雲は牛丼並盛り肉増量を注文して席につく。すぐに運ばれてきた牛丼を食べ始める。空腹だからというのもあるが、ここは三ツ星レストランかと思ってしまうほどに牛丼は美味しい。朝から牛丼を食べている姿など、とても母の貴子に見せられるものではない。

「あ、そうそう」和馬は懐から手帳を出しながら言った。「三人の出入国記録を当たったよ。航空会社にいる知り合いに頼んで調べてもらったんだ。三人ともかなりの頻度でタイに出入りしていることがわかったよ」

和馬が出した書類を見る。三人同時に渡航した形跡はないようだが、二人が同時期にタイに滞在していた形跡はあるようだ。別々に日本を出国し、現地で落ち合っているものと思われた。予想通りだ。

「先輩、ありがとうございます。助かりました」

「どういたしまして」

確固たる証拠はない。しかし状況証拠は揃っている。相手が相手なので、あまり時間をかけられないというのが本音だ。時間をかけてしまうと証拠の隠滅を図られてしまうし、こちらが疑っていることが向こうにバレたら厄介だ。

「ちなみに北条さん、今日はどこに？　やはり刺された釜本の周辺を洗うのかい？」

「いえ、回りくどいことはしません。いきなり王手をかけようかと思ってます」

「王手って、それは……」

すでに和馬は牛丼を食べ終えていた。美雲は最後の一口を食べ、箸と丼をカウンターの上に置いた。湯呑みのお茶を一口飲んで言った。

「今日で決着をつけようと思ってます。先輩、行きましょう」

牛丼屋を出たところでバッグの中からスマートフォンを出した。猿彦からの着信が入っていたのでリダイヤルをした。すぐに猿彦の声が聞こえてくる。

「お嬢、おはようございます」

「おはよう、猿彦。昨日は遅くまで悪かったわね」

「いえいえ、お気遣いなく」

昨夜、事件を検証するという意味合いもあり、猿彦とは何度か電話で話をした。自分の推理を確認するためだ。祖父の代から探偵の助手をしている猿彦は、冷静な目で事件を見ることができるので非常に助かっている。

「お嬢、所長からの伝言です」所長というのは父、宗太郎のことだ。『敵は思っている以上に強大だ』です。所長からは以上です」

「わかった。肝に銘じる」

言われなくてもわかっている。これまでいくつもの事件の捜査に関わってきた美雲だったが、今回ほど大胆な事件はほかに知らない。だからこそ、一気に相手の喉元に嚙みつこうと思ったのだ。

美雲は右手を上げ、走ってきた空車のタクシーを停めた。乗り込む間際に背後から和馬が訊いてくる。

「北条さん、どこへ？」

美雲は短く答えた。

「警視庁です」

※

「三雲さん、最初はグーだな。チョキでもパーでもなく、グーなんだな」

「何度も言わせないでくれ、桜庭さん。最初はグーだ。武士に二言はない」

「あんた、武士でも何でもないだろ」

「まったくうるさい人だな。武士だろうが泥棒だろうが、どっちでもいいだろ」

今、華の前で父の尊と義父の桜庭典和がジャンケンをしようとしている。ジャンケン一つとってこれだ。早くも気が滅入ってくる。

すでに開会式は終わっている。最初の競技は徒競走であり、低学年から順にスタートしている。今は一年生が走っていた。

応援の保護者が座る席は各学年で区画が決められていて、その区画内で朝からお花見のような陣取りゲームが繰り広げられていた。誰よりも早く会場入りした桜庭家のお陰で比較的前の席をとれたまではよかったが、あとから来た三雲尊・悦子の両名がそこに押しかけてしまったから大変だった。今、三雲家と桜庭家は両者肩を並べて応援している格好なのだ。

「じゃあ行くぞ、桜庭さん。最初はグー、ジャン、ケン、ポン」

勝ったのは典和だった。嬉しそうだ。典和はすかさず言った。

「じゃあ私どもがムカデ競走で」

「そうか。となると俺たちが借り物競走ってわけか」

保護者参加の競技が午前と午後でそれぞれ一つずつあり、どちらに参加するかで揉めていたのだ。本来であれば和馬と華で参加する予定だったのだが、和馬が来ないからにはピンチヒッターを送らざるを得なかった。

「ほら、そろそろ二年生の部が始まるわよ」

桜庭美佐子の声に、華たちはグラウンドに顔を向けた。美佐子はデジタルカメラで動画を撮影していて、その隣には母の悦子がいる。全身グッチで固めたその姿は、お忍びで子供の応援にやってきた銀座のクラブのホステスのようだ。

「桜庭さん、ここは一つ、賭けないか？」

「ば、馬鹿なことを言うんじゃない。私はこう見えても警察官だぞ」

父と義父のやりとりが聞こえてくる。

「金を賭けようってわけじゃない。そうだな、勝った方が缶ジュース一本奢るっていうのでどうだ」

「ジュースくらいなら、まあいいかもしれんな」

「だろ。次のレースは……そうだな、俺は三組の男の子だな。足の長さが気に入った」

「甘いな、三雲さん。私は一組の男の子だ。短距離走に必要なのは足の長さではなく、瞬発力だ。その点においても……」

「あ、言い忘れたが桜庭さん、缶ジュース一本は千円というレートだぞ」

「待ってくれ。それじゃテンピンみたいなもんじゃないか」

二人のやりとりを無視して、華は徒競走の順番を待つ列に目を向けた。杏の姿を発見する。それほど緊張している様子はなく、後ろの女の子と楽しそうに話している。

杏は自分のルーツを知りつつある。自分が泥棒一家と警察一家の間に生まれた子供であることを知っている。特に問題なのは泥棒の方で、うっかりとあの子が口を滑らせたら大変なことになってしまう。

だからこれまで華は何とか事を荒立てぬように心がけてきた。ときには勝敗に拘《こだわ》らず、周囲との協調を優先するようにと杏には言い聞かせてきた。しかしこうして運動会という舞台に立った杏を見ると、やはり娘を応援したい気持ちが湧いてくるのが不思議だった。勝ってほしかった。負けて落ち込む娘ではなく、勝って喜ぶ娘の顔が見たかった。親って勝手だなと華は内心笑った。

「心配ない。杏ちゃんは勝つ」

なぜか尊が自信満々な口調で言った。それに否定的な言葉を投げかけたのは桜庭典和だった。

「お言葉ですが三雲さん、杏ちゃんと一緒に走る二組の女の子、かなり足が速そうだぞ」

「なに心配要りませんよ。積んでるエンジンが違うんだ。そこらへんのガキンチョじゃ相手になりませんよ」尊は声のトーンを落とし、典和に聞こえぬように言った。「あの子はLの一族の期待の星なんだ」

杏の番がやってくる。頑張って。こちらの胸中など知らず、杏はまだ後ろの子と談笑している。スターターをしている先生が何やら声をかけると、ようやく杏はお喋りをやめてスタートラインに並ぶ。

「位置について。よーい」

ピストルの音とともに杏が飛び出す。ほかの子たちよりも断然速い。何という瞬発力。フライングぎりぎりだ。

低学年の距離は五十メートルだ。スタートダッシュでつけた差はグングン開いていく。あと数メートルでゴールというところで、華はそれに気づいた。

光る物体が上空を飛んでいる。最初は鳥かと思ったが、そうではなかった。飛行物体は急降下してきて、杏の背中のあたりにピタリとついた。全力で走っている杏は気づかない様子だったが、校庭にいる誰もがその飛行物体に目を奪われていた。

杏は一着でテープを切る。すると飛行物体が上昇した。グングン上昇して、上空五十メートルほどのところでしばらく静止したかと思うと、今度は向きを変えて校舎の裏手の方に飛び去った。見学している保護者たちの間からどよめきが洩れる。

華は近くにいた尊のシャツを引っ張った。

「お父さん、あれ、お兄ちゃんの仕業でしょ？」

「いいだろ。ドローンだ。かなり臨場感のある絵が撮れたはずだ」

保護者たちは口々に話している。さっきのは何だ？　あんなの飛ばすなんて正気の沙汰じゃないよな。どこのどいつだ？　いい加減にしてほしいよ。

ドローン騒ぎでいったん競技も中断してしまう。グラウンドに散らばっている教師たちが正面にある本部テント前に集まり、何やら協議している様子だった。やがてマイクを通じてアナウンスが流れてくる。

「ご来場いただいている保護者の皆様に申し上げます。ドローン等の飛行物体を使った撮影行為は控えるよう、お願いいたします。繰り返します。ドローン等の……」

それを聞いた尊が腕を組んで言った。

「渉の奴、初っ端から無茶しやがって。だがまあ、杏ちゃんも一着だったことだし、よしとするか」

我が家族のことながら華は呆れて物が言えない。Lの一族というのは運動会の応援すらまともにできない一族なのか。

※

「杏ちゃん、よくやったぞ。それでこそジジの孫だ」

「さすがだな、杏ちゃん。走り方が子供の頃の和馬そっくりだったぞ」

「待ってくれ、桜庭さん。華の走り方に似ていると思うぞ」

「いやいや、それはない。杏ちゃんは桜庭家の血が濃いんだよ、きっと」

杏が応援席に戻ると、ジジとジイジに出迎えられた。二人は朝から競うように何やら言い合っている。誰にも言えないが、泥棒と警察官という組み合わせなのである。バレたらどうしようと杏も少し心配なのだが、なぜか大丈夫のような気がしていた。

「杏ちゃん、よくやったわね」

ババが褒めてくれる。日傘をさしてサングラスをかけたババはどこから見ても怪しい。あれ、芸能人じゃないの。そんな声も杏のクラスメイトの間から聞こえてきたほどだ。私のお祖母ちゃんだよ、とはなぜか怖くて言えなかった。

「杏ちゃん、これ、飲みなさい」桜庭家のバアバが水筒を渡してくる。「梅干しの果肉入りのスポーツドリンクよ。梅干しにはクエン酸とナトリウムやカリウムが含まれているから疲労回復、熱中症予防にも効果的よ」

「ありがとう」

バアバ特製のスポーツドリンクはちょっとしょっぱいけど美味しかった。鑑識に勤めているだけあり、バアバは化学に詳しい。毎日実験のようなことをしているようだ。

「杏、次は何？」

プログラムを見ながらママが訊いてくるので、杏は答えた。

「ダンスかな。それが終わったら借り物競走だと思う」

今、グラウンドでは徒競走が続いている。六年生が終わるまでまだ時間がかかりそうだ。

「ママ、ちょっといち夏ちゃんたちと遊んでくる」

「怪我しないように気をつけるのよ」

同じクラスの保護者たちは近い場所に固まって座っている。いち夏の両親のもとに向かったのだが、生憎彼女の姿はなかった。トイレに行ったといち夏のお母さんに教えられたので、杏もそちらに向かって歩き始める。

「待てよ、三雲」

その声に振り返ると、隣のクラスの大和田隼人が立っている。いつもと同じく二人の子分を従えていた。隼人が言う。

「さっきのドローン、お前を狙ってたんじゃないか」

走っていたので気づかなかったが、渉の操縦するドローンがグラウンドまで舞い降りてきたようだった。しかしドローンのことを誰にも言ったらいけないとママから言われている。杏はとぼけた。

「ドローン？　知らないよ。それより……」

杏は手を伸ばした。すると隼人はその手をかわすように右手を引く。隼人の右手の手首には白いミサンガが巻かれている。彼がいち夏から奪ったものであるのは間違いない。

「それ、いち夏ちゃんのミサンガだよね。返して」

「違うよ」と隼人はニヤリと笑う。「落ちてたんだよ、これ。だから拾ってつけてみたんだ。こんなダサいやつ、誰がとったりするかよ」

「だったら返してよ」

杏が前に出ようとすると、隼人は後ろに飛びのいた。それから笑って言う。

「徒競走で一位だったからって調子乗ってんなよ」

「調子になんて乗ってないよ」

「俺だって一位だったんだぜ」

そう言って隼人は左肩を見せつけるように前に出した。半袖シャツの袖の部分に金色のバッジが光っている。

子分の一人が前に出て言った。

「隼人君、速かったんだぜ。一緒に走ったメンバーの中にはサッカーチームや少年野球やってる奴もいたんだ。そんな奴らよりも速かったんだ」

各競技に参加して、三位以内に入ればバッジがもらえることになっていた。金色というのは一位をとった証だった。もちろん杏も受けとったが、まだつけていない。

「実はな」と隼人がもったいぶるように口を開いた。「俺、クラス対抗リレーのアンカーなんだよな。温存っていうの？　今まで黙っていたけど、本番当日だからもういいだろ。まあお前たち一組なんて敵じゃないんだけどさ。三雲、お前、五十メートル走のタイムは？」

「九秒二」

「ふーん。まあまあ速いな。俺は八秒九」

杏でも九秒を切ったことがない。まあ来年、再来年になれば確実に九秒切れるだろうが、今すぐにはどうにもならないタイムだ。それほどまでに九秒を切るのは大変だ。

「まあせいぜい頑張れよ」

杏は唇を噛む。隼人は手を振りながら去っていった。その手首にはいち夏から奪ったミサンガが巻かれている。

※

警視庁捜査一課のフロアは日曜日ということもあってか、捜査員の数はそれほど多くはなかった。それでも自席で報告書作りに励んでいる捜査員の姿がちらほらと見える。和馬の班は今日は完全休養に当てるようにと班長の木場美也子から指示が出ていた。が、指示を出した本人は自分の席に座ってパソコンの画面に目を向けている。

「班長、失礼します」

そう言いながら和馬は美也子のもとに近づいた。パソコンの画面から目を離し、美也子がこちらを見て言った。

「桜庭君、娘さんの運動会じゃなかったの。それに今日は休むように伝えたはずだけど」そこまで言って、美也子は和馬の背後に立つ北条美雲の存在に気づいた様子だった。彼女は言った。「桜庭君、どういうこと？　蒲田の事件の捜査本部は解散したはずだけど」

和馬は素直に頭を下げた。

「すみません。そうなんですけど、何かしっくり来ないというか、納得できない部分がありまして」

「明日、書類送検すれば事件は解決よ。今さら納得できないと言われても困るのよ」

今宮智昭と川島哲郎はかねてより金銭トラブルを抱えていて、それが原因で今宮は川島を殺害。その後、今宮は良心の呵責に耐えかねて自殺した。以上が木場班が思い描いている事件の構図だ。

「班長、お言葉ですが、事件は完全に解決したとは言えません。川島の口座には二千万円もの大金が振り込まれていた。いくら元警察官といえども、犯罪行為を見逃すわけにはいきません」

「これは上層部の決定なの。桜庭君、あなたは警察一家の生まれよね。上層部の意向に逆らったらどうなるか、わからないわけでもないでしょ」

そう言われると反論のしようがない。何て言い返そうかと考えていると、背後に立つ美雲が口を開いた。

「木場班長、私は蒲田署の北条です。桜庭先輩には以前お世話になりました。木場班長は新宿署に配属されていたことがあるようですね」

「十年くらい前だったわね。一年間だけ新宿署の刑事課にいたことがあるけど、それが何か？」

「正確には八年前です。あなたが新宿署に在籍していた八年前、歌舞伎町で違法賭博の摘発がおこなわれました。数名の逮捕者が出ましたが、主犯らしき者の正体は摑むことができなかったようです。憶えておいでですか？」

思い出したことがある。彼女が一課に配属されて最初の事件だ。西新宿にあるベンチャー企業の社長が殺害された事件だ。彼女は最初に指示を飛ばしたあと、新宿署に挨拶に向かった。あのときこう言っていた。以前新宿署にいたことがあるから同行は不要だ、と。

「さあ、憶えてないわね」と美也子が首を横に振る。「一年間だけだったし、新宿は日本最大の警察署。次から次へと事件が起きるから、報告書だって山のように回ってくるの。いちいち目を通していたらきりがないわ。それに課も違うしね」

「聞いていた話とだいぶ違いますね。あなたは優秀な刑事だと伺っております。たとえ課が違ったとしても、どんな報告書であろうと隅から隅まで目を通す。そういう方だと思っておりました」

「それは皮肉？」

「さあ、どうでしょう」

美雲もたいしたもので、表情を変えることなく美也子の視線を受け止めていた。

「八年前の違法賭博ですが」美雲が続けた。「主犯が割れなかったのは警察内部に協力者がいたからであったと私は考えました。下田市内で自殺したと思われる今宮智昭、そして一昨日錦糸町で何者かに刺された釜本宗則。この両名は八年前、新宿署の組織犯罪対策課に籍を置いていました。この二人こそ、捜査情報を違法賭博の運営者に洩らしていた裏切り者だったんです」

ここまでは和馬もわかる。問題はこの先だ。捜査情報を反社会的勢力に流すくらいでは二千万円という大金にはならない。小遣い稼ぎ程度だっただろう。

「あなたは報告書を読み、情報漏洩の疑いに気づいたはずです。そして独自に捜査をして、情報を流していた者の正体を突き止めたんです。同僚が犯罪者に情報を流していた。本来であれば許されることではありませんし、告発するのが筋というものです。しかしあなたはそれをしなかった。逆にそれを逆手にとり、彼ら二人を取り込んだ」

捜査一課は閑散としているが、それでも数人の捜査員が自席で仕事をしている。中には和馬たちの話に聞き耳を立てている者もいた。美雲がこちらを見てうなずいたので、和馬は美也子に向かって提案する。

「班長、場所を変えた方がよろしいかと。会議室に行きましょう」

しばらく黙っていた美也子だったが、ゆっくりと立ち上がった。普段ミーティングなどをおこなう会議室に入った。正面にホワイトボードが置かれていて、その前にある椅子に美也子は座って足を組んだ。美雲が立ったまま説明を再開する。

「二人に協力していた川島も含めて三人。あなたは以前から探していたんでしょうね。警察官でありながら、悪事に手を染めることを厭わない人間を。そういう意味では三人はあなたにとってうってつけの人材だった。告発するより、仲間に引き込むことを選んだんです」

美也子は何も言わない。腕を組み、目を閉じている。

「三人を利用し、あなたは長年温めていた計画を実行に移す。そうです。タイを拠点とした振り込め詐欺グループの運営です」

まさか、あの事件か――。和馬は自分の耳を疑っていた。

※

「お父さん、ルールはわかってるわよね」

「華、誰にものを言ってるんだ。俺を誰だと思ってる」

尊は自信満々な顔つきで胸を張る。借り物競走はすでに始まっていて、次が華たちの番だった。杏もやや緊張した様子で戦況を見つめている。

ルールは簡単だ。タスキを受けとったら親子三人で中央まで走り、そこで箱からカードを二枚引く。その二枚のカードに書かれた品物を会場内の観客から借りてきて、審判に見せる。審判が旗を上げたら合格だ。再びスタートラインに戻って次の親子にタスキを渡すという流れだった。

前の走者が走ってきた。尊がタスキを受けとり、それを肩にかけながら言った。

「華、杏ちゃん、俺の足を引っ張るなよ」

尊が走り出したので、華もその背中を追った。杏も走っている。運動という言葉とはかけ離れた生活を送っている尊であったが、やはりその身体能力は高いようで、中央の台に最初に到着したのは尊だった。

「遅いぞ、二人とも」

カードを引くのは保護者一人につき一枚と決まっている。最初に華が、次に尊がカードを引いた。引いた二枚のカードは『三色ボールペン』と『黒い帽子』だった。

「待ってろ」

そう言い残し、尊は猛然と走り去った。観客席の中に入っていったかと思うと、ものの数秒で中から出てきた。戻ってきた尊の手には三色ボールペンが握られている。

「ジジ、凄いっ」

杏は感激したように言った。

「まあな。このくらいは当然だ」孫からのお褒めの言葉に尊は多少照れながら言った。

「ちょっとお父さん、まさかそれ……」

そこまで言ったところで華は口をつぐんだ。杏の前で問い質すわけにはいかない。華は尊の腕をとり、杏に背を向けて言った。

「お父さん、それ、盗んだんじゃないでしょうね」

「そんなわけないだろ」

そう言う父の顔はどう見ても怪しい。華は周囲に聞かれないように押し殺した声で念を押した。

「お父さん、ルールわかってる？　借り物競走だからね。盗むんじゃなくて、借りるんだからね」

「わかってるって言ってるだろ」そう言って尊は手に持った三色ボールペンを華に渡してきた。「早く持っていけ」

ここまで持ってきてしまったものを今さら返すわけにはいかない。華は審判のもとに向かい、カードと三色ボールペンを一緒に渡した。笛が吹かれ、審判が旗を真っ直ぐ上げる。合格だ。

「やったね、ジジ」

杏が手を叩く。それに気をよくしたのか、尊が得意顔で言った。

「まあな。次は黒い帽子だな」

そう言って尊はどこかに走っていく。華は観客席に目を向けた。黒い帽子を被っている人を探すためだ。しかし意外にも黒い帽子を被っている人が見当たらない。

「待たせたな」

「ジジ、速いっ」

振り返ると尊が立っている。その手に持っているものを見て、華は思わず目を見開いていた。

「お、お父さん、それって……」

「黒い帽子だ」

帽子などではない。カツラだった。本部テントの方で悲鳴が聞こえ、目を向けるとテントの中に座っている女性教師が声を上げていた。その視線の先には悠然と団扇《うちわ》で自分の顔を扇《あお》ぐ教頭先生の姿がある。自分のカツラが盗《と》られてしまったことにまだ気づいていないようだ。

「華、俺がせっかく借りてきたんだ。早くしろ」

「借りてきたんじゃないでしょ」

「いいから早くしろ」

尊がカツラを投げつけてくるので、華は恐る恐るそれをキャッチした。黒い髪がやけに生々しい。仕方なく華は審判のもとに向かい、駄目もとでカツラとカードを出す。審判は困惑したような顔をして、首を横に振った。不合格だ。

「お父さん、これは認められないって。返してきて」

「チッ、やっぱり駄目か」

尊がカツラ片手に立ち去っていく。次々と合格者が出ていて、客席は盛り上がっていた。華は改めて黒い帽子を被っている人を探した。が、なかなか見つからない。

腰のあたりをトントンと叩かれた。杏だった。杏は審判を指でさした。

盲点だった。何と審判は黒い帽子を被っているではないか。「杏、お手柄よ」と言ってから華は審判のもとに近づいた。

「その帽子、お借りしてよろしいですか？」

審判は迷っている様子だった。華は続けて言う。

「校庭内にいる人なら誰から借りてもいいと説明がありました。審判も含まれますよね」

審判は帽子をとり、それを華に手渡してくれた。華がカードを見せると、審判は笛を吹いて旗を真っ直ぐ上げた。

あとは次の人にタスキを渡すだけだ。尊の姿を探すと、黒い帽子を三、四個持った尊がこちらに向かって走ってくる。華は言った。

「お父さん、もう合格したの。戻るわよ」

「そうなのか」

三人で走る。尊が肩にかけていたタスキを次の走者に手渡した。途中なので順位はまだわからない。

「ジジ、凄いね」杏は目を輝かせている。「だって、だって、教頭先生の……」

笑いをこらえきれなくなったのか、杏が噴き出すように笑う。尊も一緒になって大笑いしている。まったく困った人たちだ。

会場内にはテンポのいい一昔前の流行歌が流れていて、応援する声や笑い声がそこらじゅうから聞こえてくる。華は溜め息をついた。一つだけわかったことがある。Lの一族に借り物競走をやらせるべきではない。

※

今から二年ほど前、タイにある振り込め詐欺の拠点が現地警察により摘発され、二十人ほどの日本人が逮捕されるという事件があった。和馬もその事件の報道はよく憶えていた。手錠を嵌められ、縄で繋がれた日本人たちが家の中からぞろぞろと出てくるニュース映像が生々しかったからだ。どの者も決して清潔な身なりとは言い難かった。どういう経緯で彼らが異国の地で振り込め詐欺をすることになったのか。そんな興味を覚えたものだった。

「先輩、例のものを」

美雲に言われ、和馬は懐から紙片を出した。それは航空会社から手に入れた渡航記録だ。美雲が説明する。

「川島、今宮、釜本の三名は七年ほど前から毎年タイに行っているようです。多いときには年に五回も足を運んでいるようですね。こうなってしまうとタイが好きというより、ビジネスで渡航していると疑わざるを得ませんね」

同じ警察官なので、彼らがどのくらいの給料をもらっていたのか想像がつく。年に何度も海外旅行に行くのは自分の稼ぎだけでは難しい。

「私の考えはこうです」美雲が説明を始める。「歌舞伎町の違法賭博摘発の報告書に目を通したあなたは、三人の警察官を仲間に取り込んだ。そして三人を何度もタイに送り込み、下準備を進めたのです。準備にかかった期間は二年ほどでしょうか」

海外に拠点を置くのは摘発を恐れてのことだという。近年、警視庁でも振り込め詐欺の摘発に力を入れていて、その成果も上がり始めていた。振り込め詐欺の現場を押さえたとしてもその場で検挙はせず、泳がせる形で拠点を突き止め、さらに時間をかけて別のアジトを見つけるなど、かなり力を入れて振り込め詐欺の取り締まりを強化している。

「逮捕された人たちの多くは多重債務者のようですね。現地でのアジトの設立から始まって、機材の納入や生活用品の確保など、現地でやるべきことは多くありました。三人はあなたの手足となり、そういった準備に奔走していたものと思われます」

二十名の日本人がタイの現地警察に逮捕されたのは二年前だ。最初は不法就労の罪で現地警察に勾留され、日本に移送されてから詐欺罪での逮捕となった。現地で逮捕されたのは電話役という、いわゆる日本国内に向けて電話をかける役割だった。のちに電子マネーの換金役、金の受けとり役をしていた男二名が日本国内で逮捕されていた。

「この渡航記録によると」美雲は紙片を指でさした。「三名がもっとも頻繁にタイに行っていたのは五年前です。おそらくこの頃、タイの拠点での振り込め詐欺が始まったものと思われます。逮捕された者たちの供述とも一致します。最初は五名ほどだったようですが、徐々に増えていったという話です」

アジトとなった一軒家は現地でも高級住宅地の中にあり、庭にプールがあるほどの豪邸だった。しかしいくら豪邸といっても男二十名で住むと手狭になり、部屋の至るところに布団が敷きっぱなしになっている状態だったという。

「一昨日刺された釜本さんは、五年前にタイで一人の女性と知り合い、交際まで発展しています。彼はちょうど現地でサポート中だったのでしょう。その女性は釜本さんに呼ばれて来日して、今は錦糸町で働いています。彼女の証言によると、彼女と釜本さんが出会った飲食店は、摘発されたアジトがある街にあったそうです。それに逮捕された二十名の証言によると、調整役として年配の強面《こわもて》の男が出入りしていたようですが、この男は逮捕されていません。この男が今宮であったと私は考えています」

川島は強面という感じではない。釜本も人相はそれほどよくはないが、現役警察官であることから、二人に比べて渡航記録は少なかった。消去法で浮かび上がるのは今宮だった。

木場美也子は目を閉じたままピクリとも動かない。畳みかけるように美雲が続けた。

「蒲田で殺害された川島ですが、娘に渡していた彼名義の通帳には二千万円もの大金が振り込まれていました。おそらく振り込め詐欺に協力したことに対する報酬だったと考えられます」

ダークラムという社名のゴーストカンパニーだ。振り込め詐欺のために名義だけを使用されたのだろう。

「それと生前、川島は埋蔵金という言葉を使っていたみたいです。電話でこう言っていたそうです。『埋蔵金のことは忘れろ』と。電話の相手は今宮でしょう。彼は株取引で大損をして、金を欲していた。そこで思い出したのは振り込め詐欺です。二年前に摘発されてしまいましたが、その稼ぎは十億円とも言われています。そのときの稼ぎがまだ眠っている。二人はそう思っていたのかもしれません」

そういうことか、と和馬は納得する。協力した三人は下働きに過ぎなかった。そして得た金は一人につき二千万円。多いのか、それとも少ないのかはわかりかねるが、最終的に一味が十億円稼いでいたとわかれば、もっともらえるのではないかと考えるのは自然なのかもしれない。

「どうでしょうか？　木場班長。私はあなたこそがタイにおける振り込め詐欺を主導していた張本人だと考えています」

美也子が薄く笑った。その笑い方からして、まだ余裕があるようだった。彼女がようやく口を開いた。

「さすが北条宗太郎の娘さんね。想像力が豊かなのはいいことだわ。でも所詮はただの空想。あなたの話には証拠というものが一切ない」

たしかにその通りだ。美雲が語っているのは彼女の想像に過ぎない。もし美雲の推理が的を射ていたとしても、美也子にしてみれば自分は証拠を残していないという自信があるのかもしれなかった。

「残念ながら証拠はありません」美雲は素直に自分の非を認めた。「でも証拠なんてなくたっていいんです」開き直ったように美雲が胸を張る。「今のこの状況が、あなたが犯人であることを物語っているんですよ、木場班長」

「今のこの状況？　あなた、いったい何を言ってるの？」

「わかりませんか。あなたはこれまで数々の実績を残し、こうして捜査一課にいる。特に大きかったのが二年前にタイの振り込め詐欺の拠点を潰したことです。あなたは首謀者であると同時に、それを自らの手で摘発して、自分の手柄にしたんです。自作自演ですね。あなたはこれまで数々の事件を解決してきたと思われていますが、その多くが自作自演だったのではないかと私は思っています」


会議室には沈黙が流れている。自作自演。その言葉の意味するところを和馬も思案していた。要するに自分で事件を引き起こし、自分で解決するということか。それが彼女の出世に繋がっている。美雲はそう言いたいのだろう。

「先輩、ちょっといいですか」先に口を開いたのは美雲だった。「木場班長が捜査一課に配属されて、つまり先輩の上司になって最初に手がけた事件を憶えていますか？」

「ああ、当然だ。先週のことだったからね」

西新宿のベンチャー企業の社長が殺害された事件だ。犯人は古参の社員だった。現場に到着した美也子は社員に対してアンケートを実施し、多数決で犯人を絞り込むという離れ業をやってのけたので記憶に新しい。

「私も昨夜報告書を読ませてもらったんですが、あの事件も木場班長の自作自演だったのではないかと思ってます。あ、木場班長が実際に殺害に手を染めたというわけではなく、手助けをしたという意味ですけどね」

事件のことを思い出す。殺害現場は社長室だった。毒物入りのゼリー飲料を飲み、被害者は命を落としていた。毒物は闇サイトを通じて購入したと犯人は供述している。

「まさか、毒物を犯人に売ったのが……」

「木場班長でしょうね」

「でも待ってくれ」と和馬は頭の中を整理しながら言う。「いくら毒物を売ったからといって、その相手が犯行を引き起こす確証はないわけだろ。それに万が一犯行に及んだとしてもだ、自分が事件の担当になるとは限らない」

自分の手柄にすることが目的であるならば、自分の班で担当しなければ意味はない。そこまで計算するのは不可能だ。

「種を蒔《ま》いてるようなものですよ。犯罪のもとになる種ですね。実際に犯行に及ぶのは一握りだと思います。それに自分の班が担当にならなくてもいいんです。情報提供みたいな感じで協力すればいいんですから。それだけでもだいぶ株は上がります。でも西新宿の事件も、それから蒲田の事件もたまたま担当になりましたけどね。そういう意味では強運の持ち主なんだと思います」

「蒲田の事件？　北条さん、つまり川島を殺害したのは……」

「木場班長ですね。これは完全なる自作自演です。川島と今宮の二人は、特に今宮の方ですが、金の分け前について木場班長に詰め寄ったんだと思います。もっと寄越せと言われたんでしょうね。だから木場班長はこれを機会に始末することを選びます。二人が密会している日を選び、川島を殺害。その後、下田に向かって自殺に見せかけて今宮も殺害した。先輩、憶えていませんか？　先輩の仲間が下田にある今宮の自宅で実況検分したときのことです。木場班長はこう言いました。『洗濯機の中はどう？何も入っていないかしら』と。で、洗濯機の中から凶器が発見された。あのとき私、ちょっと疑問を覚えたんです。なぜこの人、最初に洗濯機を見るように言ったのか、と」

あのとき下田にいた班員の佐藤がスマートフォンで撮影しており、その画像がリアルタイムで捜査本部に送られていた。たまたま洗濯機が目に入ったものだと思っていたが、考えればほかにも凶器の隠し場所はありそうなものだ。

「それに今宮の存在が急浮上したのは現場近くのコインパーキングの防犯カメラの映像です。あなたは初動捜査の段階から防犯カメラの洗い出しに注力していた。最初から今宮がそのカメラに映っているのを知っていたんです」

だから初動捜査であれほど防犯カメラにこだわったのか。あのときはややスタンドプレーのようにも感じたが、そういう理由があったということだ。

「今宮が自殺した。それで幕を引くつもりだったんですが、思わぬ邪魔が入ってしまった。そうです。私と桜庭先輩が余計なことを調べ始めてしまった。まさか釜本の存在に気づくとは思ってもいなかったんでしょうね。一昨日のことです。捜査中だった釜本さんと話をしたかった私たちは、蒲田署の松永係長に相談しました。昨日電話で確認したところ、松永係長は自分から話しても通じないと思い、一課の木場班長に相談したとおっしゃっていました」

そうなのか。てっきり松永係長が本所署と話をつけてくれたと思っていた。つまり美也子は和馬たちが釜本から話を聞こうとしていたことを、事前に摑んでいたわけだ。

「さすがに時間がなくてあなたも焦ったことでしょう。本来であればあなたは熟考して犯行に及ぶ主義。でも時間がなかったのですぐに行動に移すしかなかった。やはり準備が足りなかったからか、あなたは失敗してしまう。釜本は快方に向かっているみたいですが、かなり怯えていて何も話そうとしないそうです。すべてを打ち明けて警察に保護を求めるのか、それとも黙ったままやり過ごすのか。彼は迷っているんでしょうね」

このままでは美也子に始末されてしまう。釜本はそう気づいているはずだ。命が惜しいのであれば、すべてを話して保護を求めるのが賢明な判断だが、それをしてしまうと自分が手を染めた裏のビジネスのことまで話さなければならない。釜本も相当額の報酬を受けとっていたはず。命の安全を求めるか、それともすべてを隠し通すか。彼にとっても苦渋の選択だ。

美也子を見る。口元に笑みを浮かべているのが不気味だった。何も言わないということは、すなわち美雲の推理を認めているようなものだった。

「私が気になったのは動機です」美雲は続けて言う。「あなたはどうしてこんな真似をしたのか。自らの手で犯罪を生み出し、自らの手で解決する。金目当てなのか。それとも出世したいだけなのか。はたまた自己満足に過ぎないのか。そのどれもが違うと思いました」

美雲は上着のポケットから一枚の写真を出し、それを美也子に見せるようにテーブルの上に置いた。和馬も写真に視線を落とす。学生服を着た少年が写っている。中学生くらいだろうか。

「この男の子に見憶えはありますか？」

美雲はそう訊いたが、当然のように美也子は答えない。しかしその表情に変化があった。写真から目を逸らし、何かの思いを断ち切るかのように瞬きを数度、繰り返したのだ。

「十二年前にお亡くなりになられたあなたの息子さんです。あなたの動機は警察への復讐。私はそう考えています」

美雲が落ち着いた口調で、そう言った。

※

「おい、華。その安っぽい弁当は何だ。そんなもんを杏ちゃんに食わせる気じゃないだろうな」

運動会はお昼休みを迎えていた。それぞれの家族が集まり、レジャーシートの上で弁当を広げている。華たちも例外ではなく、三雲家、桜庭家揃って弁当を食べ始めていた。

「安っぽいって何よ。せっかく私が作ったんだから」

「そうですよ、三雲さん」間に入ってくれたのは桜庭典和だった。「美味しそうな弁当じゃないですか。華さん、そのピーマンの肉詰め、一つもらっていいかな?」

「どうぞどうぞ。和君の分も食べちゃってください」

まだ和馬が来る気配はない。仕事なので仕方がないと思う半面、少し淋しい気持ちもあった。ただし両家の祖父母が来てくれたお陰で、杏が楽しそうで何よりだった。

「悦子、俺たちも飯にするか」

尊がそう言うと、母が三段重ねのお重を出してきた。中には色とりどりのおかずが入っている。それを見て杏が言った。

「おせち料理みたいね」

「これはな、杏ちゃん。日本橋《にほんばし》で百年も続く老舗の割烹料理屋の作った仕出し弁当だ。そこの主人が無類の骨董好きでな、つい先日も信楽焼《しがらきやき》の名品を格安で譲ってやったんだ。このフォアグラのテリーヌが絶品なんだ。あとはこの鰆《さわら》の西京焼きも旨いぞ」

たしかに美味しそうだ。私の作ったお弁当に比べたら、宝石箱のようでもある。桜庭家の義父母の視線も尊が持ってきた仕出し弁当に注がれている。ちなみに桜庭家ではベーカリーで買ったパンを持ってきているようだった。

みんなの羨望の視線に気づいたのか、尊が気をよくして言った。

「せっかくの運動会だ。みんなで食おうじゃないか」

悦子が仕出し弁当を中央に置く。華も箸を伸ばして鰆の西京焼きをとった。上品な味だった。父が自慢するだけのことはある。

「ジジ、何飲んでるの？」

杏が尊を見て言った。尊の手には紙コップがある。足元には茶色の紙袋が置いてあった。コルクの先端が覗いている。

「これは葡萄ジュースだ。ブルゴーニュ産のな」

「私も飲みたい」

「杏ちゃんにはちょっと早過ぎるかな。これは大人の飲む葡萄ジュースだからな」

「お父さん」と華は小声で注意した。「わかってるとは思うけど、アルコールの持ち込みは禁止されてるからね」

「だから葡萄ジュースだと言ってるだろうが。まったく頭の固い女だな、お前は。一杯どうですか、桜庭さん。このジュース、結構いけますよ」

「ほほう。では有り難く頂戴するとしますか」

典和が紙コップ片手に身を乗り出すと、尊がワインを注いだ。それを一口飲んだ典和が感嘆の声を上げる。

「これは旨い。こんなに旨い赤ワイン、いや葡萄ジュースは初めてですよ、三雲さん」

杏が突然立ち上がった。まだ食べ終わっていない。「どうしたの？」と訊いても杏は答えず、靴を履き始めた。

「こら、杏。待ちなさい」

杏は聞く耳を持たずに立ち上がり、走り出した。その姿を目で追うと、グラウンドの脇にあるジャングルジムに向かっていく。しばらく待っていると杏が戻ってきた。一人の男性と一緒だ。渉だった。杏は渉の手を持ち、彼を引き摺るように歩いてくる。

「お兄ちゃん」

渉は元気がない。兄はドローンでの動画撮影を任されていたはずだが、午前中の徒競走で騒ぎを起こしてしまい、それきりドローンを飛ばせなくなってしまったのだ。

渉がレジャーシートの端っこに座る。その表情には覇気がない。ドローンでの撮影を失敗してしまったことを反省している様子だった。そんな渉に対して杏が言う。

「ねえ、ケビンも一緒に食べよう」

「そうだね。お兄ちゃん、遠慮しないで食べて」

「まあ失敗してしまったものはしょうがない」紙コップ片手に尊が言う。「渉、今度はしっかりやってくれ。お前は華が作った庶民的な食べ物を食べるがいい」

「ちょっとお父さん、そういうこと言わないでよ」

華は周囲を見渡した。すでに食事を終えた子供たちが走り回って遊んでいる。天気もよく、雲一つない晴天が頭上に広がっていた。

「桜庭さん、葡萄ジュース、もう一杯いかがですか」

「これ以上飲んだら午後のムカデ競走に出られなくなってしまいますよ」

「まあそう言わずに、どうぞどうぞ」

和気あいあいとした食事だ。まさか泥棒一家と警察一家が一緒にいるとは周囲の誰も想像だにしていないだろう。

※

木場淳史《あつし》。それが木場美也子の息子の名前らしい。和馬は目の前に座っている木場美也子の顔を見る。さきほど一瞬だけ狼狽の色が浮かんだが、今は能面のような無表情に戻っている。

美雲は説明を続ける。

「息子さんがお亡くなりになったのは十二年前、彼が中学一年生だった頃です。当時お住まいになっていたマンションの屋上から飛び降りたとされています。遺書のようなものは残っていなかったと当時の捜査資料には記されていました」

中学生の子供が死を選ぶ原因。もっとも可能性が高いのがいじめだろう。彼の通っていた中学は都内でも進学校として名高い私立中学だったようだ。学校名と学年さえわかってしまえば、今のご時世、SNSを当たれば交友関係を調べることはできる。案の定、美雲はすでに調べ上げているようだった。

「彼のクラスメイトで黒松祐樹《ゆうき》君という子がいたことが判明しました。黒松という名字が気になったので調べてみたら、やはりあの黒松副総監の息子さんでした。木場班長の息子さんと黒松副総監の息子さん、同じ中学でしかも同じクラスだったんですね」

美雲がテーブルの上に置かれていたノートPCを開き、何やら操作を始めた。しばらくして画面をこちら側に向けると、そこには二十代とおぼしき男性二人組が映っている。ファミレスあたりにいるらしい。

「このお二人は息子さんの同級生です。同じクラスだった方です。今日が日曜日でよかったです。快くお受けいただけました」

そう言って美雲がスマートフォンに向かって何やら囁いた。おそらく映像を撮影しているのは助手の猿彦だろう。男性二人が話し始める。

『あれからもう十二年も経つんですね。早いっすね、マジで。本当に淳史は可哀想でしたよ。あいつも黒松会に入っておけばよかったのに。変な意地を張らないで』

『黒松会？　うちのクラスの黒松って奴が作った会ですよ。結構あくどいことをやってましたよ。酒飲んだり、女と遊んだりとかね。淳史が頑なに黒松会に入ろうとしないんで、クロの奴がむきになって淳史をいじめたんですよね』

『最初のうちは淳史も抵抗してたんですけど、半年くらいで駄目になっちゃいましたね。もう廃人みたいなもんですよ。そしたらああいうことになっちゃって……』

『俺らもお葬式行ったけど、淳史のお母さんが泣きじゃくってて、見ていられませんでしたよ。淳史の家ってたしかお父さんが若い頃に亡くなっているんですよね。それでたった一人の息子が自殺したんじゃたまりませんよ』

『そういやクロって今何してんだっけ？』

『詳しいことは知らないけど、大学卒業したあとカメラマンになりたいって言って、世界中旅してるんだって。いい気なもんだよ』

『そりゃ淳史も死んでも死にきれないよな』

突然、美也子が立ち上がったかと思うと、ノートPCを持ち上げて壁に向かって投げつけた。壁にぶつかったノートPCが激しい音を立てて床に落ちた。

「もうやめてっ。あの子のことを思い出したくない。あの子は死んだのよ。もういないのよ」

美也子が肩を震わせながらそう言ったが、美雲はあくまでも冷静に続けた。

「遺書はあった。私はそう考えています。そこには悪質ないじめの数々や、それに加担した者、首謀者だった少年の名前、つまり黒松副総監の――当時は副総監ではなく刑事部長だったようですが、彼の息子さんのお名前が書かれていたと思います。黒松副総監はキャリアです。仮に遺書が表に出たとしても、握り潰すだけの権力があった。だからあなたは敢えて遺書の存在を隠し、逆に黒松副総監にとり入ったんです。そして自作自演を繰り返してここまで登りつめた」

今では黒松副総監の懐刀と言われるまでの存在になった。しかも女性刑事ということで、マスコミ受けもいい。早ければ来年にも黒松副総監は警視総監になるのではないかと噂されている。おそらくそのタイミングで――。

「すべてを白日のもとに晒し、あなたは黒松副総監を引き摺り下ろすつもりだったんですね。息子さんが遺した遺書もそのときに公開するつもりだったのでしょう」

すべては十二年前に命を落とした一人息子のためだった。彼の仇をとるため、母親は犯罪を重ねたということか。まさに修羅となって。

美也子が唇を震わせて言った。

「私は黒松を許せなかった。息子の責任は親の責任。あの親子を破滅させることだけが私の生き甲斐のようなものだった」

もはや罪を認めたも同然だ。一連の事件はすべてこの女の犯行なのだ。息子を亡くした母親の復讐劇だ。

「できれば黒松が警視総監になる直前がよかったけど、まあ仕方ないわね。いずれにしても黒松は終わりよ」

木場美也子が犯罪行為に加担していた。しかも世間をあれほど賑わした振り込め詐欺の主犯だったのだ。黒松の派閥に与えるダメージは計り知れないものがあるだろう。

「こう言っては失礼に当たるかもしれませんが」美雲はそう前置きしてから言った。「十二年前より以前、つまり息子さんが亡くなる前まで、木場班長はごく普通の、所轄に勤務する一介の女性警察官に過ぎませんでした。私が驚いたのはその変貌ぶりです。もともと優秀な警察官としての素養があったのかもしれませんが、私には何かしらの外部的な力が働いていたように思えて仕方がありません」

外部的な力。それが何を意味しているのか、その答えがうっすらと見えた気がした。同時に背中に悪寒が走る。まさか――。

「先輩、気づきませんか？」

美雲にそう言われ、和馬はうなずいた。

「ああ。気づいたよ。でも北条さん、そんなことって……」

「有り得ないことではありません。犯罪を立案し、それを第三者の手によって遂行させる。かつて同じようなことをやっていた犯罪者を私は一人だけ知っています。三雲玲《れい》。そうです。Lの一族が生んだ天才犯罪者です」

木場美也子は何者かに操られているのではないか。美雲自身がそう感じ始めたのはここに来る前、父の宗太郎からの伝言を聞いたときのことだ。敵は思っている以上に強大だ。それが父から伝えられたメッセージだった。タクシーの車内でその言葉の意味がわかったのだ。

敵は思っている以上に強大。つまり真の敵は別にいるという意味にもとれる。いわば木場美也子は操り人形に過ぎず、彼女を操っている真の敵がいるということだ。そのときに美雲の脳裏に思い浮かんだのが、一流の犯罪立案者である三雲玲だった。

美雲が警視庁に入庁した年、ある事件を機に彼女は刑務所から仮出所し、そのまま行方をくらませている。勘当されたとはいえ、泥棒一家の血を受け継いでおり、その才能は伝説のスリ師である三雲巌も認めていたという。

「二十年ほど前だったかしら」木場美也子が話し出した。その目は遠くを見ているようだった。「研修で刑務官の補佐的な仕事に携わったことがあるの。期間は三日間。そこで私は一人の受刑者に出会った。それが彼女だった」

詐欺罪と殺人罪で無期懲役刑に服していた女性だった。ただし彼女には不思議なムードがあり、気がつくと美也子は自分の身の上話を彼女に対して打ち明けていた。これまで誰にも話したことがなかった秘密まで、洗いざらい喋っていた。それだけで気持ちが軽くなったような気がした。

「不思議な三日間だった。浄化されたみたいな気分だった。別れ際、彼女が私に言ったのよ。『もし今後何か辛いことがあったら、私のところにいらっしゃい』と」

それから数年が経ち、息子の淳史が自殺をした。息子を殺した子供の父親は同じ警察官であり、しかも向こうは将来を嘱望されるキャリアだった。告発したところで揉み消される。失意に沈む美也子が思い出したのは、あのときに出会った女性受刑者だった。

「彼女は温かく私を受け入れてくれた。あの人はすべてを悟っているかのようだったわ。それで私は生まれ変わったの。とにかく警察官としてのキャリアを積み上げることに必死になった。私が浴びた賞賛の数々は、そのまま息子を殺した子供の家族にのしかかることになる。それを想像するだけでたまらなく楽しかった」

三雲玲は当時から刑務官を丸め込んでいたため、やりとりも容易におこなうことができたらしい。それにしても、と美雲は内心舌を巻く。三雲玲というのは恐るべき犯罪者だ。息子を失ったショックを抱えていたとはいえ、一人の女性を意のままに操ってしまうのだから。しかも自分は刑務所から一歩も外に出ることもなく。

「彼女が立てた犯罪計画は完璧だった。引き際も心得ていた。例の振り込め詐欺で儲かった金は十億円以上よ。その半分は慈善団体に寄付したわ。話題にならないように小分けにしてね。全部あの人の指示よ」

慈善団体に寄付するのは悪いことではない。しかし犯罪行為で得た金となると話は別だ。彼女たちがおこなっている行為は完全に常識を外れている。

「早ければ来年、黒松は警視総監になる。その就任式を狙う予定だった。彼を狙撃して、敢えて外す。私は現行犯逮捕され、すべてを話す。同時にマスコミに向けた文書も送る。実は彼には二年ほど前に資産運用の話を持ちかけてあるの。案の定、彼は乗ってきた。毎月のように彼の口座には三十万円近い金額が振り込まれている。ダークラムという会社からね」

美雲は驚く。さすがにそこまでは考えていなかった。つまり黒松副総監もタイの振り込め詐欺に関与している。そう思わせようという魂胆なのだ。もしかすると黒松副総監を首謀者に祭り上げるつもりなのかもしれない。この女性ならそのくらいのことは、いや、三雲玲ならそこまで計算しても不思議はなかった。

「黒松は終わりだし、警察の威信も地に墜ちる。あなたたちが頑張ってくれたお陰で前倒しするしかなさそうね。まあ現時点でも黒松を道連れにすることくらいはできるでしょうね」

まるで他人事のように美也子が言った。自分がどうなってしまうのか、そんなことはまったく気にしている様子はなかった。とにかく黒松に対して復讐を遂げる。それが彼女の最優先事項であり、それ以外のことなど些末なことなのかもしれない。

「教えてください」美雲は美也子に向かって言った。「三雲玲はどこにいるんですか？　彼女の居場所を教えてください。彼女を野放しにするわけにはいきません」

和馬と視線が合った。和馬も大きくうなずいた。三年前、三雲玲には煮え湯を飲まされた。そのとき和馬と誓ったのだ。いつか二人で三雲玲を逮捕しようと。あの日のことは昨日の出来事のようにまざまざと思い浮かべることができる。

「さあね。もう何年も会ってないから」

やはり口を割ることはないか。それに三雲玲も慎重を期しているはず。そう簡単に自分の居場所を仲間に洩らすことはないだろう。

美雲は上着のポケットに手を入れて、中からスマートフォンを出した。それを美也子に見せながら言う。

「これまでの会話はすべて録音させていただきました」

「油断も隙もあったもんじゃないわね、北条美雲。あの人の言ってた通りの女ね」

「やっぱり三雲玲と会ってるんですね。居場所を教えてください」

「メールでやりとりしてるだけよ。でもあの人の勘は恐ろしいわね。こうなることを予期しているようだった。だから最後の悪あがきっていうのかしら。ちょっと仕込みをさせてもらったわ。これから面白いことが起こるかもしれないわよ」

そう言って美也子はちらりと和馬の方を見た。その視線に気づいたのか、和馬は彼女に詰め寄った。

「教えてください。何を仕込んだんですか。あなた、まさか、俺の家族に……」

和馬は美也子の襟首を持ち、強引に立ち上がらせる。美雲は二人の間に割って入ろうとしたが無理だった。

「おい、答えろ。何とか言ったらどうなんだっ」

美也子は答えない。うっすらと笑みを浮かべているだけだ。やがて彼女は声に出して笑い始めた。みずからの破滅を悦んでいるようでもある。

和馬は彼女の腕を持ち、壁際まで引き摺っていった。それから手錠を出して美也子の手首にかけてから、もう片方を壁の柱の金具にかけた。

「北条さん、ここはよろしく頼む」

「先輩……」

和馬は会議室から飛び出していく。木場美也子のけたたましい笑い声が響き渡っていた。

※

「いやあ、本当に申し訳ない。許してくれ、杏ちゃん」

そう言って桜庭典和が頭を下げている。華も杏に向かって言った。

「杏。ジイジもこう言ってるんだから許してあげなさい。いつまでもへそを曲げててもしょうがないでしょ」

「おへそ、曲がってないもん」

「そういうことを言ってるんじゃないの」

さきほどムカデ競走があった。家族参加の競技であるため、桜庭家のご夫妻が参加したまではよかったのだが、ゴール寸前で転んでしまったのだ。転んだきっかけは典和であり、原因はワインの飲み過ぎだった。酒気帯び運転ならぬ酒気帯びムカデだ。典和が転んだせいで杏たちのクラスは二位という結果になってしまった。それで杏のご機嫌が斜めになってしまったというわけだ。

「ワインを勧めたのはお父さんなんだから、お父さんにも責任があるんじゃないの」

華がそう言っても尊はどこ吹く風だ。レジャーシートの上で寝そべって言う。

「わからない女だな。あれは葡萄ジュースだと言ってるだろうが。お、なかなか壮観な眺めだな」

　グラウンドでは六年生による組体操がおこなわれている。ここ最近の流れなのか、組体操とダンスが融合したような感じだった。今は全員がポンポンを持って踊っていた。これが終わったら低学年から順番にクラス対抗リレーが始まる。クラス対抗リレーが最終競技であり、それが終わったら閉会式だ。

「杏、走る前に靴紐をしっかり結びなさいよ」

「あれ？　ママどっか行くの？」

「ママはお手伝いに行かないといけないの。じゃあね」

　華は集計係を任されている。クラス対抗リレーが始まる前に本部に集合するように事前に言われていた。

「すみません、遅くなりました」

　本部の一角では集計係が集まっていた。あの大和田という男と、もう一人は女性だった。二人ともテーブルの上で計算機片手にプリントを見ていた。午後におこなわれた競技の集計をしているようだ。

「三雲さん、この集計をお願いします」

　大和田がプリントと計算機を渡してくる。ムカデ競走の集計表らしい。一位が四点で、最下位の四位が一点だ。各組の点数を書き出し、それを最後に集計するというものだ。

「これ、学校側から支給されたものだから」

そう言って大和田がペットボトルの緑茶を手渡してくる。この男に車の中で襲われたのは一昨日の夜のことだ。まるで何事もなかったように接してくるのが、この男の性格を物語っているように思えてならなかった。まあ今ここで一昨日のことを持ち出されても困るのだけれど。

「念のために交換して確認しましょう」

三人で集計表を交換し、また計算する。ペットボトルの緑茶を飲みながら華は集計を続けた。すでに一年生のクラス対抗リレーが始まっていて、応援席から歓声が上がっている。

計算機が突然動かなくなってしまう。ソーラー電池式なので電池切れということはない。故障だろうか。スマートフォンの計算機アプリを使えばいいと思っていたが、生憎スマートフォンは応援席に置きっぱなしだ。それを大和田に伝えたところ、彼が言った。

「スマホのアプリは使いにくいんじゃないかな。私が計算機をとってきますよ」

「いえ、私が行きます。どこに行けばいいんですか」

「一階の会議室です。職員室の隣ね。あそこが備品置き場になっているから」

「わかりました。行ってきます」

華は本部のあるテントから出た。グラウンドを見ると小学校一年生の子たちが走っている。転んでしまったようで、体操着が砂まみれになってしまい、泣きながら走っている子がいた。可哀想だと思う半面、可愛くて微笑ましい。

靴を脱ぎ、来客用のスリッパを履く。校舎の中は校庭の賑やかさとは別世界のように静かだった。廊下を歩きながら華は異変を感じていた。どこか地に足がついていないというか、浮遊感のようなものを感じるのだ。

職員室の前を通り過ぎる。体調の異変は顕著になった。もはや歩くことさえ困難になり、華は立ち止まって壁に手をついた。

「三雲さん、大丈夫ですか?」

後ろから声をかけられる。朦朧《もうろう》とした意識の中で振り返ると、廊下の向こうから大和田が歩いてくるのが見えた。華の脳裏によぎったのは彼から受けとったペットボトルだった。まさか、あの緑茶の中に——。

「顔色が悪いようですね。ここじゃあれですので、どこかで横になった方がいい。できればあまり人が近寄ってこない場所がいいでしょうね」

そう言って大和田が肩に手を回してくる。振り払いたかったが、どうすることもできなかった。立っていることも難しい。華の意識はそこで途絶えた。

※

「運転手さん、このあたりでいいです」

和馬はそう言ってタクシーを停めてもらった。代金を払ってタクシーから降りる。杏が通う小学校の前だ。敷地の外にまで保護者たちの歓声が聞こえてくる。

正門まで回らず、一番近い出入り口から中に入った。そこは校庭で、グラウンドではクラス対抗リレーがおこなわれている様子だった。走っている子の体型から低学年であることがわかる。

保護者の席は学年ごとに分かれていることは知っていた。今、一番熱心に応援している保護者は一番南側の区画にいる人たちだった。ということは今走っているのは一年生ということになる。あの隣のエリアが二年生の保護者席か。

和馬はそちらに向かって足を進めた。うちの家族はどこにいるだろうか。そう思って周りを見回していると、突然声をかけられた。

「和馬君、こっちだ」

三雲尊だった。レジャーシートの上に座っている。その隣には父の桜庭典和の姿も見える。母の美佐子は折り畳み式の小さな椅子に座っていた。

「和馬君、遅かったな」

尊と典和はすっかり酔っ払っているようだ。二人とも顔がかなり赤く、呂律（ろれつ）も怪しかった。尊が笑って言う。

「和馬君、君のお父さんは本当に賭け事に弱いな。このままだと尻の毛までむしりとってしまうぞ」

「三雲さん、ご心配なく」と典和が口を挟んでくる。「クラス対抗リレーで勝負です。本来なら祖父として杏ちゃんのいる一組を応援したいところですが、この桜庭典和、涙を飲んで四組に賭けたいと思ってるんですよ」

「これは桜庭さん、勝負に出ましたな」

しょうがない人たちだ。和馬は溜め息をつく。二人を無視して美佐子に訊いた。

「母さん、華はどこに？」

「さあ。さっきまで一緒にいたんだけどねえ」

美佐子も知らないようで、首を捻っている。いったい華はどこに行ったのか。華のバッグが置いてあるのが見えたので、中を覗いてみるとスマートフォンが入っていた。和馬からの着信が残っている。ここに来るタクシーの車内で何度かかけたのだ。スマートフォンを置いていくということは、トイレにでも行っている可能性もある。

何かを仕込んだ。木場美也子はそんなことを言っていた。そうか、と和馬は気づく。てっきり華に危険が迫っているものだと思い込んでいたが、杏である可能性もあるのだ。和馬は慌てて美佐子に言う。

「母さん、杏はどこだ？　杏は無事なんだろうね」

「和馬、落ち着きなさい。杏ちゃんならあそこにいるじゃないの」

美佐子はグラウンドの真ん中あたりを指さした。次に走る予定の二年生がクラスごとに並んでいる。たしかに杏の姿もあった。和馬の存在に気づいたらしく、杏がこちらに向かって手を振っていたので、和馬は笑顔をとり繕って手を振った。

「お嬢さん、よく来たな」

尊が嬉しそうな声を上げた。顔を向けると北条美雲がこちらに向かって歩いてきた。美雲は和馬に向かって言った。

「先輩、すみません。気になったので来てしまいました」

「いいけど、あっちは大丈夫なのか？」

「ええ。先輩の同僚の方がいたので、お願いしてきました。逃亡を図ることはないと思います。それより先輩、状況は？」

木場美也子の真の目的は息子の死の真相を暴くことにある。そういう意味では逃亡を図る危険性はないというわけだ。和馬は言った。

「杏は無事だ。華の行方がわからない」

「そうですか……」

美雲はそう言って不安そうな顔つきでグラウンドの方に目をやった。

「お嬢さん、座ったらどうだ？」

「そうだぞ、美雲ちゃん。まあ座りなさい」

尊と典和は嬉しそうだった。なぜかこの二人は北条美雲を気に入っている。父の典和にとっては同じ警察官の後輩でもあり、北条宗太郎の娘という逸材を気に入るのは理解できる。しかし三雲尊に至っては謎だった。しかし彼は美雲のことを大層気に入っていて、息子の渉との結婚を許可するほどだった。年配の男を虜にする魅力が彼女には備わっているのかもしれない。

「おじ様方、申し訳ありません。今日はちょっと」そう言って美雲が和馬に体を寄せてきた。「先輩、二人で手分けして探した方がいいかもしれませんね」

「そうだな。そうしよう。俺は校庭を中心に見回るから、君は……」

「あれ、和馬君じゃないの。遅かったわね」

三雲悦子だ。日傘をさした悦子がこちらに向かって歩いてくる。その姿はいつ見ても若々しく、孫の応援というより、子供の応援に来ている美人ママといった感じだった。どこで調達してきたものか知らないが、アイスクリームを手にしている。

「お義母さん、華がどこに行ったかご存じありませんか？」

「華だったら何とか係の仕事で本部に行くって言ってたわよ」

そうか。和馬は思い出した。数日前の朝食のとき、華がそんなことを言っていた。怪我をしてしまった中原亜希の代わりに係のようなものを任されることになったと。たしか集計係ではなかったか。

「おい、和馬。一年生のリレーが終わったぞ。こっちへ来て杏ちゃんを……」

典和の声を無視して、和馬は本部に向かって走り出した。本部になっているのは白いテントで、そこには校長や教頭などの年配の教師たちが座っている。表彰状に名前を書いている人もいた。

「すみません、ちょっといいですか」一人の女性を呼び止める。首にぶら下げた名札からして教師であることがわかる。「集計係の方々はどちらにいるんでしょうか？」

その教師が教えてくれた場所には一人の女性が座っていた。パイプ椅子に座った女性はペンを手にしている。彼女の前には計算機が置かれていた。彼女のもとに向かって和馬は言った。

「すみません、私は集計係をやってる三雲華の夫なんですが、家内はどこにいますか？」

「計算機の調子が悪くて、それをとりに行くって言って出ていきましたよ。なかなか戻ってこないので心配してたんですよ」

職員室の隣の会議室に行ったらしい。女性に礼を言ってテントから出た。美雲と一緒に校舎に向かって早足で歩き出すと、アナウンスの声が聞こえてきた。一年生のクラス対抗リレーが終わり、これから二年生の部が始まるという説明だった。

和馬は歩く速度を上げた。杏のことを応援してあげたいが、今は華の安否を確認するのが先決だ。

※

すでに二年生のクラス対抗リレーは始まっている。杏は周りのクラスメイトと一緒に声援を送っていた。今、杏たち一組は二位を走っている。一位は予想通り二組だ。すでに半分ほどの児童が走り終えていて、一位争いは一組と二組に絞られていた。

杏は応援席を見た。さきほどようやくパパが到着したようだった。さっきまでいたパパの姿が見えなかった。どこに行ってしまったのだろう。せっかくパパにいいところを見せてあげようと思ったのに。

「杏ちゃん、どうしたの？」

いち夏に言われた。彼女はもう走り終わっている。

「うん。ちょっとね」

「杏ちゃん、お父さんを探してるんでしょ。杏ちゃんのパパ、かっこいいもんね。本物の刑事なんだよね」

レースはどんどん進んでいく。次の次が杏の番となった。アンカーを走る女子は杏だけで、ほかの三クラスは全員が男子だ。しかも運動が得意な男子が揃っている。

「杏ちゃん、頑張って」

「任せたぞ、杏ちゃん」

クラスメイトの声援を受け、杏はスタートラインにつく。二組との差は十メートルくらいだ。追いつくのは難しい距離だが、諦めるわけにはいかなかった。

杏ちゃん、競走馬っていうのはな、先行逃げ切り型と追い込み型。大きく分けてこの二つに分類されるんだ。

ジジの言葉が耳元に蘇る。あれは去年だったか、ママたちに内緒で東京競馬場に連れていってもらったことがあった。ジジはどうやらかなりの顔らしく、ガラス張りの高い場所から競馬を見た。たしかにジジの言う通り、最終コーナーでは一番後ろの方にいたのに、最後の直線でほかの馬たちを一気に追い抜いていく馬がいた。見ていて爽快だった。

杏ちゃん、憶えておくんだ。たとえどんな逆境にあろうがな、諦めちゃいけないんだ。そして最後の最後にすべての力を出し切って、ゴール寸前で先頭に立つ。こんなに気持ちいいことはほかにない。それが俺たち三雲家のやり方だ。

「さすがにこんな差があったら、逆転なんてできないだろ」

隣に大和田隼人がやってきた。速い方から内側でバトンを受けることが決まっている。大和田は杏の内側に入って続けた。

「そもそもタイムからして俺の方が速いからな。まあせいぜい頑張ることだな」

杏は答えなかった。集中する。すべての力を出し切るためには集中しなければならないのだ。あの東京競馬場で見た競走馬のように。

「お先に」

そう言ってバトンを受けとった隼人が走り出す。「健政君、頑張れ」と杏は声を上げた。健政が必死の表情で走ってくるのが見えた。その数秒後、杏は彼からバトンを受けとった。健政が何やら言っていたが、その言葉は耳に入ってこなかった。不思議なことに杏の周囲はやけに静まり返っていた。スローモーションを見ているようだった。

カッ、カッ、カッ。

自分の靴が地面を蹴り上げる音がやけに大きく聞こえてくる。先頭を走る隼人の背中がどんどん近づいてきた。

カッ、カッ、カッ。

さらに加速する。隼人に並んだ。

隼人がこちらを見て、目を大きく見開いた。必死になって隼人も速度を上げようとするが、杏のスピードには及ばない。一気に突き放そうとした、そのときだった。

不意に腰のあたりに衝撃を感じ、杏はよろめいた。隼人が体を寄せてきたのだった。そのままもつれるように前のめりに倒れ込んだ。

急に周囲の雑音が聞こえてくる。応援する保護者の声。鳴り響いている音楽。「杏ちゃん」と不安そうに呼ぶクラスメイトの声。

先に立ち上がったのは隼人だった。しかしすでに三番手、四番手のクラスに杏たちは追い抜かれてしまっている。隼人が走り出すのが見え、杏は立ち上がろうとした。そのときになり、ようやく怪我をしていることに気づいた。右膝をすりむいてしまったらしく、血が滲んでいる。急にじんじんと痛み出した。

それでも立ち上がり、杏は何とか走り出す。すでに杏たち一組以外のクラスはゴールをしていた。杏がゴールテープに向かって走っていくと、会場内が温かい拍手に包まれた。あの子、転んだのに最後まで走って偉いね。そういうことを言われているような気がして、杏はたまらなく恥ずかしくなる。

下を向いたままゴールテープを切った。クラスメイトが近寄ってきて、慰めの言葉をかけてくれる。救護の先生がやってきて、杏の右膝の状態を確認する。そして背中を押されるようにして本部のテントに向かって歩き出した。

杏は自分が右手に何かを握り締めていることに気がついた。手を広げると、そこには一本のミサンガがあった。いち夏が隼人に奪われたミサンガだ。転倒したときだ。あのときに彼の手首から盗ってしまっていたのだ。

「三雲さん、すぐに消毒しますからね。我慢してね」

救護の先生がそう声をかけてくる。痛みなどない。ただただ負けてしまったことが悔しいだけだ。

杏はミサンガをズボンのポケットにそっと忍ばせた。

※

「北条さん、そっちはどう？」

「いません。先輩の方は？」

「こっちも見当たらない。いったい華はどこにいるんだよ」

和馬はそう言って舌打ちをする。職員室の隣の会議室に華の姿は見当たらず、美雲と手分けをして校舎内を探すことにした。校舎の二階より上は教室であり、いるとしたら一階だろうと予測し、職員室や校長室、保健室などを片っ端から捜索しているのだ。しかしまだ華は見つかっていない。

「先輩、戻ってみましょうか。もしかすると本部に戻ってきている可能性もゼロじゃありませんから」

「そうしようか……」

美雲と肩を並べて歩き出す。美雲が気落ちした声で言った。

「先輩、すみません。私、警視庁に残って木場班長を問い詰めるべきだったかもしれません」

「いや、あの人はそう簡単に口を割るような人じゃないよ」

標的は華で間違いない。こうしている間にも華に危険が及ぼうとしている。そう考えただけで居ても立ってもいられなくなってくる。やはり校舎内を捜索した方がいいのではないか。そう思って立ち止まったとき、人影が目に入った。

下駄箱の前だ。一人の男性が立っている。大きなリュックサックを背負った男性の顔には見憶えがある。義兄の渉だ。

「わ、渉さん……」

そう言って隣にいる美雲が立ち止まった。別れた二人の仲が今はどうなっているのか、和馬は知らない。しかし彼女の様子を見る限り、これが予期せぬ再会であることだけは伝わってきた。

「和馬君、お父さんから言われたんだ。助けになってやるようにって」

「そうですか。ありがとうございます」

礼を言ってみたはいいものの、渉が助けになってくれるとは思えなかった。渉が美雲に向かってペコリと頭を下げた。

「あ、お久し振りです」

「どうもこちらこそ」

何とも他人行儀なやりとりだ。しかし今はそんなことを気にしている暇はないし、突っ込んでいる余裕もない。華を探すのが先決だ。

「渉さん、華に危険が迫っているんです。一緒に華を探してください」

「うん、いいよ」

「あのう」と美雲が前に出た。渉に向かって言う。「渉さん、それって何ですか？背中に背負ってる重そうなものです」

「これはドローン。杏ちゃんの撮影をお父さんから頼まれたんだけど、急降下したら怒られちゃったんだよ。僕的にはかなりいい絵が撮れたと思ったんだけどね」

「撮影するっていうことは、ドローンにカメラが搭載されているわけですよね」

「うん、そうだよ。パソコンに映せるようになってる」

「すぐに動かしてください。お願いします」そう言ってから美雲は和馬を見て言った。「華さんは校舎の敷地内にいる。そう仮定するなら、このドローンが役立つはずです。すべての教室を見回っていたら時間が足りません。このドローンで怪しい教室を特定できるんじゃないですか」

「そういうことか」

「私は念のために本部に戻って様子を見てきます。渉さん、お願いします」

そう言って美雲は靴を履いて外に飛び出していく。校舎から出たところで美雲は「きゃっ」と声を上げて転んだが、それにもめげずにまた走り出した。

渉はすでにドローンを組み立てていた。ずんぐりとしたヘリコプターのような形体をしており、軽量化を図るためか部品の多くがパイプ状のプラスチックだった。プロペラは四つもついている。

「市販のやつも試してみたんだけど、どうも安定性が低くてね。これはイスラエルから輸入した軍事用のドローンを僕なりに改造してみたんだよ」

「そ、そうなんですね」

操作はタブレット端末でできるらしい。低い振動音とともにプロペラが回り始め、やがてドローンがふわりと浮いた。そのままの状態をキープしつつ、渉はノートＰＣを開いた。そこに映っている映像がドローンに搭載されたカメラからのものだという。

和馬は校舎を見上げた。こちら側は廊下になっているようで窓が少ない。和馬は渉に向かって言った。

「裏側に回り込むことは可能ですか?」

「任せて」

ドローンが上昇していく。屋上まで到達したドローンは、そのまま校舎の向こう側に消えていった。クラス対抗リレーが続いているようで、校庭の方から歓声が聞こえてくる。和馬はノートPCを膝の上に置き、画面に視線を落とした。ブレていた映像が徐々に安定してきた。

教室の窓ガラスが見える。全校生徒が校庭にいるため、すべての教室が無人であることが遠目にもわかった。

「渉さん、もう少し校舎に近づいてください」

「了解」

気になる教室があった。三階の一番東側の部屋だ。ほかの教室はカーテンなど閉められていないのだが、その教室だけカーテンが閉まっているのだ。渉に指示を出してその教室に接近してもらう。カーテンの隙間から何か見えるかと思って期待したが、そこまで上手く事は運ばなかった。

「渉さん、怪しい人影が見えたら教えてください。ちょっと気になる教室があるので様子を見てきます」

「わかったよ、和馬君」

ノートＰＣを渉に渡し、和馬は廊下を走り出した。

※

「……大丈夫だ。今は眠ってるからな。なかなかの上玉だ」

華は目が覚めた。頭が重い。ここはどこだろうかと見回した。学校の教室のようだ。椅子に座らされている。背もたれごとロープが巻かれていた。動くに動けない状態だ。

「……薬の仕入れ先？　知らんよ、それは。青山の会員制のバーでいきなり渡されたんだ。媚薬と睡眠薬が一緒になったような薬らしい。よかったらお前に分けてあげてもいいぞ。女の方もな」

室内は暗かった。カーテンが閉められている。その狭い室内から普通の教室ではないことがわかった。ただし教室特有の匂いというか、図書館のような匂いがした。

「……そういうわけだ。また連絡する」

教室の外で聞こえていた男の声が途絶え、しばらくして教室のドアが開いた。一瞬だけ光が射し込んできて、同時にはるか遠くの方から歓声が聞こえてきた。運動会はまだ続いているのだ。

男が中に入ってくる。大和田だった。さきほど一階の廊下で声をかけられたのだ。この男から渡されたペットボトルの緑茶に薬物が混ぜられていたと考えて間違いない。でなければあんな風に意識が遠のいたりしないだろう。

「どうして、こんな真似を……」

華は声を絞り出す。薬のせいか、やや声が出しにくい気がした。大和田が笑って言った。

「あんたのことが気に入ったからに決まってるだろ。俺はあんたみたいな女がタイプなんだよ。少々強引に事を運ぶのが俺のやり方だ。わかってくれ」

「わかるわけないじゃない」

華はそう言って体を揺する。三雲家には縄抜けという古来の技法がある。戦国時代に忍者によって編み出された技法だと言われている。この程度の縄なら抜け出せるはずだが、今日に限っては体が言うことをきかない。薬のせいだろうか。

「気分はどうだ？　興奮してきたんじゃないか？」

「興奮なんて、するわけないじゃない」

「おかしいな。興奮剤の成分も入っていると聞いてたんだが」

さして気にも留めずに、大和田がこちらに向かって歩いてきた。机を引き摺るようにして華の近くまで持ってきて、その上にスマートフォンを置いた。こちらにレンズが向くように位置を調整していた。

「撮らせてもらうぞ。俺の撮った動画、なかなか評判がいいんだ。マニアの間では高値で取引されるくらいだ」

最低の男だ。これまでにも何人もの女性が犠牲になってきたということか。華は必死になって体を揺するが、縄から抜けることはおろか、縄が緩まることもなかった。体に力が入らない。このままでは――。

「助けてっ。誰か、助けてっ」

大声で叫んだ。しかし大和田は唇を歪めて笑った。

「もっと叫べ」

「誰か、誰かいませんかっ」

「無駄だよ」と大和田が言った。「ここは校舎の三階だ。今はまだ運動会の最中で、しかもクライマックスのリレーだ。校舎の中には誰もいないし、いたとしてもグラウンドの歓声が邪魔をしてあんたの声が届くことはないからな」

近づいてきた大和田が華の腰のあたりに手を伸ばしてくる。今日はデニムのハーフパンツを穿いていた。大和田の指がハーフパンツの中に入ってくる。そのときだった。

突然、ドアが開いた。誰か助けにきてくれたのか。そう思って華はドアの方に目を向けたのだが、立っていたのは意外な人物だった。放課後児童クラブ〈なかよし〉の増田秋絵先生だった。どうして彼女がここにいるのか？　そんな疑問が頭をかすめたが、すぐに華は考え直した。秋絵に向かって言う。

「先生、誰か助けを、助けを呼んでくださいっ」

秋絵では男性に立ち向かうのは不可能なので、ほかに助けを呼んできてほしいと思った。しかし華の思惑に気づかない様子のまま、秋絵が教室の中に入ってくる。いつもと同じく穏やかな笑みを浮かべている。数年前に定年退職となり、それ以来、学童の先生をやるようになったと聞いている。あまり子供を叱らず、温かい目で見守っている優しい先生だ。怒っているところなど見たことがない。

「誰だ？　勝手に入ってくるな」

大和田がそう言っても秋絵は立ち止まることなく、教室の中ほどまで歩いてくる。大和田が何やら武器のようなものを出し、それを秋絵に向けて言った。

「邪魔しやがって。ただで済むと思うなよ」

大和田の手元で火花が散った。スタンガンだ。華が抵抗した場合に備え、用意していたものなのだろう。侵入者の素性を確かめることなく、武器を向ける。すでに大和田の精神は異常をきたしているのかもしれない。しかしそれ以上に驚かされたのは秋絵の反応だった。スタンガンを見ても彼女は表情一つ変えることはなかった。微笑みを浮かべたまま、大和田の顔を見上げている。

「ババア、いい加減にしないと——」

そう言いながら大和田は手を伸ばした。次の瞬間、信じられないものを見た。大和田が床に叩きつけられたのである。合気道の技のようだが、華はそれを見て息を呑んだ。

背中から床に叩きつけられ、その痛みに大和田は顔をしかめていた。さらに秋絵は大和田の首筋に手刀を叩き込んだ。その一発が効いたのか、大和田は完全に動かなくなる。六十歳を過ぎた女性の動きではなかった。しかもこの動き、私も知っている。祖父の巌の護身術に通じるものがあるのだった。

「まさか、あなた……」

秋絵はこちらを見て、低い声で言った。

「久し振りね、華」

「あなたは、三雲……玲」

三雲玲。父の尊の姉に当たり、犯罪者としての素質は子供の頃から群を抜いていたと言われている。華にとっては伯母に当たる存在の人だ。警官殺しの罪で長年服役していたようだが、四年前に仮釈放となり、そのまま行方をくらまして現在に至っている。

「ど、どうして……あなたが……」

まだすべてを理解できたわけではない。むしろ混乱の極みにあった。杏が通う学童の先生が三雲玲だった。そんな偶然があるわけない。もしかして最初から、彼女は――。

「興味があったのよ、あなたの娘にね」秋絵は――三雲玲は華の胸中を察したように言った。「Lの一族の娘と、警察一家の長男との間に生まれた子供。その子がどういう人生を辿るのか。これほど興味深いことはそうそうあるもんじゃないからね」

たったそれだけの理由で、この女性は学童の先生になりすましていたということか。しかしである。そんなことを露とも知らず、毎日娘を預けていたと思うと怖くて仕方がない。一応血の繋がった親戚とはいえ、彼女は殺人にも手を染めた犯罪者なのだ。

「これ以上――これ以上、私たちに関わらないでください。私たちは普通に暮らしていきたいだけなんです」

三雲玲は答えない。なぜ彼女がこれほどまでに私や杏に執着するのか、それはわからない。彼女は無期懲役の刑を言い渡され、三十年近く服役していたと聞いている。気の遠くなるような長い年月だ。彼女が手に入れることができなかった生活。失ってしまった人生の一部を、姪である私の人生に見出そうとしているのかもしれない。そんな気がしてならなかった。

「あら、お客さんが来たようね」

廊下を走ってくる足音が聞こえ、やがてドアが開いた。

「華っ」

そう言いながら駆け込んできたのは和馬だった。

「和君っ」

「華、大丈夫か」

そう声をかけながら、和馬は教室の内部に目を走らせていた。倒れている大和田。椅子に縛りつけられている妻と、その目の前にいる学童の先生。和馬も増田秋絵とは何度か顔を合わせたことはあるはずだが、何かしら不穏な空気を感じとったようだった。足元に転がっているスタンガンを見てから、和馬はこちらに向かって歩いてくる。

最初に仕掛けたのは三雲玲だった。彼女が突き出した拳を和馬はかわし、そのまま腕を摑んで関節を極めようとした。が、玲は軽やかにそれから抜け出し、今度は蹴りを放つ。玲の爪先は和馬の頬をかすめた。

互角の攻防が続いたが、優位に立ったのは和馬の方だった。最初は女性が相手ということもあり、遠慮があったのかもしれない。しかし手加減無用と判断したのか、腰の警棒を抜いたのだ。和馬は剣道の有段者であり、警棒の扱いにも長けているようだった。玲が弱いというわけではない。夫がこれほどまでに強いことを華は初めて知った。

「観念しろ」

和馬は窓際まで彼女を追いつめていた。三雲玲――見た目は増田秋絵そのものなのだが、肩で息をしているのがわかった。和馬は警棒を持ち直し、一歩前に出た。すると玲はいきなり身を翻し、窓を開けて外に向かって飛んだ。一瞬の出来事だった。

和馬が慌てて手を伸ばしたが、彼女の姿は窓の向こうに消えていた。華は椅子に拘束されているため、玲がどうなったのか、その場では窺い知ることができなかった。

やがて和馬がこちらに戻ってくる。彼は首を横に振りながら言った。

「下の階の窓に飛び移ったらしい。華、あの女性はもしや……」

その名前を口にするのも憚られた。華がうなずくと、和馬も察したようだった。和馬は険しい顔をして、床の一点に視線を落としていた。

呻き声が聞こえる。床に転がっている大和田が意識をとり戻した様子だった。和馬はすかさず彼のもとに向かい、腕をとって拘束した。

教室のドアが開いた。そこに立っていたのは北条美雲だった。中に入ってきた彼女は真っ直ぐ駆け寄ってくると思いきや、盛大に転んでしまう。それでも彼女は何とか華の前までやってきた。

「華さん、大丈夫。大丈夫ですか？」

「うん、大丈夫。美雲ちゃんこそ大丈夫？」

「私ならご心配なく」

美雲が華の背後に回り、ロープを解いてくれた。ようやく自由になり、華は大きく息を吐いた。

※

「ではこれより署に連行いたします。また何かあったら事情を伺うこともあると思うので、そのときはよろしくお願いします」

「こちらこそよろしく」

和馬は校舎の前にいた。二人の警察官によって大和田という男が連行されていく。

華を助けたのは、彼女の伯母である元服役囚、三雲玲だったという。外見は増田秋絵という学童の先生だったが、その身のこなしは六十を過ぎた元教師のものとは到底思えなかった。

大和田の供述次第ではあるが、こちらの方でも補足の事情聴取に応じるつもりだった。少なくとも三雲玲の存在だけは何とか隠し通さなければならない。華たちの正体を隠し通すためにも。

再び校舎内に戻る。さきほどクラス対抗リレーが終わり、これから閉会式が始まるところのようだった。

誰もいない廊下を歩き、保健室の中に入った。さきほど救護の先生に華を診察してもらったところ、特に異常は見受けられないという話だった。しばらくここで安静にするようにと言われていた。

奥に置かれたベッドに華が横たわっている。その近くの椅子に美雲が座っていた。美雲にも華を結果的に助けたのは三雲玲であると伝えた。おそらく大和田を焚きつけたのは木場美也子であろう。そして大和田の魔の手から華を救ったのが、美也子の背後にいる三雲玲。いったいどうなっているのかわからないが、少なくとも今日の危機を脱したことだけはたしかだった。

和馬が入ってきたことに気づき、華が起き上がろうとしたので、和馬はそれを制した。

「華、起きなくていい」

「でも、運動会が……」

「今から閉会式が始まるみたいだ。それが終わるまで休んでいよう」

　華を襲ったのは大和田という男で、杏と同じ二年生の児童の保護者であり、あろうことかPTA会長をしている男のようだった。華が言うには一昨日のミーティングの際にも車に乗せられ、襲われそうになったという。この手の犯行の常習犯である可能性も考えられるため、そのあたりの余罪について重点的に調べるように向島署の警察官に伝えてある。

「北条さん、君もありがとね。助かったよ」

「どういたしまして」

　彼女が渉の持つドローンに気がついてくれたお陰だった。あれがなければ華の居場所を見つけ出すことはもっと遅れていたはずだ。華がいたのは校舎の三階にある理科準備室という部屋だった。

　物音が聞こえた。ドアの向こうに人影が見える。そららに向かってドアを開けると、廊下には渉が立っている。

「渉さん、ありがとうございました。華は無事ですよ」

「あ、そうなんだ。それはよかった」

涉は目を合わせようとしない。どこか様子がおかしかった。保健室の中に目を向けると、美雲がそわそわとこちらを気にしているのがわかった。なるほど、そういうことか。

「涉さん、よかったら中に入ってくださいよ」

「いや、僕は……」

「いいからいいから」

彼の肩に手を回し、保健室の中に彼を招き入れる。涉が美雲のことを気にしていることも明らかだったし、美雲も美雲で涉の様子を窺っているのがはっきりと伝わってくる。お互い何か胸に秘めたものがあるのかもしれない。そう思ったのだ。

涉と美雲の間には二メートルほどの距離が開いている。二人ともあらぬ方向に目を向けていて、言葉を交わそうとしなかった。華もベッドの上で二人の存在に気づいているらしく、わざと寝たふりをして様子を探っているようだった。

和馬は涉の肩を指で突いた。自分から話しかけろ。そう伝えたつもりだった。和馬の気持ちを理解したのか、涉が一歩だけ美雲に向かって距離を詰めて言った。

「こんにちは」

「……こんにちは」

「い、いい天気だね」

「……そうですね」

どうでもいいやりとりが続くのを見て、和馬はもう一度渉の肩を指で突いた。渉がそれに反応し、もう一歩だけ美雲に近づいた。そしておもむろに懐からスマートフォンを出した。しばらくそれを操作してから美雲の前に画面を差し出した。和馬も身を乗り出して画面を見る。

動画が再生されている。自撮りと言うのだろうか。渉自身がテーブルの椅子に座っている。彼の前には皿が置かれていて、そこには目玉焼きが載せられていた。卵二つ分の目玉焼きだ。

動画の中で渉はプラスチック容器をカメラに近づけた。市販されている醤油の容器だ。それを目玉焼きにかけ、渉は箸を使って目玉焼きを食べ始める。どうってことはない。渉が目玉焼きを食べているだけの動画だった。

美雲が息を呑む気配が伝わってきた。彼女は口に手を当てて、目を見開いて動画に見入っている。どうして彼女がこれほどまでに驚いているのか、まったく意味不明だった。渉の動画の再生が終わると、今度は美雲がスマートフォンを出した。「実は私もなんです」と言いながら動画を再生する。

同じような構図の動画だ。食べているものは渉と同じく目玉焼きだったが、ただ一つ異なっている点があった。美雲はソースをかけて食べているのである。違っているのはそこだけだ。

「えっ？　もしかして……」華の声が聞こえる。華もいつの間にかベッドから起き上がっていて、美雲のスマートフォンを見ている。華が言った。「二人が別れた原因って、これ？」

「ちょっと待ってくれ」と和馬は頭の中を整理した。「目玉焼きに何をかけて食べるか。二人が別れた原因はこれなのか？」

動画では渉は醤油を、美雲はソースをかけて目玉焼きを食べているのだが、本来はそれが嫌いだった。つまり今観た二つの動画は、二人が苦手だったものを克服した記録なのではないか。

「本当に何て言ったらいいか……」和馬は華と目を合わせた。華も呆れたように肩をすくめていた。和馬は正直な感想を口にする。「言葉は悪いけど……ごめん、阿呆らしいね」

「先輩、それはあんまりじゃないですか」

美雲が鋭い声で言ってくるが、和馬はそれを無視して続けた。

「だって北条さん、考えてもみろよ。たかが目玉焼きだぜ」

「たかが目玉焼き、されど目玉焼き、です」と美雲が格言のように言ってから、滔々と語り出した。「私は子供の頃から目玉焼きには醤油派でした。北条家ではそれが当然でした。朝食はハムエッグとご飯と味噌汁と納豆でした。でも渉さんはソース派だったんです。一生添い遂げると誓った相手が目玉焼きにソースをかけて食べている。最初にそれを見たとき、私は頭がクラクラしました。いや、実際に倒れかけました。先輩、大袈裟に言ってるんじゃないですよ」

しかも渉の朝食はご飯ではなく、焼いた食パンだった。それにマーガリンとイチゴジャムをたっぷり塗って食べるのだ。美雲にとっては信じられない組み合わせだったという。

「それが毎日続くんですよ。どうしてこの人は目玉焼きにソースなんてかけて食べているんだろう。毎朝私はそう思ってました。渉さんもそうだったみたいです」

一つのことが気になり始めると、ほかのことにも目が向いた。食生活の相違点だけではなく、日常生活におけるスタイルの違いも明確になった。

「そういうことが積み重なって、しばらく距離を置こうという結論に至ったんです」

美雲の言葉を継ぐように渉が言った。

「僕はこの数ヵ月、目玉焼きに醤油をかけて食べてるよ。意外に美味しいことに気がついた。今では醤油をかけた目玉焼きでご飯二杯は食べられるんだ」

「嬉しい。渉さん、やっぱりわかってくれたんですね。私もソースをかけた目玉焼きの美味しさに開眼したんです。それどころか最近ではケチャップでもいけちゃうくらいです」

「美雲ちゃん、君って子は……」

二人は見つめ合っている。完全に二人きりの世界に入ってしまっているようだ。

外から大きな歓声が聞こえてきた。白組か赤組、どちらが優勝したか発表されたらしい。結局杏が走っているのを応援できなかったが、理由を話せばきっと許してくれるはずだ。

華がやれやれといった表情でこちらを見ているのに気づいたので、和馬もそれに応じるように首を振った。

※

その少年の背中は淋しげなものだった。グラウンドの隅を母親らしき女性と一緒にとぼとぼと歩いている。「ちょっとごめん」と周りの子たちに声をかけてから、杏はそちらに向かって走り出した。

近づいてきた杏の足音に気づいたらしく、少年——大和田隼人が足を止めた。隣にいるのはお母さんだろうか。かなりの美人だった。隼人のお母さんは元モデルだ。そんな話をどこかで耳に挟んだことがある。

今日は火曜日。授業も終わり、今は放課後だ。昨日の月曜日は運動会の翌日ということもあり休みだった。杏たち二年一組はクラス対抗リレーで最下位という成績に終わっていたが、属する白組は優勝していた。それでもリレーで勝てなかったのは悔しくて、杏は家に帰って少しだけ泣いた。涙の数だけ強くなれる。ジジがそう励ましてくれたのだが、実際にはその台詞は昔の流行歌の歌詞であるとママがこっそりと教えてくれた。まったくジジはいい加減な人だ。

隼人がお母さんに小声で何やら言った。お母さんは杏に向かって会釈をしてから、そのまま立ち去っていく。それを見送ってから隼人が言った。

「怪我、治ったのかよ」

隼人の視線は杏の右足に向けられていた。膝には絆創膏が貼られている。もう痛みはない。

「うん、大丈夫」

「そっか。ならいい」

隼人は転校するらしい。そのニュースを杏が知ったのは今朝学校に来てからだ。日曜日、運動会のときに隼人の父親がちょっとした騒ぎを起こしており、それが原因であるのは明らかだった。ママと隼人の父親が喧嘩をしたようなのだが、詳しいことはママもパパも教えてくれない。

「うちの両親、前から仲が悪くてな」訊いてもいないのに隼人が話し出す。「顔を合わせると喧嘩ばかりしてたんだよ。お父さんは一週間に一度帰ってくればいい方。で、今回の騒動だろ。お母さんが愛想を尽かしたってわけ。愛想を尽かしてって、わかる？」

「わかるよ。どうでもよくなっちゃったんだね」

「そう。どうでもよくなったの。うちのお母さん、長野《ながの》の軽井沢《かるいざわ》出身なんだけど、そっちの学校に俺を行かせたいみたいだから、急に転校することになったんだよ。これから通う学校、運動が盛んみたいだから、結構楽しみにしてるんだよ」

決して強がりを言っているようには見えなかった。いつもはもっとギスギスした感じなのだが、隼人はどこかすっきりした顔つきをしていた。その顔を見て杏は少し安心する。

杏はズボンのポケットに手を入れた。中から出したものを隼人に向かって差し出す。ミサンガだ。それを見た隼人が声を上げる。

「あれ？　お前、いつの間に盗ったんだよ」

日曜日のクラス対抗リレーのときだ。隼人と揉み合うように倒れた際、気がつくと彼からミサンガを奪っていた。もともと彼がいち夏からとり上げたものだ。

「盗ったっていうか、気がついたら手に持ってた。返すよ」

「いいって。柳田のやつだし、返しといてくれよ。それより……」隼人がそっぽを向いて言った。「悪かったな、三雲。どうしても負けたくなかったんだ、お前だけには。知らないうちに体が動いてた。本当にごめん」

「いいよ。どうせ白組が勝ったんだし」

隼人が振り向いた。正門の前で彼のお母さんが待っているのが見える。隼人がこちらを見て言った。

「あのさ、三雲。お前がつけてるやつ、記念にくれないか？」

杏はまだミサンガをつけたままだ。これをつけていると運動会の余韻に浸っていられるからだ。杏は少し汚れてしまっている自分のミサンガを外して、隼人に手渡した。

「元気でね」

「ありがとう。じゃあな、三雲」

そう言って隼人は走り出した。正門の前でお母さんと合流し、それから学校の敷地から出ていった。彼の姿が見えなくなるまで見送ってから、杏は再びクラスメイトのもとに戻った。さあ、今日もケイドロだ。

「杏ちゃん、隼人君、何だって？」

いち夏が訊いてきたので、杏は答えた。

「意外にいい奴だった。あれ？　私最初警察だっけ？」

「杏ちゃんは泥棒だよ。早く逃げて」

その言葉を聞き、杏は慌てて走り出す。警察役の子が数えている。最近では警察役が二人一組で泥棒を追いかけるのがトレンドになっている。そのため泥棒側が不利なのだが、その分逃げ甲斐があるというものだ。

走りながら杏は考えた。

人のものを盗んではいけません。そんなのは杏でも知っている。でもたまにはいいんじゃないか。ジジとババみたいにいい泥棒であるのなら。

杏は頭を振った。いや、やっぱり駄目だ。人のものを盗んだらいけないのだ。多分だけど。

本書は文庫書下ろし作品です。

|著者|横関 大　1975年、静岡県生まれ。武蔵大学人文学部卒業。2010年『再会』で第56回江戸川乱歩賞を受賞しデビュー。著作として、フジテレビ系連続ドラマ「ルパンの娘」原作の『ルパンの娘』『ルパンの帰還』『ホームズの娘』、TBS系連続ドラマ「キワドい２人」原作の『K2 池袋署刑事課　神崎・黒木』をはじめ、『グッバイ・ヒーロー』『チェインギャングは忘れない』『沈黙のエール』『スマイルメイカー』『炎上チャンピオン』（以上、講談社文庫）、『ピエロがいる街』『仮面の君に告ぐ』『誘拐屋のエチケット』『帰ってきたK2　池袋署刑事課　神崎・黒木』（以上、講談社）、『偽りのシスター』（幻冬舎文庫）、『マシュマロ・ナイン』（角川文庫）、『いのちの人形』（KADOKAWA）、『彼女たちの犯罪』『わんダフル・デイズ』（幻冬舎）、『アカツキのGメン』（双葉文庫）がある。

ルパンの星《ほし》
横関《よこぜき》 大《だい》

2020年９月15日第１刷発行
2021年９月29日第４刷発行

発行者――鈴木章一
発行所――株式会社　講談社
東京都文京区音羽2-12-21　〒112-8001
電話　出版（03）5395-3510
　　　販売（03）5395-5817
　　　業務（03）5395-3615

Printed in Japan

講談社文庫
定価はカバーに
表示してあります

KODANSHA

デザイン―菊地信義
本文データ制作―講談社デジタル製作
印刷―――豊国印刷株式会社
製本―――株式会社国宝社

ISBN978-4-06-520840-3

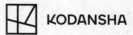

講談社文庫刊行の辞

二十一世紀の到来を目睫に望みながら、われわれはいま、人類史上かつて例を見ない巨大な転換期をむかえようとしている。

世界も、日本も、激動の予兆に対する期待とおののきを内に蔵して、未知の時代に歩み入ろうとしている。このときにあたり、創業の人野間清治の「ナショナル・エデュケイター」への志を現代に甦らせようと意図して、われわれはここに古今の文芸作品はいうまでもなく、ひろく人文・社会・自然の諸科学から東西の名著を網羅する、新しい綜合文庫の発刊を決意した。

激動の転換期はまた断絶の時代である。われわれは戦後二十五年間の出版文化のありかたへの深い反省をこめて、この断絶の時代にあえて人間的な持続を求めようとする。いたずらに浮薄な商業主義のあだ花を追い求めることなく、長期にわたって良書に生命をあたえようとつとめるところにしか、今後の出版文化の真の繁栄はあり得ないと信じるからである。

同時にわれわれはこの綜合文庫の刊行を通じて、人文・社会・自然の諸科学が、結局人間の学にほかならないことを立証しようと願っている。かつて知識とは、「汝自身を知る」ことにつきていた。現代社会の瑣末な情報の氾濫のなかから、力強い知識の源泉を掘り起し、技術文明のただなかに、生きた人間の姿を復活させること。それこそわれわれの切なる希求である。

われわれは権威に盲従せず、俗流に媚びることなく、渾然一体となって日本の「草の根」をかたちづくる若く新しい世代の人々に、心をこめてこの新しい綜合文庫をおくり届けたい。それは知識の泉であるとともに感受性のふるさとであり、もっとも有機的に組織され、社会に開かれた万人のための大学をめざしている。大方の支援と協力を衷心より切望してやまない。

一九七一年七月

野間省一

宮部みゆき　ぼんくら(上)(下)
宮部みゆき　新装版 日暮らし(上)(下)
宮部みゆき　おまえさん(上)(下)
宮部みゆき　小暮写眞館(上)(下)
宮部みゆき　ステップファザー・ステップ〈新装版〉
宮子あずさ　看護婦が見つめた人間が死ぬということ
宮子あずさ　看護婦が見つめた人間が病むということ
宮子あずさ　ナースコール
宮本昌孝　家康、死す(上)(下)
三津田信三　忌《い》館《かん》〈ホラー作家の棲む家〉
三津田信三　作者不詳(上)(下)〈ミステリ作家の読む本〉
三津田信三　蛇《じゃ》棺《かん》葬《そう》
三津田信三　百《ひゃく》蛇《じゃ》堂《どう》〈怪談作家の語る話〉
三津田信三　厭魅《まじもの》の如き憑くもの
三津田信三　凶鳥《まがとり》の如き忌むもの
三津田信三　首無《くびなし》の如き祟るもの
三津田信三　山魔《やまんま》の如き嗤《わら》うもの
三津田信三　水魑《みづち》の如き沈むもの
三津田信三　密室《ひめむろ》の如き籠《こも》るもの

三津田信三　生霊《いきだま》の如き重《だぶ》るもの
三津田信三　幽女《ゆうじょ》の如き怨むもの
三津田信三　碆霊《はえだま》の如き祀るもの
三津田信三　シェルター 終末の殺人
三津田信三　ついてくるもの
三津田信三　誰かの家
三津田信三　忌《い》物《ぶつ》堂《どう》鬼《き》談《だん》
道尾秀介　カラスの親指〈by rule of CROW's thumb〉
道尾秀介　水の柩
深《み》木《き》章《あき》子《こ》　鬼畜の家
湊かなえ　リバース
宮内悠介　彼女がエスパーだったころ
宮《みや》乃《の》崎《さき》桜《さく》子《らこ》　綺《き》羅《ら》の皇《ひめ》女《みこ》(1)
宮乃崎桜子　綺羅の皇女(2)
三國青葉　損料屋見鬼《けんき》控え 1
三國青葉　損料屋見鬼控え 2
宮西真冬　誰かが見ている
宮西真冬　首の鎖
村上　龍　愛と幻想のファシズム(上)(下)

村上　龍　村上龍料理小説集
村上　龍　村上龍映画小説集
村上　龍　新装版 限りなく透明に近いブルー
村上　龍　新装版 コインロッカー・ベイビーズ
村上　龍　歌うクジラ(上)(下)
向田邦子　新装版 眠る盃
向田邦子　新装版 夜中の薔薇
村上春樹　風の歌を聴け
村上春樹　1973年のピンボール
村上春樹　羊をめぐる冒険(上)(下)
村上春樹　カンガルー日和
村上春樹　回転木馬のデッド・ヒート
村上春樹　ノルウェイの森(上)(下)
村上春樹　ダンス・ダンス・ダンス(上)(下)
村上春樹　遠い太鼓
村上春樹　国境の南、太陽の西
村上春樹　やがて哀しき外国語
村上春樹　アンダーグラウンド
村上春樹　スプートニクの恋人

村上春樹　アフターダーク
村上春樹／佐々木マキ絵　羊男のクリスマス
村上春樹／佐々木マキ絵　ふしぎな図書館
村上春樹／糸井重里　夢で会いましょう
村上春樹・文／安西水丸・絵　ふわふわ
U.K.ル＝グウィン／村上春樹訳　空飛び猫
U.K.ル＝グウィン／村上春樹訳　帰ってきた空飛び猫
U.K.ル＝グウィン／村上春樹訳　素晴らしいアレキサンダーと、空飛び猫たち
U.K.ル＝グウィン／村上春樹訳　空を駆けるジェーン
T.ファリッシュ著／B.ルート絵／村上春樹訳　ポテト・スープが大好きな猫
群ようこ　いいわけ劇場
村山由佳　天翔る
睦月影郎　密通妻
睦月影郎　快楽のリベンジ
睦月影郎　快楽ハラスメント
睦月影郎　快楽アクアリウム
向井万起男　渡る世間は「数字」だらけ
村田沙耶香　授乳
村田沙耶香　マウス

村田沙耶香　星が吸う水
村田沙耶香　殺人出産
村瀬秀信　気がつけばチェーン店ばかりでメシを食べている
村瀬秀信　それでも気がつけばチェーン店ばかりでメシを食べている
虫眼鏡　東海オンエアの動画が6.4倍楽しくなる本〈虫眼鏡の概要欄　クロニクル〉
室積光　ツボ押しの達人
室積光　ツボ押しの達人　下山編
森村誠一　悪道
森村誠一　悪道　西国謀反
森村誠一　悪道　御三家の刺客
森村誠一　悪道　五右衛門の復讐
森村誠一　悪道　最後の密命
森村誠一　ねこの証明
毛利恒之　月光の夏
森博嗣　すべてがFになる〈THE PERFECT INSIDER〉
森博嗣　冷たい密室と博士たち〈DOCTORS IN ISOLATED ROOM〉
森博嗣　笑わない数学者〈MATHEMATICAL GOODBYE〉
森博嗣　詩的私的ジャック〈JACK THE POETICAL PRIVATE〉
森博嗣　封印再度〈WHO INSIDE〉

森博嗣　幻惑の死と使途〈ILLUSION ACTS LIKE MAGIC〉
森博嗣　夏のレプリカ〈REPLACEABLE SUMMER〉
森博嗣　今はもうない〈SWITCH BACK〉
森博嗣　数奇にして模型〈NUMERICAL MODELS〉
森博嗣　有限と微小のパン〈THE PERFECT OUTSIDER〉
森博嗣　黒猫の三角〈Delta in the Darkness〉
森博嗣　人形式モナリザ〈Shape of Things Human〉
森博嗣　月は幽咽のデバイス〈The Sound Walks When the Moon Talks〉
森博嗣　夢・出逢い・魔性〈You May Die in My Show〉
森博嗣　魔剣天翔〈Cockpit on knife Edge〉
森博嗣　恋恋蓮歩の演習〈A Sea of Deceits〉
森博嗣　六人の超音波科学者〈Six Supersonic Scientists〉
森博嗣　捩れ屋敷の利鈍〈The Riddle in Torsional Nest〉
森博嗣　朽ちる散る落ちる〈Rot off and Drop away〉
森博嗣　赤緑黒白〈Red Green Black and White〉
森博嗣　四季　春〜冬
森博嗣　φ《ファイ》は壊れたね〈PATH CONNECTED φ BROKE〉
森博嗣　θ《シータ》は遊んでくれたよ〈ANOTHER PLAYMATE θ〉
森博嗣　τ《タウ》になるまで待って〈PLEASE STAY UNTIL τ〉

森 博嗣 ε《イプシロン》に誓って 〈SWEARING ON SOLEMN ε〉
森 博嗣 λ《ラムダ》に歯がない 〈λ HAS NO TEETH〉
森 博嗣 η《イータ》なのに夢のよう 〈DREAMILY IN SPITE OF η〉
森 博嗣 目薬α《アルファ》で殺菌します 〈DISINFECTANT α FOR THE EYES〉
森 博嗣 ジグβ《ベータ》は神ですか 〈JIG β KNOWS HEAVEN〉
森 博嗣 キウイγ《ガンマ》は時計仕掛け 〈KIWI γ IN CLOCKWORK〉
森 博嗣 χ《カイ》の悲劇 〈THE TRAGEDY OF χ〉
森 博嗣 ψ《プサイ》の悲劇 〈THE TRAGEDY OF ψ〉
森 博嗣 イナイ×イナイ 〈PEEKABOO〉
森 博嗣 キラレ×キラレ 〈CUTTHROAT〉
森 博嗣 タカイ×タカイ 〈CRUCIFIXION〉
森 博嗣 ムカシ×ムカシ 〈REMINISCENCE〉
森 博嗣 サイタ×サイタ 〈EXPLOSIVE〉
森 博嗣 ダマシ×ダマシ 〈SWINDLER〉
森 博嗣 女王の百年密室 〈GOD SAVE THE QUEEN〉
森 博嗣 迷宮百年の睡魔 〈LABYRINTH IN ARM OF MORPHEUS〉
森 博嗣 赤目姫の潮解 〈LADY SCARLET EYES AND HER DELIQUESCENCE〉
森 博嗣 まどろみ消去 〈MISSING UNDER THE MISTLETOE〉
森 博嗣 地球儀のスライス 〈A SLICE OF TERRESTRIAL GLOBE〉

森 博嗣 今夜はパラシュート博物館へ 〈THE LAST DIVE TO PARACHUTE MUSEUM〉
森 博嗣 虚空の逆マトリクス 〈INVERSE OF VOID MATRIX〉
森 博嗣 レタス・フライ 〈Lettuce Fry〉
森 博嗣 僕は秋子に借りがある I'm in Debt to Akiko 〈森博嗣自選短編集〉
森 博嗣 どちらかが魔女 Which is the Witch? 〈森博嗣シリーズ短編集〉
森 博嗣 探偵伯爵と僕 〈His name is Earl〉
森 博嗣 喜嶋先生の静かな世界 〈The Silent World of Dr.Kishima〉
森 博嗣 実験的経験 〈Experimental experience〉
森 博嗣 そして二人だけになった 〈Until Death Do Us Part〉
森 博嗣 つぶやきのクリーム 〈The cream of the notes〉
森 博嗣 つぼやきのテリーヌ 〈The cream of the notes 2〉
森 博嗣 つぼねのカトリーヌ 〈The cream of the notes 3〉
森 博嗣 ツンドラモンスーン 〈The cream of the notes 4〉
森 博嗣 つぼみ茸《きのこ》ムース 〈The cream of the notes 5〉
森 博嗣 つぶさにミルフィーユ 〈The cream of the notes 6〉
森 博嗣 月夜のサラサーテ 〈The cream of the notes 7〉
森 博嗣 つんつんブラザーズ 〈The cream of the notes 8〉
森 博嗣 ツベルクリンムーチョ 〈The cream of the notes 9〉
森 博嗣 100人の森博嗣 〈100 MORI Hiroshies〉

森 博嗣 的を射る言葉 〈Gathering the Pointed Wits〉
森 博嗣 カクレカラクリ 〈An Automaton in Long Sleep〉
森 博嗣 DOG&DOLL
諸田玲子 其《そ》の一《いち》日《にち》
諸田玲子 森家の討ち入り
森 達也 「自分の子どもが殺されても同じことが言えるのか」と叫ぶ人に訊きたい
森 達也 すべての戦争は自衛から始まる
本谷有希子 腑抜けども、悲しみの愛を見せろ
本谷有希子 江利子と絶対 〈本谷有希子文学大全集〉
本谷有希子 あの子の考えることは変
本谷有希子 嵐のピクニック
本谷有希子 自分を好きになる方法
本谷有希子 異類婚姻譚
本谷有希子 静かに、ねぇ、静かに
茂木健一郎 「赤毛のアン」に学ぶ幸福《しあわせ》になる方法
茂木健一郎 with ダイアログ・イン・ザ・ダーク まっくらな中での対話
森川智喜 キャットフード
森川智喜 スノーホワイト
森川智喜 一つ屋根の下の探偵たち

森林原人 セックス幸福論〈偏差値78のAV男優が考える〉
桃戸ハル編・著 5分後に意外な結末〈ベスト・セレクション〉
桃戸ハル編・著 5分後に意外な結末〈ベストセレクション 黒の巻・白の巻〉
森 功 高倉 健〈隠し続けた七つの顔と「謎の養女」〉
山田風太郎 甲賀忍法帖〈山田風太郎忍法帖①〉
山田風太郎 伊賀忍法帖〈山田風太郎忍法帖③〉
山田風太郎 忍法八犬伝〈山田風太郎忍法帖④〉
山田風太郎 風来忍法帖〈山田風太郎忍法帖⑪〉
山田風太郎 新装版 戦中派不戦日記
山田正紀 大江戸ミッション・インポッシブル〈顔役を消せ〉
山田正紀 大江戸ミッション・インポッシブル〈幽霊船を奪え〉
山田詠美 晩年の子供
山田詠美 A《エイ》2《トウ》Z《ズイ》
山田詠美 珠玉の短編
柳家小三治 ま・く・ら
柳家小三治 もひとつ ま・く・ら
柳家小三治 バ・イ・ク
山口雅也 垂里冴子のお見合いと推理
山本一力 深川黄表紙掛取り帖

山本一力 牡丹酒〈深川黄表紙掛取り帖(二)〉
山本一力 ジョン・マン1 波濤編
山本一力 ジョン・マン2 大洋編
山本一力 ジョン・マン3 望郷編
山本一力 ジョン・マン4 青雲編
山本一力 ジョン・マン5 立志編
椰月美智子 十二歳
椰月美智子 しずかな日々
椰月美智子 ガミガミ女とスーダラ男
椰月美智子 恋愛小説
柳 広司 キング&クイーン
柳 広司 怪談
柳 広司 ナイト&シャドウ
柳 広司 幻影城市
柳 広司 風神雷神(上)(下)
薬丸 岳 天使のナイフ
薬丸 岳 闇の底
薬丸 岳 虚夢
薬丸 岳 刑事のまなざし

薬丸 岳 逃走
薬丸 岳 ハードラック
薬丸 岳 その鏡は嘘をつく
薬丸 岳 刑事の約束
薬丸 岳 Aではない君と
薬丸 岳 ガーディアン
薬丸 岳 刑事の怒り
矢野龍王 箱の中の天国と地獄
山崎ナオコーラ 論理と感性は相反しない
山崎ナオコーラ 可愛い世の中
山田芳裕 へうげもの 一服
山田芳裕 へうげもの 二服
山田芳裕 へうげもの 三服
山田芳裕 へうげもの 四服
山田芳裕 へうげもの 五服
山田芳裕 へうげもの 六服
山田芳裕 へうげもの 七服
山田芳裕 へうげもの 八服
山田芳裕 へうげもの 九服

山田芳裕 へうげもの 十服
山田芳裕 へうげもの 十一服
山田芳裕 へうげもの 十二服
矢月秀作 A《ア》C《ク》T《ト》〈警視庁特別潜入捜査班〉
矢月秀作 A《ア》C《ク》T《ト》2 告発者〈警視庁特別潜入捜査班〉
矢月秀作 A《ア》C《ク》T《ト》3 掠奪〈警視庁特別潜入捜査班〉
矢野 隆 清正を破った男
矢野 隆 我が名は秀秋
矢野 隆 戦《いくさ》始末
矢野 隆 乱
矢野 隆 長篠の戦い〈戦百景〉
山本 弘 僕の光輝く世界
山内マリコ かわいい結婚
山本周五郎 さぶ〈山本周五郎コレクション〉
山本周五郎 白石城死守〈山本周五郎コレクション〉
山本周五郎 完全版 日本婦道記(上)(下)〈山本周五郎コレクション〉
山本周五郎 戦国武士道物語 死處〈山本周五郎コレクション〉
山本周五郎 戦国物語 信長と家康〈山本周五郎コレクション〉
山本周五郎 幕末物語 失蝶記〈山本周五郎コレクション〉
山本周五郎 逃亡記 時代ミステリ傑作選〈山本周五郎コレクション〉
山本周五郎 家族物語 おもかげ抄〈山本周五郎コレクション〉
山本周五郎 繁《しげ》あね〈美しい女たちの物語〉
山本周五郎 雨あがる〈映画化作品集〉
柳田理科雄 スター・ウォーズ 空想科学読本
柳田理科雄 MARVEL マーベル空想科学読本
靖子靖史 空《くう》色《しき》カンバス〈瑞空寺《ずいくうじ》凸凹《でこぼこ》縁起《えんぎ》〉
安本由佳 山本理沙 不機嫌な婚活
山中伸弥 平尾誠二・惠子 友情〈平尾誠二と山中伸弥「最後の約束」〉
夢枕 獏 大江戸釣客伝(上)(下)
唯川 恵 雨心中
行成 薫 ヒーローの選択
行成 薫 バイバイ・バディ
行成 薫 スパイの妻
柚月裕子 合理的にあり得ない〈上水流《かみづる》涼子《りょうこ》の解明〉
吉村 昭 私の好きな悪い癖
吉村 昭 吉村昭の平家物語
吉村 昭 暁の旅人
吉村 昭 新装版 白い航跡(上)(下)
吉村 昭 新装版 海も暮れきる
吉村 昭 新装版 間宮林蔵
吉村 昭 新装版 赤い人
吉村 昭 新装版 落日の宴(上)(下)
吉村 昭 白い遠景
横尾忠則 言葉を離れる
吉田ルイ子 ハーレムの熱い日々
吉川英明 新装版 父 吉川英治
吉村葉子 お金がなくても平気なフランス人 お金があっても不安な日本人
米原万里 ロシアは今日も荒れ模様
横山秀夫 半落ち
横山秀夫 出口のない海
吉田修一 日曜日たち
吉本隆明 真贋
吉本隆明 フランシス子へ
横関 大 再会
横関 大 グッバイ・ヒーロー
横関 大 チェインギャングは忘れない
横関 大 沈黙のエール

講談社文庫　目録

横関　大　ルパンの娘
横関　大　ルパンの帰還
横関　大　ホームズの娘
横関　大　ルパンの星
横関　大　スマイルメイカー
横関　大　K2〈池袋署刑事課 神崎・黒木〉
横関　大　炎上チャンピオン
吉川永青　誉れの赤
吉川永青　裏関ヶ原
吉川永青　化け札
吉川永青　治部の礎《いしずえ》
吉川永青　老侍
吉川永青　雷雲の龍〈会津に吼える〉
好村兼一　兜割源三郎〈玄治店密命始末〉
吉村龍一　光る牙
吉村龍一　隠された牙〈森林保護官 樋口孝也の事件簿〉
吉川トリコ　ぶらりぶらこの恋
吉川トリコ　ミドリのミ
吉川英梨　波動〈新東京水上警察〉
吉川英梨　烈渦〈新東京水上警察〉
吉川英梨　朽《く》海《かい》の城〈新東京水上警察〉
吉川英梨　海底の道化師〈新東京水上警察〉
吉川英梨　月《げつ》下《か》蠟《ろう》人《じん》〈新東京水上警察〉
薬丸岳／竹吉優輔／高野文緒／横関大／遠藤武文／翔田寛　デッド・オア・アライヴ
隆　慶一郎　花と火の帝(上)(下)
隆　慶一郎　時代小説の愉しみ
隆　慶一郎　新装版 柳生刺客状
隆　慶一郎　見知らぬ海へ〈レジェンド歴史時代小説〉
梨　沙　華《はな》鬼《おに》
梨　沙　華鬼2
梨　沙　華鬼3
梨　沙　華鬼4
リレーミステリー　宮辻薬東宮
連城三紀彦　女王(上)(下)
連城三紀彦 著／綾辻行人／伊坂幸太郎／小野不由美／米澤穂信 編　連城三紀彦 レジェンド〈傑作ミステリー集〉
連城三紀彦 著／綾辻行人／伊坂幸太郎／小野不由美／米澤穂信 編　連城三紀彦 レジェンド2〈傑作ミステリー集〉
令丈ヒロ子 原作・文／吉田玲子 脚本　小説 若おかみは小学生！〈劇場版〉
渡辺淳一　失楽園(上)(下)
渡辺淳一　男と女
渡辺淳一　泪《なみだ》壺《つぼ》
渡辺淳一　秘すれば花
渡辺淳一　化粧(上)(下)
渡辺淳一　あじさい日記(上)(下)
渡辺淳一　熟年革命
渡辺淳一　幸せ上手
渡辺淳一　新装版 雲の階段(上)(下)
渡辺淳一　麻酔〈渡辺淳一セレクション〉
渡辺淳一　阿寒に果つ〈渡辺淳一セレクション〉
渡辺淳一　何《い》処《こ》へ〈渡辺淳一セレクション〉
渡辺淳一　光と影〈渡辺淳一セレクション〉
渡辺淳一　花《はな》埋《うず》み〈渡辺淳一セレクション〉
渡辺淳一　氷紋〈渡辺淳一セレクション〉
渡辺淳一　長崎ロシア遊女館〈渡辺淳一セレクション〉
渡辺淳一　遠き落日(上)(下)〈渡辺淳一セレクション〉
輪《わ》渡《たり》颯介　古道具屋 皆塵堂
輪渡颯介　猫除け 古道具屋 皆塵堂
輪渡颯介　蔵盗み 古道具屋 皆塵堂

2021年6月15日現在